El camarada Jorge
y el Dragón

Rafael Dumett

El camarada Jorge
y el Dragón

Papel certificado por el Forest Stewardship Council®

MIXTO
Papel | Apoyando la
silvicultura responsable
FSC® C117695

Penguin
Random House
Grupo Editorial

Primera edición: junio de 2024

© 2023, Rafael Dumett
© 2024, Penguin Random House Grupo Editorial, S. A.
Avenida Ricardo Palma 311, oficina 804, Miraflores, Lima, Perú
© 2024, Penguin Random House Grupo Editorial, S.A.U.
Travessera de Gràcia, 47-49. 08021 Barcelona

© Diseño: Penguin Random House Grupo Editorial, inspirado en un diseño original de Enric Satué

Printed in Spain – Impreso en España

ISBN: 978-84-10299-18-4
Depósito legal: B-9102-2024

Impreso en Unigraf, Móstoles (Madrid)

AL99184

Para
Hubert

En verdad, una sucia corriente es el hombre.
Es necesario ser un mar
para poder recibir una sucia corriente
sin volverse impuro.

FRIEDRICH NIETZSCHE,
Así habló Zaratustra

No importa lo que recuerdas,
sino lo que piensas que recuerdas.

HILARY MANTEL,
Giving Up the Ghost

I

A las cuatro en punto, Eudocio sale de la sede de *El Heraldo*. Se despide de Tenoch, que le devuelve el saludo desde su caseta, y cruza los umbrales del pórtico.

Observa una por una a las personas detenidas en la esquina de las calles Dr. Carmona y Valle y Dr. Velasco, enfrente del periódico. Hay moros y cristianos en la costa. Una mujer indígena amamantando a su hijo mientras intenta vender sus chucherías en un puesto ambulante. Un par de jóvenes con los pantalones apretados, la camisa abierta hasta el ombligo y el pelo engominado, al estilo de ese actorzuelo de *Fiebre de Sábado por la Noche* por el que suspiran las chiquillas, y que se hablan a gritos, para quien quiera escucharlos y para quien no quiera también. Un hombre musculoso con lentes oscuros y pelado a rape, vestido, como dicen los gabachos, con ropa casual, y que mira eternamente la hora en su reloj.

Nada que temer, excepto el miedo.

Toma la acera de Dr. Lucio y dobla a la izquierda. Mientras camina, reverberan en su mente los resabios del rebatimiento en la sala de redacción habido hace solo unos minutos.

—Ni hablar, Cosme. No le cambio ni una coma.

—Solo te pido que revises ese párrafo, Eudocio.

—No hay nada que revisar. Los muertos no tienen aureola. John Kennedy fue un personaje funesto para la historia del continente. El que haya sido asesinado ni le quita ni le pone.

—Nada que discutir por ahí.

—¿Entonces?

—Es el especial por el decimoquinto aniversario de su asesinato, Eudocio.

—¿Y?

—Ese párrafo pareciera que lo condonara.

—No sabía que en *El Heraldo* hubiese censura.

—No la hay —suspiró—. Si no quieres, nadie te va a cambiar nada. Pero piénsalo.

Eudocio lo pensó. En voz alta.

—Tienen el resto del periódico para hacer hagiografías. No en mi columna. Sin la traición de Kennedy en la Bahía de Cochinos, habríamos recuperado Cuba y no habrían surgido como hongos las intentonas revolucionarias en nuestro continente, tratando de seguir el ejemplo nefasto de Fidel. No habríamos perdido tiempo y recursos aplastándolas durante el resto de la década. La serpiente del Che habría sido destruida en el huevo. Kruschev no habría juntado los arrestos suficientes para instalar las bases de misiles que casi nos llevan a una conflagración nuclear de gran escala que habría puesto punto final a nuestra civilización. Sin la cobardía de Kennedy, habríamos acabado con la guerra fría ahí mismo, con la balanza de nuestro lado.

Empieza la caminata, cordialmente amenizada por un concierto de cláxones procedente del atasco a su derecha. Algunos mexicanos juran que en el DF de estos días uno va más rápido de peatón que de automovilista, y no les falta razón. Las calles, como siempre desde que comenzó la construcción de los ejes viales, están congestionadas de vehículos, y las casas demolidas, las zanjas y los cientos de árboles arrancados de raíz y tendidos en la pista tienen a los capitalinos hirviendo y con los pelos de punta, sin hablar de la contaminación, que ha subido a niveles alarmantes y es literalmente para llorar. A Hank González, el regente que emprendió las obras hace siete meses, le han puesto de apodo Gengis Hank y los mexicanos se divierten inventándole nuevos sobrenombres al DF de su hechura: Detritus Defecal, El Defecante y, ahora último, Viet Hank. Hasta

14

a Eudocio, que lo ha visto todo, le sorprendió el candor de González al confesar en una entrevista que las obras, que no tienen cuándo acabar, habían sido realizadas por amigos suyos y habían reportado cuantiosas ganancias. Un político pobre es un pobre político, dijo el incauto con todas sus letras, y Eudocio lo celebró, con chanza que no todos comprendieron, en un artículo titulado «El imperativo categórico de Hank» en que imaginó uno nuevo hecho a la medida de los arreglos del regente. «Obra solo según aquella máxima por la cual hagas beneficiario de tus obras a tus amigos, que ellos te devolverán la inversión con creces».

Le gusta caminar y por eso jamás aprendió a manejar. O, como dice Carmencita, le gusta caminar *porque* jamás aprendió a manejar. A su edad, dicen, no debería andar solo por la calle y expuesto a sus peligros, que se multiplican por ser él quien es. Pero caminar es poner los pies sobre el mismo suelo que estos seres anónimos con que se cruza, y que regresan o fingen regresar a sus casas después de un largo día de trabajo o escuela, afectados por las grandes decisiones tomadas para ellos o en su contra en las altas esferas del poder. Compartir la vida en movimiento y sentirse menos extranjero en su compañía y, a la vez, no perderlos de vista, por si acaso.

Cruza la avenida Claudio Bernard, y sortea rumas de escombros en medio de la pista. Al cabo de cuadra y media, se detiene frente a la Arena México, en cuyas paredes inferiores perduran vestigios de anuncios de peleas legendarias de los gigantes del ring, que pusieron en juego en su día pelo contra pelo, máscara contra pelo y máscara contra máscara. Hay también carteles desgarrados de películas antiguas: *Santo versus la hija de Frankenstein*, *Santo y Blue Demon contra Drácula y el Hombre Lobo*, *Santo contra el doctor Muerte*. Confirma, mirando el largo panel horizontal encima de los carteles, la hora en que empieza la función de esta noche del circo Atayde Hermanos, para la que ya tiene los tres boletos comprados. No necesita consultar su reloj para saber que va bien de tiempo. Ha salido temprano del periódico para llegar a casa con anticipación: a Carmencita y a Jorgito hay que andar arreándolos si uno quiere evitar demoras y percances. No queremos que Jorgito se pierda nada del espectáculo, le dijo ayer a Carmencita. No te hagas, Eudocio, le replicó ella con faz risueña. El que no quiere perderse nada eres tú.

Es cierto. Llueva o truene, viene por lo menos una vez al año al Atayde con toda la familia y jamás se pierde ninguno de los que pasan por el DF. Su favorito es el Gran Circo de Moscú que, a veces, trae gimnastas que han sido campeonas en los juegos olímpicos y acróbatas que ejecutan números aéreos sin red. Eudocio chilla, se persigna o se tapa los ojos al verlos andar al lado del vacío, saltar o desplazarse por el aire, en el trapecio o la cuerda floja, alentando soterradamente la expectativa malsana e inconfesable de que la gravedad, el error o el temor les jueguen una mala pasada. Es la quintaesencia del circo, ese bastión de pureza en que uno se juega la vida y puede perderla, sin trampa posible.

Cruza la avenida Chapultepec, dobla a la izquierda en Tolsa y sigue hasta llegar a Bucareli, donde gira a la derecha. Pasa por el Reloj Chino y toma la acera opuesta de la esquina frente al Café Habana donde, dicen las malas lenguas, Fidel y el Che se reunían para planificar la revolución cubana, y donde hoy alternan tirios y troyanos de toda laya, a los que hoy prefiere evitar para no distraerse conversando. Muchos son colegas del *Excélsior*, con largas carreras de malabaristas, contorsionistas y payasos. Se retracta: a los payasos les tiene profundo respeto, como a todo aquel que haga reír a su prójimo, y sus gags de brocha gorda, que le suelen arrancar carcajadas a mandíbula batiente, son su número de pista circense preferido. Siempre contrata a alguno para las fiestas de cumpleaños de Jorgito, quien, a sus seis años, ya no parece disfrutarlos tanto como él. A Jorgito le atraen más bien los trucos de magia, que contempla no con la fascinación propia de su edad sino con la incredulidad suspicaz de un espíritu científico en germinación.

Ser el padre a los ochenta y dos años de ese inteligente niño de seis es una veloz carrera contra el tiempo. En sus almuerzos semanales en un restaurante elegante —un rito establecido por Eudocio para platicar con su hijo de «cosas de hombres»— han hablado sobre Demóstenes, el orador griego que en sus inicios declamaba sus discursos frente al mar con piedras calientes en la boca para vencer su tartamudez, historia que Eudocio pretendió usar como ejemplo de perseverancia. En otras comidas le contó de Ulises y su ingenio, de Leónidas y su valor, del capitán Ahab y su obsesión. Sin embargo, el niño, precoz como lo fuera él a su edad, ya deja asomar en sus comisuras el mohín de los que desconfían de las historias arquetípicas en que los protagonistas se resumen a un único rasgo, a una única moraleja. La semana pasada, mientras iniciaba a su hijo en el misterioso mundo del cuscús en un restaurante marroquí, Eudocio le hizo degustar un personaje de sabor nuevo. Un personaje que, a partir de una experiencia extrema, dejaba de ser quien era para convertirse en alguien diferente.

Eudocio había leído por primera vez la historia de Pablo de Tarso en los *Hechos de los Apóstoles* cuando tenía nueve años. Su madre, que había advertido la prodigiosa memoria del primogénito, le hacía memorizar pasajes enteros de la Biblia y se los hacía recitar en cuanto evento y celebración familiar organizaban en el caserón del Tío Belisario en Cajamarca, que alternaban con discursos enteros, flamígeros e incandescentes, de don Nicolás de Piérola, profeta familiar.

Saulo era un judío fariseo muy respetuoso de la ley judaica. Tan respetuoso era que le asignaron el rol de juez y le encargaron que persiguiera a los heréticos. Entre estos estaban los miembros de una nueva secta que pretendía seguir las enseñanzas de un charlatán crucificado (guiñada de ojo y sonrisa: ya sabes quién es). Saulo hizo todo lo que pudo para ponerle freno a la secta, que se extendía como una plaga por Jerusalén y sus alrededores, y no dudó en hacer encarcelar, flagelar e incluso enviar a la muerte a los heréticos. Un día, se enfermó uno de los fariseos encargados de atestiguar el cumplimiento de la sentencia que Saulo había dispuesto, y le tocó reemplazarlo. Saulo vio así por primera vez la lapidación de un miembro de la nueva secta, que él mismo había sentenciado. Vio cómo las piedras impactaban en el cuerpo del infeliz, cómo desgarraban, amorataban y abrían su piel en laceraciones, sin que el desgraciado emitiera quejido alguno o hiciera algún gesto para defenderse. Lo vio dejar de respirar. Al poco tiempo, Saulo hizo un viaje hacia la ciudad de Damasco. Para ello, tuvo que atravesar un gran desierto. A mitad de camino, Dios se le apareció y le pidió que ya no persiguiera, ni torturara, ni ejecutara a los seguidores de la secta, a los que llamó hijos suyos. La revelación fue tan intensa y estremecedora que Saulo se quedó ciego durante el resto del viaje y recién se recuperó cuando llegaba a su destino. A partir de entonces, Saulo abandonó su nombre y tomó el de Pablo, y empezó a predicar. Viajó por todo el mundo conocido, desde Macedonia hasta España anunciando la palabra del nuevo Dios, el Cristo Resucitado. Por ello recibió insultos, golpizas y amenazas, pero no dejó de predicar. Y cuando lo metieron a la cárcel para callarlo, escribió largas cartas a sus seguidores, que se convertirían en los primeros documentos conocidos del Nuevo Testamento.

—¿Cómo murió?

—Encarcelado y ejecutado por Nerón.

Silencio.

—Esa revelación que tuvo ¿no habrá sido una alucinación?

—Quizás sí, quizás no.

—Bueno. Estaba en el desierto ¿no? Quizás no había comido nada o se había deshidratado.

—Era un juez fariseo. Nunca le faltaba de beber.

—Quizás era solo una... una... ¿cómo se llama cuando te cae demasiado sol en la cabeza y te mareas?

—Insolación.

—Eso, una insolación.

—Quizás. O quizás tenía epilepsia del lóbulo temporal, que explicaría lo de las alucinaciones. O una retinitis crónica, que explicaría lo de que perdió la vista por un tiempo y luego la recuperó. O quizás... —sonríe— Dios le habló de verdad.

El temido mohín apareció en las comisuras de Jorgito. Eudocio sintió un irreprimible deseo de abrazarlo.

Hace un alto en la plaza del Paseo de la Reforma y Bucareli. Le da una larga mirada a la estatua ecuestre de bronce de Carlos IV, que cabalga con su peana y su espada sobre un pedestal de mármol. No por mucho tiempo más: con la ampliación del Paseo de la Reforma, que, dice Gengis Hank, terminará a mediados del próximo año, le tocará mudarse a una plaza más discreta, en que ofenda menos.

Siente de nuevo ese hormigueo en la nuca que conoce tan bien, que le ha estado haciendo cosquillas desde hace un buen rato y al que no le había prestado atención.

Alguien le sigue.

Respira hondo. Con disimulo, rota lentamente, activando los ojos perpetuos que lleva en la espalda para atalayar a su alrededor: nadie visible. Sus rutinas no son siempre las mismas y no deberían enseñarle nada sobre él al perseguidor. ¿O solo quieren acosarlo, intimidarlo? Le invade una repentina nostalgia: en los tiempos de las purgas de Stalin en que Eudocio recibía el abrazo del oso, nadie perdía el tiempo persiguiéndote; te convocaba a Moscú sin decirte para qué y tú, por supuesto, ibas sin chistar, aunque terminaras con tus huesos en la Lubianka o ejecutado de un tiro en la nuca: el mejor celador de la revolución era el que llevabas dentro de ti.

Se limpia el sudor de la frente con el pañuelo que lleva siempre en el bolsillo de la camisa. Finge posar su mirada en la parte inferior de la base de la efigie, socavada por las excavadoras. Examina con atención las rejas que protegían al antiguo soberano español de la indignación popular antihispana que afiebra periódicamente a los mexicanos. Nadie.

Pero las arañitas siguen corriéndole en la espalda: es observado. Desde dónde, no sabría decir.

—Adiós —hace una reverencia teatral ante la estatua—. Hasta cuando los mexicanos te quieran de nuevo.

Toma aliento. Da un giro brusco de talones y la emprende a zancada limpia hacia la derecha, siguiendo por Juárez, en busca de calles pequeñas, que empieza a recorrer en arbitrario zigzag, retornando a veces sobre sus propios pasos para despistar mejor. Se topa con pequeños racimos de personas en movimiento y, reflejo profesional, aguza el oído. Escucha la plática por uno o dos segundos, se forma una idea rápida del tema y luego la olvida minuciosa, inmediatamente. He tratado todo, pero no hay manera de que él (dos amigas, hablando quizá del esposo de una de ellas). Es la última, la última vez que (madre e hija, hablando de algo que esta última hizo en la escuela). No, si con echarle ganas lo termina a tiempo, pero (colegas, hablando de un colega común). No hay posibilidad de confirmar sus conjeturas, pero este ejercicio pueril lo imbuye de una tranquilidad que sabe irreal y le inspira ganas de detenerse, volver y preguntarles, para confirmar que no se equivocaba. No lo hará.

Empezaron a seguirlo, está casi seguro, al regreso de su deportación de Guatemala el 7 de mayo del año pasado, a donde fue a dictar unas conferencias en la Universidad Francisco Marroquín. Se le acusó de ser el cerebro de la campaña de críticas a la política de control de precios acometida por las Cámaras de Industria y Comercio guatemaltecos con el fin de tirarse abajo al gobierno, por lo que lo pusieron de patitas en la frontera con El Salvador. La embajada boliviana ofreció hacerse cargo de él durante su estancia transitoria en ese país. Eudocio tenía pasaporte boliviano gracias a Hugo Bánzer, que lo libró de su condición de apátrida cuando Velasco le arrebató la nacionalidad peruana en 1970. No fue necesario tomarles la palabra. Eudocio regresó a suelo mexicano en avión, con boleto pagado por Tachito Somoza, quien, le dijeron los representantes del gobierno somocista, ofreció en un momento dado mandar su avión personal para llevarlo de regreso a tierra mexicana. Todo el asunto fue una verdadera lástima: Guatemala era un país acogedor que le ofrecía una sólida base material para seguir con su prédica anticomunista, a donde pensaba seriamente mudarse con Carmencita y Jorgito si las papas empezaban a quemar en México, pues en tierra mexicana los tubérculos se han puesto calientes. La semana pasada tuvo que cambiar el número de teléfono de la casa por séptima vez en tres años. Las llamadas con amenazas e insultos ahora provienen de nicaragüenses, furibundos por sus constantes diatribas contra el Frente Sandinista en sus artículos sindicados en toda Latinoamérica, en que defiende al régimen de Somoza y fustiga sin descanso a los rebeldes. Llamadas que reemplazaron a las de rojos chilenos, enardecidos por su apoyo irrestricto al régimen de Pinochet, a quien incluso le hizo una larga entrevista que salió en la primera plana de *El Heraldo*, el diario que piensa joven, con foto de ambos a todo color, por el duodécimo aniversario del periódico. Llamadas que sustituyeron a las de rojos argentinos, solivientados por su apología sin reservas al régimen de Videla, que ha salvado, a costa de solo unas centenas de bien escogidas eliminaciones, a la Argentina desgobernada por la incapaz Isabelita, que se metió a jugar juegos de hombres que la sobrepasaban largamente. Y que se alternan con la de alguno que otro peruano, anónima por supuesto —sus amados compatriotas no suelen dar la cara, ni el nombre—, que de vez en cuando lo llama para insultarlo por ser un «traidor al Perú».

Eudocio no sabría decir si comenzaron a acecharlo sin que se diera cuenta antes o después de la serie infame de artículos que publicó *The New York Times*, la cabeza de la medusa periodística de los *liberals* norteamericanos, entre el 25 y el 27 de diciembre de 1977. Por entonces andaba demasiado distraído con los problemas que le creó ese reportaje, que delataba la existencia de una gigantesca red mundial informativa construida y desplegada por la CIA con el fin de influir en la opinión pública global y combatir la presencia del comunismo en uno de sus frentes más preciados: el ideológico y cultural. Uno de los artículos mencionó a Eudocio con nombre y apellido, al lado de las «contribuciones editoriales» que la Compañía hizo a *The Yenan Way*, la versión en inglés de su libro de memorias *La gran estafa*. En el libro, que hoy por hoy, en 1978, ya lleva millones de ejemplares impresos, ha sido traducido a diecinueve idiomas y distribuido por todo el mundo, y es considerado el libro en castellano más influyente escrito por un disidente comunista. En él narró el periplo desde su infancia en Cajamarca hasta su apartamiento del comunismo a mediados de 1942. Contó cómo, a su llegada a Lima, tomó contacto con el efervescente movimiento sindical y universitario de la década de 1920, cómo se asoció con Haya de la Torre y la Alianza Popular Revolucionaria Americana. Cómo, cuando Víctor Raúl y José Carlos Mariátegui rompieron palitos, Eudocio sirvió de intermediario entre ambos, aunque terminó tomando partido por el segundo, quien hizo todo lo posible, incluso una colecta, para traerlo de Europa al Perú. Cómo, a su regreso a la patria, Mariátegui le dejó a Eudocio las riendas de su flamante Partido Socialista, pues quería concentrarse en sus planes de viajar a la Argentina, donde podría hacerse el largo y postergado tratamiento médico que necesitaba y dedicarse más tranquilamente a convertir *Amauta*, la revista que dirigía, en un faro cultural continental. Cómo, cuando Mariátegui murió, Eudocio rebautizó el Partido Socialista como Partido Comunista, siguiendo los designios de la Internacional Comunista, de la cual era operador político encubierto, y se encargó de poner en práctica las decisiones dictadas desde Moscú. Cómo, en los años treinta, participó activamente en la guerra civil española, estuvo encerrado en la Lubianka en los tiempos de las purgas soviéticas. Cómo, después de ser liberado milagrosamente, viajó a Chile bajo la identidad de «camarada Jorge Montero», y dirigió la campaña que llevó a Pedro Aguirre Cerda, un político radical, a la presidencia chilena, la primera vez que un político de izquierda llegaba a presidente por la vía electoral en Sudamérica. Cómo el rol de la Unión Soviética en la guerra civil española y el Pacto Germano-Soviético remecieron sus convicciones y, a fines de la década, acabó desengañado del comunismo, del cual se convirtió en ferviente contrincante.

El reportaje de *The New York Times* provocó, por supuesto, un diluvio de lágrimas de cocodrilo liberal, vertidas por el coro de lloronas de siempre, que lo señalaron con el dedo acusador mientras se rasgaban las vestiduras: «agente de la CIA, agente de la CIA». Eudocio, jugando al estilo de la Compañía, ni confirmó, ni desmintió. ¿Para qué tomarse el trabajo? ¿No se habían enterado las lacrimosas del mundo en que vivían? ¿No sabían que estábamos en una guerra frontal en que andaba en juego la supervivencia de la civilización occidental, en que el enemigo contaba con una monstruosa telaraña propagandística tendida por todo el globo, que no solo había infiltrado los bastiones usuales de la política y el periodismo sino también el cine, el teatro, la literatura, incluso las ciencias, y que emponzoñaba el mundo con ideas socializantes, con la complicidad de una legión de tontos útiles y compañeros de viaje que confitaban el comunismo?

Se detiene. Saca el pañuelo y se limpia el sudor una vez más, catando los edificios de su entorno y los nombres ausentes de las calles. Desde el inicio de los trabajos de los ejes viales, Eudocio nunca se había aventurado por las calles aledañas a este lado del Paseo de la Reforma, indistinguibles gracias a los arrasamientos de las hordas de grúas de Gengis Hank. No reconoce ni el terraplén ni la explanada que se tienden a sus pies. Tampoco los pilones de cemento espaciados entre sí que los rodean, ni las gavillas tendidas de varillas de metal en el centro, que impiden la circulación de vehículos por las autovías, y donde se halla reunido un pequeño gentío variopinto, compuesto sobre todo de escuincles y jovenzuelos.

La buena noticia: se han diluido por fin los ojos clavados a su espalda, ha logrado despistar a su perseguidor. La mala: él también ha sido engullido por su propio laberinto.

Está completamente perdido.

Un globo rojo se eleva hacia el cielo, escapado de las manos de un globero, que contempla su fuga hacia arriba con resignada indiferencia. Un saltimbanqui vestido de genio de las mil y una noches muestra una espada con una hoja de treinta centímetros y se la introduce en la boca y la desplaza de un empujón hacia la garganta, en medio de los oooh del escueto corro que lo observa. En una improvisada tarima destartalada, un adolescente vomita fuego, escupe, bebe un líquido de una botella verde esmeralda y vuelve a vomitarlo, ante aplausos ralos que se espacian y desaparecen a sus espaldas. Una pequeña multitud de brazos se desplaza en diferentes direcciones sosteniendo la maleta, la cartera, el libro, supuestamente inofensivos, y a los que Eudocio da un desaprensivo vistazo, por si acaso. Se detiene al lado de un escuincle chaparro como Eudocio, que se desplaza a tientas por una cuerda floja improvisada, sostenida en sus extremos por dos pilones, sin espectadores, con un ceño concentrado que le recuerda vagamente al suyo. Espera pacientemente a que se caiga.

—¿Dónde hay un teléfono público por aquí?

El escuincle señala vagamente una esquina de la explanada.

—De allá a dos calles, señor.

Cómo hago para regresar a Paseo de la Reforma, va a preguntarle, pero se muerde la lengua. Mejor no dar señales de que está desorientado: ha oído de cardúmenes de niños de las calles de por aquí que de cuando en cuando atacan a gente vulnerable, y no está seguro de que el escuincle sea de fiar. Igual camina en la dirección que le indicó. Debe llamar cuanto antes a Carmencita, avisarle que va a llegar más tarde de lo previsto, que ella y Jorgito lo esperen listos para salir al Arena México. Concierta las palabras apropiadas para no alarmarla. Lo piensa mejor: el que no debe alarmarse es él. Carmencita sabe tomarlo todo con serenidad, sin preocuparse ni desesperarse. Fue ella quien recibió, y con aplomo increíble, las amenazas e insultos por teléfono y se ocupó personalmente de cada cambio de número. Ni siquiera pestañeó cuando Eudocio le anunció hace unas semanas que ya no saldrían juntos a lugares públicos: de producirse un atentado contra él, Carmencita debía sobrevivirle para ocuparse de Jorgito y no dejarlo solo. Camina tranquilo, Eudocio, le diría ella ahora, camina respirando hondo con cada pisada, a la angustia hay que ponerle una pared, apriétate las yemas de los índices con las de los dedos gordos y sigue caminando, no te va a pasar nada, no te va a pasar nada, no te va a pasar nada.

Jijuna grandísima.

El teléfono público se halla a dos calles, como lo indicó el escuincle, pero le falta el auricular, que ha sido desgajado de la cabina con saña visible. Entre buscar otro teléfono y renunciar a la llamada, se decide por lo último. Renuncia también a seguir inquiriendo con transeúntes y se decanta por cazar en las calles algún indicio hacia el camino de regreso al Paseo de la Reforma.

¿Por qué los mexicanos, como los peruanos, se encarnizan con los teléfonos públicos? ¿Qué hay detrás de esa violencia, de esas ganas de joder al otro desplegada casi siempre por gente pobre y sin recursos, que es la que más necesita ese servicio?

Reconoce unas pintas en las paredes, que aluden a la huelga general de transportistas que se realiza en estos días y toma la calle Violeta, que lo lleva directamente a la plaza con la glorieta de Bolívar, en Paseo de la Reforma 41. Se queda mirando el monumento del Libertador. Rememora socarronamente el artículo inmisericorde que Marx escribiera sobre él, en que trataba a Bolívar de traidor, cobarde, incapaz de trabajos de largo aliento y completamente dependiente de la ayuda foránea, sobre todo de la inglesa, y que siempre lo sacó de apuros cuando llevaba a cabo sus planes independentistas. El artículo exudaba los prejuicios de señorito alemán que miraba con desdén a los latinoamericanos, pero al dictamen de Karl no le faltaba razón.

Pasa frente a la glorieta General San Martín, inaugurada con pompa hace solo cinco años. Piensa en la personalidad cortés y taciturna del general, en su predilección tan argentina por la monarquía, que también compartía el general Belgrano, quien incluso proyectó la creación en la Argentina de una monarquía constitucional dirigida nada más y nada menos que por un noble incaico. Como siempre que camina entre ambas plazas, trata de imaginar la entrevista de Guayaquil entre San Martín y Bolívar que tuvo lugar en julio de 1822, en que se decidió el tipo de gobierno que iban a tener los países recién liberados. Y se hace, una vez más, la eterna pregunta. ¿Por qué, si creía fervientemente que estos no sabían gobernarse a sí mismos, el general argentino cedió ante Bolívar, renunció a todos sus poderes e hizo mutis de la Historia? ¿Qué habría sido de Latinoamérica si no daba su brazo a torcer tan fácilmente?

Apenas llega al pórtico del Jardín de Santiago, patrón de Tlatelolco, se sienta en una de las bancas a la sombra de los árboles, desde la cual acecha a todos los que ingresan. Espera un buen rato, albergando la idea peregrina de que, si lo ve, podrá identificar a su perseguidor.

Evoca el huerto de Getsemaní, en que Jesús se fue a orar con sus apóstoles, con excepción de Judas, que fue a decirles a los líderes judíos dónde se hallaba su Maestro.

Mira la hora en su reloj. Tiempo de continuar: ha agotado el tiempo que tenía de reserva.

Como cada vez que pasa frente a la zona arqueológica, no puede evitar imaginar cómo habría sido Tlatelolco cuando solo había en ella edificios de piedra, y las pirámides cortadas por la mitad que ahora pasan a su lado no mostraban sus entrañas como capas geológicas. Cómo habría sido cuando era solo un islote en el lago de Texcoco y sobre él se alzaba el mercado más grande del mundo, el tianguis de Tlatelolco. Cómo harían los tlatelolcas para desplazarse en canoa hacia los islotes vecinos e intercambiar productos, creencias, gente. Cómo, después de la conquista, habrían hecho para desaguar el lago, llenarlo de tierra, apisonar el terreno y convertirlo en la mole de cemento que se hunde bajo sus pies mientras la recorre a zancada limpia, y que brilla al sol vespertino.

La luz que rebota en el sendero de losetas de piedra le da de lleno en los ojos y Eudocio empieza a lagrimear. Evoca fugazmente el nudo en la garganta al aterrizar en tierra mexicana, en su último destierro del Perú, el 11 de febrero de 1969, hace casi diez años. Sube por las escaleras que dan a la explanada frente a la iglesia de Santiago Apóstol por la que cortará camino.

A eso de las seis de la tarde, dice la voz, salió una luz de bengala de la torre de Relaciones Exteriores.

El dedo índice de la mano del sujeto, un hombre vestido con suéter gris de cuello alto y mangas largas, apunta al edificio gris en uno de los lados de la plaza. Lo circundan cuatro hombres y una mujer vestidos casualmente, quizá estudiantes de años superiores, en los últimos años de la preparatoria, los primeros de la universidad o de la escuela politécnica.

Había como ocho mil personas, sigue diciendo el sujeto en tono didáctico, quizá un profesor. La mayoría estábamos aquí, justo enfrente del edificio Chihuahua, donde había un grupo de oradores de la Comisión Nacional de Huelga hablándole a la multitud. Se escuchaba apenas lo que decían porque había uno o dos helicópteros volando encima de la plaza y haciendo mucho ruido, pero se notaba que los oradores estaban cerrando la manifestación. Era mejor así. Todos queríamos irnos a nuestras casas. La plaza estaba llena de policías y de soldados armados con bayonetas y teníamos mucho miedo, aunque ya habíamos aprendido a mantener la calma después de más de dos meses de lucha. Dos meses enteros de organizarnos, salir a la calle, hacer colectas, difundir nuestro pliego petitorio, incluso ver caer a algunos compañeros.

El sujeto hace silencio, quizá para recomponerse, quizá para dar efecto dramático a lo que dice. O ambos.

En eso salió una segunda luz de bengala roja de la torre, que cayó en medio de la plaza, justo donde estábamos, continúa. Y luego una tercera, que ya no sé dónde apareció porque entonces comenzaron los disparos. Venían desde el tercer piso del edificio Chihuahua y eran fogonazos con sonido de detonaciones de juguete. Todo era tan irreal que tardamos unos segundos en empezar a correr. Primero fuimos hacia el centro de la plaza, pues queríamos alejarnos lo más posible del lugar de donde provenían los tiros. Pero ahí estaban los soldados, que daban de bayonetazos a todo aquel que se les acercara. Algunos soldados también disparaban hacia el tercer piso del Chihuahua, y nosotros íbamos de un lado al otro en la explanada buscando dónde guarecernos porque estábamos atrapados en medio de dos fuegos, quizá más, porque había agentes en la planta baja del edificio que llevaban un pañuelo amarrado en la mano que disparaban o daban macanazos a todo al que creían que era estudiante. Después nos enteraríamos de que era el famoso Batallón Olimpia, entrenado especialmente para provocar. A mí me pusieron contra la pared, me desnudaron, me metieron en un carro y me mandaron directo a Lecumberri. Nunca lo voy a olvidar. Han pasado ya diez años, pero nunca lo voy a olvidar. Vi a una señora echada boca arriba en la loseta enfrente del museo con una canasta en la mano y manzanas esparcidas a su alrededor, y a la que una bala expansiva la había dejado sin cara. Vi a un niño con una camiseta a rayas recubierta de sangre que lloraba preguntando por su mamá. Vi a una muchacha tirada en el suelo, con las piernas abiertas y desnudas a la intemperie y un libro abierto a su lado. Vi charcos rojizos por todas partes, sobre los que caían gotas de llovizna. Una llovizna que se convirtió en lluvia. Porque llovió sin parar en Tlatelolco toda la tarde, y luego la noche de la matanza.

—¿Qué matanza?

Los ojos de todos los del grupo se vuelven hacia el intruso.

—¿Qué dijo usted?

Yo soy el domador de leones.

—Quiero saber de qué matanza habla el señor —dice Eudocio sin arredrarse—. Matanza es lo que hizo Hernán Cortés con los guerreros que pelearon defendiendo a Moctezuma en esta misma plaza, en la batalla que decidió el destino de los mexicas y de este país. Diecisiete mil muertos pasados por la espada. Lo que ocurrió aquí hace diez años fue muy lamentable, pero solo hubo veintinueve, ocho de ellos soldados. Que yo sepa, eso no califica para matanza.

Intercambio de miradas entre los muchachos y la chica. El sujeto se vuelve hacia Eudocio.

—¿Es usted extranjero, señor?

—Sí, pero he vivido más de nueve años aquí.

—Pues infórmese bien antes de decir pendejadas. En la noche de Tlatelolco hubo por lo menos trescientos muertos.

—¿Quién se lo dijo?

El sujeto ladea la cabeza, dudando de que oye lo que oye.

—Todos lo saben. Lo dijeron todas las agencias de noticias extranjeras.

—No, señor. Yo soy periodista y me tocó cubrir la noticia. Quien dio la cifra de más de trescientos muertos fue la BBC, que se basó en rumores y no mostró ninguna evidencia de nada. Dígame. ¿Usted les cree a los ingleses?

—Si dicen la verdad, sí.

—¿Y por qué cree que le dicen la verdad? ¿Porque son más blancos que usted y hablan en inglés?

—Oiga, yo no le permito...

—Yo les creo a las cifras oficiales de su país, que puedo decir nuestro país, pues pago mis impuestos aquí —interrumpe Eudocio—. Y también les creo a los periódicos mexicanos, que estuvieron cerca de los hechos, no se los contaron. Y todos, por unanimidad, dijeron en su día que el 2 de octubre de 1968 en Tlatelolco no hubo más de veintinueve muertos, soldados incluidos.

—Los periódicos mexicanos mintieron, señor —el tono de voz del sujeto se alza por encima del ruido ambiente, atrayendo la atención de algunos transeúntes, que se detienen a escuchar—. Todos estaban vendidos a Díaz Ordaz. Si es periodista, como dice, lea las investigaciones independientes que se hicieron después y lo establecieron sin duda posible. Hubo un mínimo de ciento cincuenta muertos. Qué digo muertos, asesinados. Porque esto fue un asesinato masivo, señor. Un plan tramado desde el gobierno para provocar a los estudiantes y tener el pretexto perfecto para dispararles a matar. Un plan urdido por el Chango hocicón para aplastar la rebelión estudiantil y realizar en paz los juegos olímpicos, que se inauguraban diez días después. Eso era lo que quería el Chango asesino. Tener sus jueguitos para hacerse publicidad y decirle al mundo que en México no pasaba nada, que él era Alicia y que estábamos en el país de las maravillas, y si la gracia le costaba una matanza, pos bien gracias. Porque, con veintinueve o cien o trescientos muertos, eso fue matanza con eme de *masacre*.

—No, señor. Eso fue *matanza* —Eudocio pronuncia la palabra con desdén—, con eme de *malentendido*.

Un denso silencio efímero, posiblemente atónito, surge entre los que siguen la discusión, que ahora forman una buena veintena de personas.

—Un informe de primera mano dice que, cuando aparecieron las bengalas, un hiperestésico agente bisoño del Batallón Olimpia que estaba en el tercer piso del Chihuahua se asustó y se le escapó una ráfaga de disparos de su arma —continúa Eudocio—. La ráfaga alcanzó a algunos soldados que estaban en la plaza y ellos creyeron que les estaban disparando y respondieron al ataque, tirando contra todo lo que se moviera en el tercer piso del Chihuahua.

—¡Eso no es cierto! —dice el sujeto—. ¡Eso no es cierto!

—Y ahí se armó el desmadre —continúa Eudocio sin interrumpirse—. Todos empezaron a tirar contra todos, con el cardumen de estudiantes revoltosos en el medio, que así pagaron las consecuencias de meses y meses de tensión, meses y meses de manifestaciones, marchas, contramarchas, huelgas y enfrentamientos de toda laya con la policía. Porque ellos fueron los principales responsables de lo que ocurrió. Ellos los que provocaron los sucesos de Tlatelolco con sus acciones subversivas, que siguieron al pie de la letra el manual de psicopolítica de Lavrenti Beria, que instiga a crear víctimas para darle fuerza y vida a un movimiento. No Díaz Ordaz, como dice usted en su delirio de arúspice trasnochado. No el gobierno, que hizo lo que un gobierno que se respete debe hacer, resguardar el orden público y no dejar que lo secuestren unos chiquillos estultos y antipatriotas a puertas del evento más importante organizado por México en toda su historia de anfitrión.

El puñetazo en la cara viene de la derecha, donde uno de los muchachos que escuchaban al sujeto se ha acercado a Eudocio con dos pasos rápidos y ha descargado en él un golpe fulminante. El dolor en el pómulo derecho atraviesa el cuerpo de Eudocio como una descarga eléctrica. La inercia lo envía al suelo de piedra lisa, sobre el que cae y rebota como un objeto inanimado. Para protegerse de la punzada que le late en la cabeza, cierra los ojos. Mientras, en el mundo vertical, se escucha un sonido áspero de pugna, de forcejeo entre varios, que lo remite vagamente a un paraguas destripado que se abre y cierra con violencia.

—¿Los «sucesos» de Tlatelolco, viejo hijo de la chingada? ¡Que te metan tus «sucesos» por el culo!

—¡Raúl!

—¡En esos «sucesos» murió mi hermano, cabrón!

—¡Cálmate!

—¡Agárrenlo!

—¡Y no murió, cabrón, lo murieron! ¡Fue asesinado por esos malditos! ¡Suéltenme!

Eudocio escucha el ruido de una tela que se desgarra, tres pisadas atolondradas que se acercan a él. Sin abrir los ojos, se cubre la cabeza. La patada le cae en la parte superior del brazo, casi en el hombro.

—¡Animal!

—¡Es un señor grande!

—¡Estaba desarmado! ¡Como todos los estudiantes que estaban ahí! ¡Desarmado, hijo de puta! ¡Ejerciendo su derecho de reunirse pacíficamente!

—¡Raúl!

El sujeto y otros hombres logran sujetar al muchacho. Eudocio abre los ojos. Sonríe: la mueca en las comisuras que el muchacho hace al forcejear se parece a la de Jorgito. Va a decírselo al muchacho y darle una palmadita en la espalda, pero lo distraen unas gotitas rojas en la acera. Cuando, al cabo de unos segundos, concluye, sorprendido, que es sangre y es suya, ha olvidado lo que iba a contarle al golpeador. Oye trizas de lo que dice mientras se lo llevan a empujones. El hermano que acababa de llegar la semana anterior a la matanza desde Chiapas para estudiar en el Politécnico. El hermano que no conocía el DF y había venido a la manifestación solo para acompañarlo. El hermano al que no le interesaba la política y solo quería echarle ganas, sacar buenas calificaciones, graduarse de ingeniero y obtener un buen trabajo en una compañía de construcción.

Entre los asistentes a la discusión, que se van a toda prisa en diferentes direcciones, reconoce al hombre fornido de pelo al rape y vestido de ropa casual, el uniforme de paisano de los agentes de la Compañía, que vio a la salida del periódico. Está mirando su reloj. Eternamente.

Yo soy el hombre bala.

Siente alivio, un alivio exuberante que lo inunda todo, antes de desvanecerse.

II

El cuchillo se clava con sonido de machetazo, dos manos a la izquierda de la cabeza. La niña, atada de muñecas y tobillos a la rueda de madera gigante, sigue sin moverse. Tiene la cara lisa, pálida, inexpresiva. El señor con pantalones bombachos, ropas de carnaval y toalla en la cabeza lanza otro cuchillo. La punta se empotra secamente hasta la mitad de la hoja, a la izquierda del hombro derecho. El siguiente tiembla después de incrustarse a la izquierda del brazo, con un ruido de resorte de caja de sorpresas. El siguiente a la izquierda de la cadera. Luego, de la rodilla. Del pie. Lleva buena puntería: cada cuchillo ha quedado clavado a la misma distancia del cuerpo de la niña.

Shito, horrorizado, se vuelve hacia su padre. ¿Por qué me trajiste aquí?, va a preguntarle. Pero en la cara de papá, en que bailan las sombras cambiantes de los faroles de bencina que cuelgan del techo de la carpa, hay una sonrisa limpia de niño absorto, concentrado. Una sonrisa que Shito no recuerda haberle visto desde hace mucho tiempo y que no desea interrumpir.

El señor de la toalla se ha vuelto hacia el público. Ha abierto los brazos como un cura diciendo liturgia. Algunas personas aplauden, papá también: algo va a pasar. El señor se toca la punta retorcida del bigote, que brilla como crin engrasada de caballo. Sonríe.

El payaso enano que vieron en el número anterior, y que lleva una nariz roja enorme, jala una soga amarrada a la parte posterior de la rueda de madera en que está la niña, en su vestidito de tul azul, con brazos y piernas extendidos. Parece una mariposa disecada a punto de ser traspasada por

37

una aguja. El payaso enano ha contado chistes colorados, ha dicho malas palabras que nadie se habría atrevido a decir en casa sin que le dieran de correazos. Pero papá se ha reído a mandíbula batiente, como todos en el público, y Shito suspira, irritado una vez más: por qué aquí sí y allá no, por qué contigo sí y con mamá no.

Por qué lo ha traído si sabe que mamá le tiene prohibido venir a este antro de pecado. Qué le va a decir cuando ella se entere.

La rueda empieza a moverse. La niña gira. Primero despacio, luego cada vez más rápido. Las sogas que la sostienen a las estacas crujen de tensión. El señor de la toalla alza los brazos. Hace un gesto mandón con la cabeza. El músico, un niño mongolito de pelo y pestañas rubios, hace sonar una enorme tuba vieja y oxidada. Una india obesa con anchísimas polleras multicolores y una barba muy tupida aparta las cortinas deshilachadas y hechas jirones que cubren la entrada de artistas. Se abre paso entre las dos tribunas de madera. Los niños del público chillan de horror, de asco, de fascinación.

Shito baja la mirada: la visión de la india barbuda lo perturba. Pero no se aguanta la curiosidad y levanta la vista. La india barbuda lleva algo en la mano: un pañuelo negro. Está vendando los ojos al señor de la toalla que, por primera vez desde el inicio de su número, está completamente serio. Cuando la india ha terminado, el señor estira el brazo derecho, abre la mano con la palma descubierta. La india le alcanza uno de los cinco cuchillos colocados en fila en una pequeña mesita descascarada de patas muy cortas. Parece de juguete.

Al interior de la carpa se ha ido empozando un silencio inquieto de animales capturados. De animales en pánico que anticipan el horror de lo que se viene, pero no pueden dejar de mirar.

Shito cierra los ojos. Un olor denso a sudor y pedo animales se apodera de su nariz. Escucha con horrorosa nitidez los cuchillos cayendo secamente uno por uno, seguidos por gritos infantiles a duras penas sofocados. Los *ve* con los ojos cerrados hundiéndose con saña en la superficie de madera. A la derecha del pie, de la rodilla, de la cadera, del hombro... Formando un aura que enmarca la silueta de la niña como esas figuritas de santas de tela que Tía Laura lleva colgadas en el cuello en las procesiones de Semana Santa en Cajamarca, esta villa del Señor.

Maricón, eres un maricón. Si no abres los ojos y le pasa algo, será culpa tuya y te irás al infierno.

Pero solo los abre cuando ya es demasiado tarde, cuando todo se ha consumido y ha empezado el griterío de los adultos y los llantos de los niños, en su mayoría indiecitos, que, de la mano de sus padres, huyen en estampida y a tropezones hacia la salida. Muchos adultos se han levantado en las nueve bancas inferiores de la gradería en que está Shito, y no le dejan ver el estrado. No pueden avanzar: el forzudo, un negro altísimo con un gigantesco aro de metal en la nariz, se ha plantado con los brazos cruzados enfrente de la entrada y no deja salir a nadie.

Algunos asistentes empiezan a obedecer sus mentadas de madre, que sorprenden a Shito: pensaba que era un salvaje del África y no hablaba castellano, y menos castellano de Lima. Hacen caso a sus gestos enérgicos de que regresen a sus asientos. Shito puede ver por fin el estrado vacío. Hay manchas de sangre por toda la superficie. Y, clavada a la altura de la cabeza en el centro de la rueda de madera, ahora inmóvil, hay una oreja seccionada, sanguinolenta. Siente una arcada y ahoga un grito de terror. Se vuelve a su padre, que desde el comienzo de todo el barullo no se ha movido de su sitio y observa todo cabeceando, con serenidad desconcertante.

—Pueblo ignorante, so ajo.

El señor de la toalla en la cabeza, ahora sin venda sobre los ojos, y la niña mutilada con el vestidito de tul cubierto de sangre, regresan al estrado. Hacen gestos para que el público se calme, pero la gente se altera aún más. El señor grita, pero su voz no se escucha, sumergida por la bulla y los lloriqueos. La niña se lleva la mano a la zona en que estaba su oreja. La rasga. De una especie de bolsillo de tela escondido saca la oreja verdadera, intacta. ¿Ven? Todo ha sido un truco, nada más.

Shito se siente engañado. Aliviado.

Se vuelve hacia su padre, que sonríe sin alegría. Como si estuviera cansado, decepcionado.

Un largo mugido metálico invade la carpa. Por entre las cortinas raídas entra con su tuba el mongolito rubio, tocando un obeso y festivo sonsonete de carnaval. Le sigue el payaso enano, que marcha al ritmo haciendo tronar de cuando en cuando unos platillos de cobre, curvados por el uso. Unos aplausos todavía incrédulos empiezan a cuentagotas. Poco a poco se dejan arreciar, pero sin llegar a ser aguacero. El señor de la toalla se coloca al lado de la niña. La toma delicadamente de la mano. La niña cruza las piernas. Los pies forman una V, como un pato. Juntos hacen una profunda venia y el ensangrentado vestidito de tul, abierto en el medio, se levanta y deja ver el interior de los muslos blancos y delgados.

Shito siente un calor en el vientre. Un súbito y brutal deseo de hacerle algo que no sabe qué es. Algo prohibido. Pero, al mismo tiempo, de sacarla de este antro de perdición y salvarla, como Jesús con María Magdalena. Se siente sucio. Se siente limpio. Le perdona su engaño: quiere volver a verla, tenerla para él y solo para él cuando sea grande.

Intuye con una pesadumbre nueva e intensa que eso nunca ocurrirá. Que ella estará fuera de su alcance. Para siempre.

Atardece.

Shito pasa por la zona de las jaulas en busca de su padre. Espérate un ratito, le dijo él apenas salieron de la carpa y, como es su costumbre, desapareció. Toda la tarde lo estuvo esperando en el pampón de la plazuela del Huacho. Hacía rato que los asistentes a la función habían regresado a sus casas. El negro forzudo, el tragafuegos y el funambulista barrieron lentamente las cáscaras, las envolturas y el polvo de las graderías. Después de juntarlos en bolsas de yute, los fueron aventando en la acequia empedrada del medio de la calle, donde desaparecieron empujados por los hilos de agua, delgados pero potentes, que los conducían hacia el mismo destino de la orina humeante que los vecinos mañaneros de Cajamarca arrojaban en sus bacinicas. Apagaron las luces de bencina justo cuando se asentaba sobre la ciudad una inusitada niebla espesa. Sacaron las estacas. Plegaron los toldos. Bajaron, con ayuda del mongolito rubio, el mástil principal. Empezaba a hacer frío, pero Shito ya no tenía dónde esperar bajo techo y no tuvo otra que ir a la parte de la plazuela en que habían instalado las tiendas y que estaba alumbrada. Superar no solo el frío sino también el miedo —la vergüenza— de haberse quedado solo.

Por qué me haces esto, maldice con los dientes apretados. Siempre.

Pasa por la zona de los animales, silenciosa y vacía de gente. En una jaula a medio cubrir una osa calva, desdentada y famélica duerme panza arriba con la lengua afuera. Hay un racimo de moscas zumbando alrededor de una herida abierta en su pata superior derecha. Encima de un organillo, un monito con un sombrerito y un chalequito rojos y una cadena de minúsculos eslabones de metal en el cuello roe una coronta casi desnuda de choclo. Amarrada a un poste de madera, la llama matemática, a la que vio sumar y restar por medio de escupitajos al comienzo del espectáculo, descansa echada de lado sobre el suelo de tierra, rumiando.

No es cierto, no ha sido siempre así. Papá antes nunca dejaba las cosas a medio hacer. Nunca prometía nada que no fuera a cumplir. Nunca dejaba a Shito plantado en un sitio pecaminoso. Solo y desprotegido ante las tentaciones de Satán. Pero desde que don Nicolás de Piérola perdió las elecciones y a papá no le dan trabajo en ninguna parte, ya no es el mismo. A veces, se olvida de lo que ha dicho, aunque haya sido hace menos de cinco minutos y cuando se lo recuerdas, ni siquiera se molesta contigo. Te mira con aire distraído, como si estuviera soñando, como si le diera igual. O como si lo que dices que dijo lo hubiera dicho otra persona. Pero a veces le vienen ataques de rabia, en que maldice a José Pardo, terrateniente civilista dueño de la hacienda de Tumán, quien es el nuevo presidente del Perú, pero también al pueblo bruto que no pudo votar por don Nicolás en las elecciones porque no sabía ni leer ni escribir. Esa masa de indios de raza degenerada que no tiene salvación ni redención posible son un lastre para el país, y siempre necesitan a alguien que los mande.

Shito extraña a ese hombre dicharachero que siempre andaba de buen humor, que no paraba de contar chistes y era el alma de las reuniones familiares en casa del Tío Belisario. Él, que se hubiera levantado con el pie izquierdo o el derecho, siempre veía el futuro con optimismo y tenía una historia nueva que contar bajo la manga. Algún relato de hombres que parecían de fábula pero habían vivido de verdad. Hombres valientes que se aventuraban por sitios peligrosos y desconocidos con tal de descubrir mundos nuevos, que se enfrentaban con la adversidad y la desgracia, pero seguían adelante y triunfaban, aunque lo pagaran con la vida.

Por los oídos de Shito vuelve a pasar la historia de un señor Magallanes, quien, buscando una ruta a las Islas de las Especias, casi terminó dando la primera vuelta al mundo. Casi, dijo papá, porque antes de lograr su hazaña los indios lo mataron a flechazos en Mactán, una isla de Filipinas. Y rio a mandíbula batiente, en una de esas risas que iluminaban y desconcertaban a Shito. El infierno, si existiera, estaría lleno de casis, dijo. Pero shhh, no se lo digas a tu mamá.

Pero hay otra historia que ronda a Shito. En otros tiempos, papá la contaba una y otra vez con brillo en los ojos, aumentando detalles por aquí, corrigiendo por acá, con tantas versiones que a Shito le tomó un buen tiempo darse cuenta de que no eran varias historias sino una sola. Era la del señor Orellana, que papá se animaba a contar solo cuando estaban los dos solos, nunca frente a extraños, ni siquiera mamá. El señor Gonzalo Pizarro, hermano o primo hermano del conquistador —Shito no sabía—, había recibido el encargo de descubrir el País de la Canela. El señor Orellana se enteró de la expedición y decidió unirse a ella. Los dos partieron de Quito y cruzaron los Andes con más de doscientos españoles, unos cuantos caballos y más de cuatro mil indios. Pero después de un año no encontraban nada, solo muerte, porque los expedicionarios morían como moscas. Así que Pizarro y Orellana decidieron construir un barco para hacer más fácil el transporte de los heridos (bergantín, lo llamaba papá, y nadie más que él había usado nunca esa palabra). Un día se quedaron sin suministros y Pizarro y Orellana entraron en desesperación, pues no sabían qué hacer. Ciento cincuenta españoles y tres mil indios habían muerto y el resto se moría de hambre y amenazaba con fugarse. Entonces los dos acordaron que Orellana construyera un barco y fuera río abajo en busca de algo que comer.

A partir de aquí, la historia cambiaba a cada rato. A veces Orellana se iba río abajo, no lograba encontrar comida y trataba de remontar la corriente para avisarle a Pizarro, pero no podía y decidía seguir solo con los cincuenta españoles que le acompañaban. Otras, sí encontraba alimentos y entonces enviaba emisarios a Pizarro para hacerle saber, pero los emisarios morían y, como Orellana no recibía respuesta, optaba por continuar río abajo. A veces Orellana se separaba de Pizarro porque era la única manera de que los dos sobrevivieran. Otras veces a Orellana no le importaba Pizarro o lo abandonaba para salvar su pellejo.

Según el humor en que papá andaba, a veces alababa a Orellana. Otras, lo criticaba ferozmente en largas peroratas en que terminaba llamándolo traidor. Pero nunca dejaba de mencionar que, gracias a la decisión que tomó, había descubierto el Amazonas y lo había recorrido a todo lo largo hasta llegar al océano Atlántico. Sin querer, pero eso a nadie le importaba. A nadie le importa cómo entras a la Historia, Shito. Si por la puerta de adelante, la de atrás o la del costado. Eso sí, una vez que ya estás dentro, nadie te saca.

—Por aquí no se puede pasar.

La voz aguardientosa sale de una choza oculta por la sombra. Shito se detiene. La india barbuda sale a la luz, frente a la entrada. Lo cala con los ojos mientras se cepilla distraídamente el pelo larguísimo y lacio con un peine gigantesco de carey. El bochorno quema las mejillas de Shito.

—¿A quién buscas?

—A mi papá.

Risita burlona.

—Ese está por allá.

El brazo señala un corredor de tierra apisonada en medio de las dos filas de tiendas de campaña a la izquierda. Están poco iluminadas, pero Shito logra distinguir sus grandes rayas verticales, blancas y negras. Toma aire. Avanza a tientas por el camino indicado como quien se adentra en una selva hostil. Desde el fondo se escucha un aullido animal. No, una potente voz masculina cantando. Es una canción en un idioma extranjero, tristísima. Shito se detiene: la canción, cantada a todo pulmón, destila una pasión sensual, violenta, excesiva, obscena, que lo conmueve profundamente.

Debería darte vergüenza. Tápate las orejas: que no entre el diablo, que siempre se las arregla para meterse donde no debe si bajas la guardia. Date la vuelta y regresa por donde viniste.

No puede. Detrás de él están los ojos curiosos de la india, pegados a su espalda, que no lo dejan dar marcha atrás. Que lo empujan hacia delante.

Llega a la última tienda, el mesón improvisado con bancas de madera en que estaba la señora que, antes de cada función, vendía cecina *shilpida* en ollones, con su cancha más. Asoma la cabeza por la entrada, un dintel de tela del que cuelga una cortina de gasa raída por el uso. Al interior hay una docena de personas sentadas en las bancas y en el suelo, sobre petates. A los lados, gente de pie. Todos miran en respetuoso silencio hacia una tarima enfrente, donde el señor del bigote, sentado en un baúl, canta con la mano derecha en el corazón. Ya no lleva toalla en la cabeza. Su calva reluce como si la hubieran lustrado.

Qué haces aquí escuchando porquerías. Cómo se pondría mamá si te descubriera.

Siente frío, pero la música y el idioma lo calientan. Se le antojan familiares: es una canción en italiano, de esas que a mamá le gusta escuchar a solas en el fonógrafo del Tío Belisario cuando van de visita, lo que hacen cada vez menos. Suspira de alivio: si mamá puede oírla, yo también.

Reconoce a las dos señoritas pegadas por la cintura, al mago, al domador del oso raquítico, al payaso mudo, a la mujer contorsionista. No ve por ningún lado la nuca de la niña más hermosa del mundo. Tampoco la de papá.

Se le hace un nudo en la garganta.

El hombre del bigote ha dejado de cantar. Se ha hecho un silencio espeso, inmóvil, al que siguen unos aplausos cálidos, sentidos. Empieza el rasgueo de una guitarra, que toca con precisión y brío contagioso un vals de la guardia vieja que Shito ha oído tararear a alguno de sus tíos. El potente vozarrón del payaso enano, al que no puede ver desde aquí, le pone mucho sentimiento. Como si lo que cuenta la canción, un amor traicionero y no correspondido, le hubiera pasado a él.

Al hombre del bigote se le ilumina súbitamente la cara. Se levanta. Hace una venia ante las señoritas pegadas, que inclinan levemente la cabeza al mismo tiempo. Toma a una de la mano izquierda, a la otra de la derecha. Comienzan a bailar. Se escuchan palmadas siguiendo el ritmo. El mago asoma de las sombras y aparta los taburetes del centro del galpón. El trío se desplaza hacia ahí sin perder el paso ni el compás, con tanta naturalidad que parece uno de los números de la función que se hubieran pasado días enteros ensayando.

La canción termina en aplausos, ahora sí efusivos. El enano —visible por fin— tantea con la guitarra el inicio de una nueva melodía.

—¡Otro valsecito!

—¡No, mejor mándate con una chilena, gorgorito!

—¡Qué chilena ni chilena! —grita la voz del padre de Shito—. ¡Estamos en el Perú, so jijuna, así que llámala por su nombre de verdad! ¡Sírvete una marinera! ¡Una marinera norteña! ¡Y de Cajabamba, carajo, como la de Bolívar!

Está en una esquina poco iluminada, sonriendo con odio. Un odio rabioso, eufórico, feliz. A su lado, tan cerca de él que podría tocarlo, está la niña hermosa, sentada en un taburete muy alto, con su oreja completa y desnuda. Papá se vuelve a ella. Le dice algo al oído. Ella balancea las piernas y sonríe.

Shito se disimula a sí mismo la doble punzada en el corazón. Se fuerza a apartar la mirada, a prestar atención al payaso enano, que le arranca a la guitarra sus primeros zumbidos de abejorro. Uno, dos, tres, cuatro segundos. Cuando vuelve a verla, derrotado, la niña está alzando el dedo índice. Se lo lleva a la sien: se ha acordado de algo. De cuatro ágiles zancadas llega a la tarima. Abre el baúl en que estaba sentado el señor del bigote. Tiene grandes cerrojos de metal que parecen salidos de un cuento de piratas. Saca dos pañuelos blancos. Da pasos juguetones de ballet en el centro del galpón. Desde ahí, le lanza uno a papá, que lo agarra al vuelo y se lo coloca con elegancia en el bolsillo de la camisa. Papá camina hacia el centro con parsimonia. Dobla la rodilla a tierra. Besa el dorso de la mano de la niña. Ella se quita los zapatos y los lanza a un rincón.

Bailar es invitar a la concupiscencia, al frívolo placer de los sentidos, al pecado seguramente mortal. Shito quiere bajar los ojos. Gritarles que lo que están haciendo está mal. Hacer algo para que lo descubran y sientan vergüenza.

No es capaz.

Su padre es un pavorreal que expande sus alas, barre el suelo y se desplaza con una gracia zalamera que Shito nunca le ha visto. La niña baila en el sentido opuesto, coqueta, arrastrando su pañuelo por tierra como si estuviera marcando las fronteras de un territorio sagrado. Su padre se encuentra con la niña en el centro, la confronta como si fuera un enemigo, parece que fuera a picotearla, pero a último momento se arrepiente y continúa su camino. Da la vuelta formando un ocho. Ella lo sigue por su lado, moviéndose como si fuera un espejo que copiara sus movimientos al revés. Ese hombre que es su padre pica la tierra con la punta del zapato, como un gallo que se dispone a atacar y despedazar con sus cuchillas al oponente. Ella no repele el ataque. Se somete a él, acercando el pico al pico y bajando las alas. Los dos se funden de nuevo en el centro, picoteándose sin tocarse.

Shito no se ha atrevido. No se atreve. No se atreverá. Es solo un niño indefenso al que el destino ha apartado cruelmente de su padre y conducido a las puertas del infierno. Solo le queda salir de ahí cuanto antes y sin hacer ruido, y tratar de encontrar solo el camino a casa.

—¡Eudocio! —dice su padre. Con voz risueña—. ¿Qué haces ahí escondido? ¡Ven!

Shito se queda inmóvil, sin abrir la boca.

La niña mira en dirección a Shito. Le hace gestos de que se acerque.

Shito obedece.

Mamá regresa a las nueve de la misa tempranera del padre Arcelai. Lleva de la mano a José Manuel y Leonorcita y, en la mano que le queda libre, una canastilla con fruta fresca, que debe de haberse fiado en el almacén del señor Esparza. Seguro se quedó un rato haciendo labores en la iglesia, como siempre.

Después de cerrar el portón, cruza el patio de piedras azules en que papá tiene instalado su taller, y que divide la casa en dos. Papá, con un pocillo de café negro a su lado, está trabajando penosamente en varios encargos de candados. Ha habido muchos desde que los guapos de don Tristán Cabrejo, terrateniente de la hacienda Polulo, atacaron la hacienda El Triunfo de Don Eleodoro Benel en Hualgayoc, y han tenido que mandar gendarmes desde Cajamarca para darle protección.

Mamá entra en la cocina, donde Shito lee en silencio. Manda a los niños a jugar al otro cuarto. Confirma que Ana María, a cargo de Domitila, sigue dormida. Se quita la mantilla negra que le cubre la cabeza. Deja la canasta de mimbre con las compras en el mostrador.

—¿Qué te pasó? ¿Se te pegaron las sábanas?

—Me he acostado tarde, mamá.

—¿Adónde, pues, te fuiste?

Shito mira fugazmente en dirección al patio, donde está papá. Papá no levanta la mirada.

—Salí nomás. Por ahí.

—Ah.

Mamá da un vistazo de soslayo a papá, que sigue trabajando como si no hubiera escuchado. Se acerca a Shito por detrás. Shito siente la respiración de su madre por encima de su hombro.

48

—¿Qué lees?

—Mi libro de geografía.

Mamá le da la vuelta a la carátula.

—¿Qué es esto? —señala el retrato torpemente dibujado de un joven con bigote, vestido como un fraile—. ¿Quién es este gafo?

—Giordano Bruno.

—Ah.

—Lo quemaron por decir que la Tierra giraba alrededor del sol.

—Ah.

Mamá se muerde los labios. Pasa rápidamente las páginas.

—¿Ya terminaste de aprenderte el sermón que te dejé de tarea?

—Me falta el capítulo siete.

—A ver. Recítame hasta donde hayas llegado.

—*Bienaventurados los pobres de espíritu, porque de ellos es el reino de los cielos. Bienaventurados los que lloran, porque ellos recibirán consuelo. Bienaventurados los mansos, porque ellos heredarán la Tierra...*

Shito declama las bienaventuranzas en voz alta con los brazos abiertos y haciendo los gestos con las manos que le enseñó mamá. Se enreda con un par de versículos del capítulo seis, en los que Jesús habla de la limosna, la templanza y el ayuno. Igual mamá parece satisfecha.

—Salgo —dice papá.

De un solo trago, acaba con los restos de café de su pocillo. Empieza a guardar sus herramientas. Mamá sale al patio con los brazos cruzados.

—¿Adónde vas?

—A la plaza.

—¿Qué? ¿Estás con resaca por la juerga de anoche y no puedes trabajar?

—Ya te he dicho, Leonor. Yo ya no bebo.

—¿Entonces por qué te vas?

—Los encargos no son urgentes.

—¿Cómo que no? Con la ola de violencia que hay, la gente tiene que protegerse.

—En Hualgayoc, no en Cajamarca. La gente de aquí se asusta por borricadas.

Cierra la caja de herramientas y le pone candado.

—No puedes irte. ¿Y si se aparece un cliente?

—Le dices que ya regreso. Que deje el encargo con Shito.

Ha alzado los ojos. Por primera vez desde que mamá llegó de misa, la mirada de papá se cruza con la suya. Mamá se vuelve a Shito. Le hace un gesto con la cabeza.

—Anda con tu papá.

—¿Adonde?

—Adonde vaya.

—Pero mamá.

—No seas flojo, hijo. Que te dé el aire fresco. Está bien leer culantro, pero no tanto. No vas a estar en casa encerrado con tus libros todo el santo día. Si viene un cliente, yo le tomo la orden y ya.

Shito ve de reojo a su padre, quien observa largamente a su esposa ¿con curiosidad, odio, hartazgo? Contempla a Shito ¿con resignación?

—Vamos.

Los dos caminan rumbo a la plaza en silencio y sin mirarse. Papá no parece tener nada a favor de su compañía, pero tampoco en contra. ¿Estará molesto con él —Shito sonríe para sus adentros— por lo que pasó anoche en la fiesta?

Llegan a la plaza. Se dirigen al bar Los Andes, en la calle principal, ya abierto a estas horas de la mañana. Shito se enfurece: ¿A eso ha venido? ¿A chupar, como cuando estaba en campaña? ¿A mentirle a mamá para vengarse de su celo?

—A los años, Víctor.

—A los años, don Jaime.

El señor Jaime Chávarry, dueño del bar, está sentado a la única mesa que no tiene sillas con las patas arriba y en la que hay una media docena de botellas vacías y dos a medio llenar. Un indio joven de ojos vidriosos lo acompaña. Sus pómulos salientes y color cetrino contrastan con lo elegante de sus ropas, hechas con tela importada y a la medida. Hay un poncho de lino blanco doblado con cuidado sobre el respaldo de una de las dos sillas sin ocupar.

—Haznos el honor —dice don Jaime señalando las sillas—. Por los viejos tiempos, cuando todavía nos visitabas por aquí. ¿Qué te sirves?

Papá inclina levemente la cabeza y niega con la palma de la mano: nada, gracias. Desde que don Nicolás perdió las elecciones, ha dejado de beber. Shito recuerda: ni siquiera anoche. Todos terminaron borrachos, hasta la niña hermosa. Papá invitó varias rondas de cañazo a todos en la fiesta (cómo se enojaría mamá si lo supiera), pero él no bebió ni una sola gota. Evoca imágenes fugaces de la noche pasada. La niña hablándole a solas, tomándole de la mano, soltando de cuando en cuando palabras en italiano que Shito no comprendía, que no le importaba no comprender. Sacándolo a bailar una y otra vez. Aplastando de vez en cuando sus senos pequeños pero duros contra el pecho de Shito, mientras papá conversaba en voz baja con el señor del bigote, que le hablaba con entusiasmo de un canal que habían empezado a construir en Panamá y que dizque haría el viaje de Italia al Perú mucho más rápido. Tropezándose y cayendo entre risas al enseñarle los pasos de un baile nuevo que, decía ella, todavía no había llegado a Cajamarca y se llamaba *ragtáin*.

—¿Tu primogénito?

Papá asiente.

—Igualito a ti, como una gota de alcohol a otra —ríe. Toca el hombro del joven que le acompaña—. ¿Te acuerdas de Faustino, el hijo de la Chabela?

51

Papá contempla sin expresión al joven aindiado, que tropieza al levantarse de la silla.

—Acaba de regresar del Putumayo. Estuvo tres años trabajando en la selva con los caucheros y viene a comprar una tienda y hacer negocios. No perdió el tiempo haciendo política, como nosotros.

El joven aindiado hace una torpe y breve venia, que casi le hace perder el equilibrio. Está visiblemente borracho.

—Fue a poner civilización en esos rincones perdidos donde solo viven manadas de salvajes —dice don Jaime—. Se ha forrado los bolsillos como Dios manda. Y ha vuelto a la tierra que lo vio nacer.

—Soy el hijo pródigo —dice riendo el muchacho. O por lo menos, eso es lo que parece que dice, porque balbucea más que habla.

—¡Por los peruanos que redimen a su raza! ¡Que les hacen el pare a esos colombianos pendejos que se aprovechan de que solo hay puro chuncho por allá para invadir nuestro territorio! ¡Cajamarca los recibe, carajo! ¡Salud!

—¡Salud!

Chocan vasos.

—¡Seco y volteado!

Ambos beben de un solo trago y hasta la última gota. Golpean la mesa con las bases de sus vasos, salpicando una suave llovizna de cerveza.

—La selva es una puta despechada —dice don Jaime apenas abriendo los labios—. Se huaraquea y te tiene garañón todo el tiempo a punta de calor y nunca te sacias por más indias que te manduques. No te deja pensar. No te deja trabajar. Se hace la que te quiere. Pero a la primera que te descuidas, *¡das-das!*, te clava los colmillos por la espalda como guatopilla traicionera.

Shito se vuelve hacia su padre, que no hace nada para detener la andanada de groserías que no toleraría en su casa. Don Jaime se descubre el antebrazo. Señala un hueco de carne cicatrizada.

—Este era un gusanito pendejo —sonríe—. Tuve que sacarlo con púa de metal hirviendo. Después de una picadura de mosquito, el muy jijuna había hecho su nido como pájara de mala entraña. El brazo casi me cortan por culpa del gramputa. Menos mal que no me picó en el sopino, que si no...

La cara del muchacho, aletargada hasta ese momento, se agrieta como una tierra seca acosada súbitamente por el sol. Empieza a musitar algo sobre poner una tienda y sacar a su mamá de lavandera. Ponerle una casita en el campo donde termine sus días tranquila y bien atendida, y descanse por fin. Que la doña no restriegue nunca más la mierda de los calzones de las señoronas de Cajamarca. Esas que nunca faltaban a misa pero...

Una tos ronca le quiebra el hilo de lo que dice. Se queda mirando el fondo de su vaso vacío. Un poco de baba —o es espuma de cerveza— cae de sus comisuras a la mesa.

Shito observa al joven borracho. Su imagen se superpone a la del chiquillo callado que les abría la puerta cuando mamá iba a dejarle su canasta de ropa a doña Chabela. ¿Por qué, si logró salir con tanto esfuerzo de la vida de degradación a que lo condenaba su raza, ahora se embota los sentidos con alcohol?

Se escucha un bullicio infantil proveniente de la plaza. El griterío festivo se acerca e invade el local. Papá va hacia la ventana, avanzando entre crujidos: el suelo del bar está recubierto de aserrín fresco. Shito sigue a su padre.

Una muchedumbre de indiecitos chaposos y sonrientes llega frente a la iglesia. Vienen desde la plazuela del Huacho corriendo, saltando, haciendo maromas. De cuando en cuando dan un vistazo a la espesa nube de polvo que les persigue y de la que brotan monstruosos sonidos guturales que parecen salidos del centro mismo de la Tierra. Los indiecitos se vuelven y gritan.

—¡Se va! ¡Se va! ¡El cirquito se va!

Los indios que limpian obligados el patio de la comisaría abandonan su labor y se acercan a ver. El policía que los vigila les resondra, pero él mismo se suma a la turbamulta de paisanos que se apretujan en la plaza. La nube de polvo llega a la altura de un gigantesco charco frente al local del municipio y se disuelve. Se perfila la silueta del señor de bigotes engrasados conduciendo la primera carreta de caballos de la caravana, que se desplaza solemne por el lodazal dejado por las lloviznas de anoche. Bien prendido de su toalla en la cabeza, el monito del organillo hace adiós a los niños, que le devuelven con chillidos jubilosos el saludo.

—Permiso —dice papá.

Sale del interior del bar a la terraza. Shito lo imita. Aspira sin chistar el denso hedor a caca animal: se muere de la curiosidad. Hace cinco días mamá no le dejó venir a la plaza a ver el desfile con que el circo anunció su llegada con bombos y platillos. Jalan su mirada y la llenan de admiración las paredes de tela de los vagones, cubiertas de letras multicolores de molde —Circo Cavallini— y dibujos en tamaño natural del domador de osos, del funambulista, del negro gigante, de la india barbuda. Siente el súbito deseo de abrazar a los dibujados. ¿Y si aprende alguna suerte él también y le dejan irse con ellos? Cómo sería. Viajar en esta misma caravana por todo el Perú, por todo Sudamérica, por todo el mundo. Estar en sus fiestas, beber con ellos. Bailar con ella toda la noche otra vez. Otras veces. Para siempre.

La busca con la mirada. Distingue el vagón que transporta la cama de púas del faquir, las jaulas en que brama el oso esquelético, en que rumia la llama sabia. Ve pasar la carreta en que el mongolito rubio toca rabiosamente la tuba, acompañado por los golpes rítmicos de tambor del payaso enano y los chillidos del selvático de cabeza chiquitita (los jíbaros se la habían encogido). Devuelve tibiamente los saludos de las mujeres pegadas y el funambulista que, colgados de los estribos, se despiden de los cajamarquinos con efusivos gestos de la mano. Ella no está.

—No está —dice en voz baja. Se vuelve hacia papá a explicarle a quién se refiere, por si acaso no sepa.

Ha desaparecido.

Lo encuentra una hora después, rondando la plazuela del Huacho.

—Papá.

Papá vuelve la mirada hacia él. Parece recién salido de un sueño despierto.

Caminan de regreso a casa lentamente, como remolcando los pies. Cuando les falta cuadra y media para llegar al portón principal, papá se detiene. Saca de su bolsillo un pañuelo blanco, sucio y arrugado, con un bultito chiquito en su interior. Pone el pañuelito en la palma de su mano y se lo muestra. Sin saber bien qué hacer con él, Shito va a guardarlo en su alforja, pero papá niega con la mano, y le hace el gesto de que lo abra.

Es la oreja de la niña. La oreja de mentira. Todavía queda algo del tinte rojo que parecía sangre.

—Tócala.

Shito levanta la mirada sin comprender.

—Con tu mano. Tócala. ¿De qué está hecha?

Shito toca la oreja. Es un material nuevo, que nunca ha palpado antes. Duro pero flexible.

—¿Sabes cómo se llama?

—No.

—Caucho. Es para ti.

—¿Para mí?

—Sí. Marzia te la dejó.

La oreja cae, rebota en el suelo y gira fugazmente como un trompo hasta quedarse inmóvil.

—¿No te gusta?

—No. Sí.

—Quédatela.

Shito, con la mano temblorosa, se la guarda en el bolsillo.

—¿Qué es esto?

Shito finge seguir leyendo.

—Shito. Te he preguntado qué es esto.

Shito alza la mirada.

—Estaban en el bolsillo de tu pantalón, en la ropa sucia.

Mamá agita los dos boletos de circo. Shito hunde la vista en el suelo, fingiendo contrición: caíste. Siente la mirada hirviente de su madre posada largamente sobre él.

—¡Víííííctor!

Escucha el sonido de los pasos de papá arrastrándose desde su taller hasta la cocina, bañada por vetas de luz que se filtran por los tragaluces, con motitas de polvo flotando.

—¿Qué quieres?

—¡No te bastaba con darle a leer al Shito libros pecaminosos que lo van a mandar derechito al infierno! ¡Encima tenías que llevarlo a ese antro de lujuria!

Ana María, que jugaba en el rincón de la cocina, rompe a llorar.

—El Shito tiene que salir. Tiene que ver el mundo.

—¿«El mundo»? ¿Ese lupanar de meretrices, locos y monstruos es «el mundo» para ti?

—Eso y cualquier cosa que lo haga hombre. Que lo saque del beato chupacirios en que lo has convertido.

Shito se levanta de la mesa, se arrodilla y juega con ella, tratando de calmarla. Josema y Leonorcita miran desconcertados a sus padres.

Mamá niega con la cabeza.

—Tú eres... tú eres... el demonio. Haznos un favor, vete y déjanos en paz. Deja de quitarles a tus hijos la comida de la boca para dársela al maligno. ¿No ves que todo esto, todo —mamá extiende los brazos, que abarcan la cocina, la casa, todo el universo— es culpa tuya? Mil veces te advertí que no te metieras en política, pero tú te pusiste opa y dale que dale en hacer esa maldita campaña.

—Un hombre lucha por lo que cree. Aunque la plebe ignorante no lo siga.

—¿Y su familia tiene que pagar los platos rotos? ¿Quién, pues, ahora nos va a sacar de esta vida de miseria? ¿Don Nicolás, tus amigotes esos, que bien que se llenaban el buche con nuestra despensa al final de cada mitin y ahora ni siquiera te devuelven el saludo? Mírate. Dado de baja en el ejército. Haciendo cerrojitos por unos centavos. Viviendo como pordiosero, de fiado en fiado, con techo encima solo por la gracia de Belisario, que Dios lo proteja.

Los ojos de papá emiten un destello. Hincan el suelo.

Largo silencio, en que se escuchan solo los quejidos de Ana María, que se va quedando dormida.

—En la escuela en que trabaja mi hermano Josué necesitan a alguien para mantenimiento —dice mamá—. Ve y pídele el puesto.

—No puedo.

—¿Por qué?

—No voy a darle el gusto. No voy a humillarme.

—Trabajo no es caridad, Víctor. ¿No es ese el lema de los Ravines?

—No si el que te ofrece el trabajo es civilista.

Mamá niega con la cabeza, desesperada.

—Hazte arrendatario entonces, so ajo. Nos conseguimos una parcela en una de las haciendas y le pedimos a Don Eleodoro que te enganche. Es compadre de Belisario y no va a negarse.

La vena de la frente de papá se hincha. Parece que fuera a reventar.

—Yo no soy un cholo, Leonor.

—¡Hazte bandolero aunque sea, jijuna grandísima! ¡Pero sácanos de esto!

Papá niega lentamente con la cabeza. Desde algún lugar muy adentro de su madre surge un tenue sollozo que, poco a poco, se vuelve gemido. Un gemido que se quiere sordo, pero se va alargando en una serie de quejidos hasta hacerse llanto sin diques, que aprieta con fuerza la garganta de su hijo mayor.

Papá toma los boletos de circo. Los observa.

—Shito. Llévate a tus hermanos a su cuarto.

Shito obedece. Intenta arroparlos y hacer que se duerman, pero ellos no dejan de gimotear. Por más que aguza el oído, Shito no logra atrapar ni una frase entera de la nueva discusión entre sus padres, que comienza en voz baja, sube de volumen hasta casi llegar a los gritos y prosigue en voz baja de nuevo hasta diluirse y empezar de nuevo.

El mundo horizontal se sacude.

Una fuerza ajena lo zamaquea suavemente de los hombros. ¿Temblor?

Abre los ojos a medias: su madre. Es de noche o madrugada, no sabría decir.

—Tu papá quiere despedirse.

Es la voz de mamá. Extenuada, limpia, algo ronca: su voz de cuando ha llorado mucho.

¿Es un sueño? No: el granizo sigue golpeando con fuerza el techo de paja trenzada, siguen deambulando por la habitación las luces borrosas que vienen del patio.

Mamá despierta a sus hermanitos. Les pone su ponchito, su sombrerito, su mantillita. Les dice palabras dulces al oído.

Shito ya está afuera, abrigado de pies a cabeza. No sabe cómo llegó hasta aquí. Las burbujas de vidrio que protegen las velas encendidas se mueven como luciérnagas por la oscuridad. Todos respiran humo, como si estuvieran fumando. Hablan en voz baja. Copos de nieve caen suavemente sobre la carreta de dos caballos. Sobre papá. Está al lado de la mula. Lleva sombrero de ala ancha, una chalina que le llega hasta las orejas, poncho de lana fina, polainas y botas de cuero. Mamá va colocando a sus soñolientos hermanitos uno por uno delante de papá, que los aprieta contra sí. Ellos se dejan hacer, entre bostezos, restregadas de ojos y protestas. No saben que papá se está despidiendo. No saben lo que es una despedida.

Le llega su turno. Papá busca algo debajo de su poncho. Saca, medio doblados, los dos boletos de circo. Los guarda discretamente en el bolsillo de Shito.

—Voy a descubrir el Amazonas —le dice al oído.

Shito no está seguro de que oye lo que oye. El párpado derecho le ha empezado a temblar. Lucha para no perder el equilibrio. ¿El que ama qué zonas?, casi pregunta. Pero escucha, esta vez claramente, lo que sigue.

—Gracias —dice papá.

Shito siente un espeso ramalazo oliente a estiércol: la mula que se llevará lejos a papá está cagando. Se ve a sí mismo de nuevo, cerciorándose ayer de que los boletos estaban en el bolsillo visible del pantalón que había puesto en la canasta de ropa sucia: no había pierde posible, era por ahí donde empezaba mamá a revisar las prendas antes de lavarlas. Se ve a sí mismo mirando a todos lados con el pulso desbocado por el temor a ser descubierto.

Ya no es vergüenza lo que siente. Se siente arropado por el abrazo húmedo de su padre, que huele a cuero curtido. A pellejo muerto. Libre por fin.

Se queda dormido de pie.

III

Durante varias semanas no hay noticias de papá.

El sango se reduce a una taza de café con leche para mamá, Shito y José, y media para Leonorcita y Ana María, y en el almuerzo repiten una y otra vez el menestrón verde desleído que mamá logra estirar por varios días seguidos. Poco a poco, van desapareciendo los muebles y los objetos preciados de la casa, como el globo terráqueo de papá. Cuando solo quedan las dos camas, la mesa y las sillas del comedor, les toca el turno a las herramientas del taller, que se van sin despedirse en grupitos pequeños hasta desvanecerse.

Cuando no hay nada más para vender y empiezan a raspar el fondo de la olla, a mamá le cae del cielo un cachuelo: lavar los uniformes de los soldados y gendarmes que vienen a hacer su servicio a Cajamarca, a veinte centavos la docena de prendas. Los soldados suelen quedarse estacionados en barracas en la capital del departamento, pero a los gendarmes los mandan a poner la ley y el orden en comisarías improvisadas en Bambamarca, Santa Cruz, Niepos y Hualgayoc, donde hay mucho cuatrero suelto haciendo de las suyas. Es un cachuelo estable. Hay flujo constante de gendarmes que van y vienen de Lima, pues la cosa está movida. Hay robos, violaciones, abigeatos e incluso asesinatos entre familias de guapos al servicio de los grandes señores de la tierra, que libran entre sí guerras interminables sin cuartel dizque desde la guerra con Chile. Pero también paga los platos rotos la gente inocente que tiene la desgracia de estar cerca cuando se producen sus enfrentamientos, cada vez más cruentos.

Los niños ayudan a mamá Leonor. Mientras ella lava la ropa, Shito troza y coloca con cuidado el carbón debajo de las planchas de hierro en que luego secan los uniformes, y José los abanica hasta que están a punto. Mamá se escupe un poco de saliva en la yema del índice derecho y pasa el dedo sobre la superficie de la plancha, que chisporrotea con una minúscula estela de vapor, que a Shito se le hace el azufre que anuncia la presencia demoníaca. Shito busca entonces, de reojo y con un nudo en la garganta, algún atisbo de hocico, de ala, de cuerno, de patas o garras del monstruo que ha visto infinidad de veces en los dibujos de la Biblia ilustrada que le compró mamá en tiempos de vacas gordas, pero el maligno logra esconderse siempre a tiempo. Si mamá cabecea, es el signo de que la plancha ya está a la buena temperatura y les toca a Leonorcita y Ana María tender con cuidado los uniformes. Luego, durante la espera del secado, Shito lee en voz alta —y mamá y sus hermanos escuchan— la epístola y el evangelio del día y también la vida del santo que toca, algún mártir que proclama la verdad del cristianismo mientras le dan de beber plomo hirviendo, lo crucifican de cabeza, lo avientan a los leones en el circo romano, lo despellejan vivo o lo decapitan.

Un día empiezan a llegar, en grupos de dos o tres, cartas de papá, que Shito va a recoger de la oficina de correos. Mamá Leonor hace entonces algo impensable: le pide a Shito que las lea en voz alta una y otra vez mientras esperan a que la ropa se seque, y deje las palabras sagradas para la sobremesa de la merienda vespertina.

—Que tus hermanitos se enteren de lo que está haciendo tu papá —le dice a modo de excusa.

Leerlas en voz alta le encanta. Las cartas son frecuentes y tienen un tono optimista. Estoy en Chachapoyas, Yurimaguas o Moyobamba, ganándome la vida como mecánico, reparando cualquier máquina averiada que caiga entre mis manos por unas monedas que me permitan seguir a Tarapoto. En la primera carta de la segunda hornada, acabo de llegar a Pucallpa y es más fácil encontrar trabajo y buscarme la vida: por todas partes hay armas de fuego por arreglar, y en la segunda carta he podido reunir un pequeño capital con el que vengo de comprar listones de madera a precio de costo. En la primera carta de la tercera hornada estoy construyendo una lancha con mis propias manos y le pienso instalar un motor viejo que yo mismo he rescatado de un muladar y devuelto a la vida. Y en la segunda acabo de entrar en contacto con unos caucheros que me han dicho dónde están las plantaciones y cómo adentrarme en las selvas (papá así habla de ellas siempre, en plural).

Las cartas comienzan a ralear y se pasan meses enteros sin recibir ninguna. Sin decirse nada, mamá Leonor y Shito retornan a las epístolas y los evangelios. Como si fuera penitencia, mamá no solo lava y estruja la ropa, también se ocupa de las planchas y los carbones y de tender la ropa, y le encarga a Shito la tarea exclusiva de leer la palabra divina a sus hermanitos, entre vapores y chisporroteos, engolando la voz y redondeando las vocales como si tuviera la boca llena de piedras. Así fue como, decía papá, Demóstenes logró superar su tartamudez y así es como a mamá Leonor le gusta imaginar la voz de Dios. Al poco tiempo, mamá Leonor le pide que lea también largas parrafadas de unos libros gordos de tapa dura con cubierta de cuero repujado y papel de cebolla, de hojas delgadas como pétalos aplastados de una flor gigantesca. Los trae de la biblioteca del convento de los franciscanos y son imponentes. Tienen caracteres antiguos y elegantes, y llevan impresos en el lomo, en bajorrelieve dorado, los nombres de Orígenes, Tertuliano, san Agustín y santo Tomás de Aquino. Shito declama, entre los suaves ronquidos de sus hermanitos, tratando de adivinar el tono con que deben decirse, las palabras ampulosas y extrañas que manan de sus páginas entre olores y humos de jabón, potasa y desinfectante, que va subrayando como si fueran acertijos. Terminado el lavamiento, Shito va corriendo a descifrarlos en el diccionario gordo de la casa y anotarlos en un cuaderno verde que papá le regaló por Navidad, con sus respectivos significados, bien ceñidos a la doble raya y a la derecha de la línea que la divide verticalmente.

Tío Belisario, a quien antes veían con frecuencia, no se ha aparecido por la casa desde la partida de papá, y ha dejado de invitarlos a las verbenas que organizaba en su caserón, en que Shito hacía sus demostraciones de memoria. Solo el abuelito José Manuel los visita, y eso que tiene que andar las cinco cuadras largas que separan la casa taller del caserón del Tío Belisario, donde tiene su cuarto en el segundo piso. Shito lo ha seguido en silencio y ha visto la maravilla con sus propios ojos. El abuelito, que está completamente ciego, camina tanteando el suelo con su bastón labrado con empuñadura de nácar, la mano con que palpa el empedrado, y se guía por las distancias y ruidos de la calle y su buena memoria, pues anticipa cada hueco, cada rampa, cada escalera del camino como si la llevara grabada.

En la casa taller se queda sentado en un rincón, con el tazón de hierbaluisa entre las piernas, dando un sorbo de cuando en cuando mientras escucha con el ceño fruncido los lavamientos y estrujamientos de mamá y las lecturas en voz alta de Shito, y acaricia las cabecitas de Leonorcita y Ana María, que juegan en silencio. A veces lo manda a Shito a comprar tabaco o bizcochos para liberarlo, aunque sea un ratito, de su faena (gracias, abuelito), y mamá siempre acepta, y cuando Shito regresa lo encuentra dormido con la boca abierta y un reguero de saliva en una de las comisuras, con la taza vacía bien apretada en el regazo. Como una hora después se despierta, fuma o come un bizcocho y pide que lo acompañen de regreso. Insiste en que sea Shito el que lo haga, aunque sus hermanitos estén libres. En el camino, el abuelito le cuenta anécdotas del general Salaverry, que ingresó al ejército a los catorce años, peleó en Junín y Ayacucho a los dieciocho y llegó a presidente a los veintiocho, y enumera embelesado sus crueldades, que unas veces alaba como necesarias y otras vitupera sin piedad. También raja ferozmente de Ramón Castilla, por haber dilapidado los dineros obtenidos por la venta del guano y el salitre y haber endeudado al país, poniéndolo en una situación de debilidad que aprovecharon los chilenos para declararnos la guerra.

—Por qué la hemos perdido es otro cantar —aclara siempre.

Cuando, sin que Shito se lo prevenga, llegan a dos cuadras del caserón del Tío Belisario, el abuelito se detiene de improviso, le dice «hasta aquí llegamos, mi querido churumbel», y concluye solo esa parte del recorrido, dejando a Shito con el alma en vilo. El abuelito hinca de nuevo el empedrado, siguiendo o cambiando de rumbo o cruzando la calle sin vacilar y a veces de manera temeraria, hasta que desaparece entre el gentío o en una de las esquinas.

Un buen día de fines de verano, don José Manuel deja de venir, lo que atribuyen a los primeros fríos de la nueva estación que se aproxima. Al cabo de una semana, Jeremías, un criado de Tío Belisario, se presenta en la casa a avisarles que ha fallecido. Mamá Leonor le pide a Shito que se haga cargo de José, Leonorcita y Ana María y se mete en el baño, donde llora a lágrima viva toda la tarde, soltando de cuando en cuando un lamento por la partida del único Ravines que no la ha dejado sola. Sus hermanitos se contagian de mamá, pero a Shito la noticia lo sume en un estupor vacío y sin lágrimas. Todo ese día y el siguiente vive dentro de una especie de cápsula transparente que amortigua todo lo que ve y oye. Le sorprende ver a su madre detenerse a medio lavamiento y empezar a gimotear, a veces por largo rato, y dispensarse de las lecturas de la jornada. Irritado, Shito se pregunta por qué su madre y sus hermanitos son tan débiles y no son como él, que desprecia los lloros. Leyendo el catecismo en busca de respuesta, descubre con orgullo la virtud que lo diferencia: la fortaleza de espíritu.

Gran error. En el funeral del abuelito, de pie ante el féretro abierto en que yace con sus colores en los pómulos y bolitas de algodón en las narices, se da cuenta de que ya no lo verá tantear el suelo, tomar su hierbaluisa, comer su bizcocho, fumar su cigarrillo. Que ya no escuchará más sus historias de hombres célebres. Súbitamente y sin previo aviso, su garganta se estremece, el pecho se le cierra y le sobreviene un ataque fulminante de hipo, que transmuta en un llanto incontrolable sin fondo ni medida.

—Mi más sentido pésame.

El abrazo, oliente a tabaco negro, proviene de una persona alta y grande, y es inesperado, cálido... y vagamente burlón. Shito siente cómo el bochorno le sube a las mejillas. Al separarse del abrazo, Shito descubre frente a sí al Tío Belisario, el héroe de San Pablo y Miraflores a quien todos reverencian y admiran. Para ocultar mejor el odio que empieza a invadirlo, Shito le sonríe. El hombre que los abandonó cuando más lo necesitaban le devuelve la sonrisa y Shito sonríe de nuevo, odiándolo aún más. Y por partida doble: se odia también a sí mismo por hipócrita.

Algunos años después, Shito se enteraría de que quien le había conseguido el cachuelo del lavado de uniformes a mamá Leonor, y sin que ella lo supiera, había sido él. Para entonces ya estaba fundida en el alma de Shito la máxima que los Ravines respetan sin aspavientos pero a rajatabla, el estricto código secreto que aplican a los demás y entre sí y no admite excepciones ni siquiera en tiempos de necesidad.

«Trabajo sí te doy, caridad jamás».

Después de casi dos años de la partida de papá a las selvas, mamá Leonor consigue el trabajo de preceptora de una escuela fiscal de mujeres gracias al tío Josué, su hermano mayor, quien es el nuevo director general de educación de la región. Es en Matara, una aldea de dos mil habitantes al sureste de la ciudad de Cajamarca, donde mamá Leonor,

Shito y sus hermanitos se mudan a lomo de mula con todos los enseres que son capaces de portear. Le dan casa gratis pero el salario es magro: treinta soles por mes. Mamá Leonor no se queja: le paga el ministerio y recibe su salario contante y sonante y de manera puntual, aunque igual no pueda comprar en Matara casi nada con él. No hay bodegas ni tiendas en la aldea, si es posible llamar aldea a la serie de bohíos desperdigados a los que une un camino de trocha sin veredas rodeado de una maleza densa y salvaje. Por eso tiene que hacer las compras dos veces por mes en los pueblos vecinos o realizar un extenuante viaje expreso en mula a Cajamarca, del que vuelve con las alforjas llenas hasta los bordes.

La escuela es una casucha de quincha trenzada que parece estar a punto de derrumbarse en cualquier momento. Las apariencias engañan: adentro hace fresco en el verano y no hace frío en el invierno, y el techo resiste bien a la lluvia sin concederle goteras. Las estudiantes son chaposas muchachitas de seis a dieciséis años, casi todas hijas de los arrendatarios de las haciendas de la zona. Mamá se ocupa de las niñas y Shito de las mayorcitas. Pues esa es la única gollería que le han concedido a mamá Leonor en su trabajo de maestra: a los once años, Shito también enseña en la escuela fiscal de Matara.

No fue difícil convencer al tío Josué. Desde las verbenas en casa del Tío Belisario en que Shito recitaba secciones enteras de la Biblia, tiene reputación en toda Cajamarca de sabihondo de memoria prodigiosa. Y eso es lo que hace con ellas: hacerles memorizar. Usando los libros de texto de mamá Leonor, les hace aprenderse las listas de feriados, de capitales del mundo, de plantas y animales, de hazañas de personajes de la historia. A veces las obliga a aprenderse páginas completas del diccionario (como él mismo hace de vez en cuando). A petición de mamá Leonor, también memorizan resúmenes de vidas de santos y normas para señoritas de manuales de buena conducta, que ellas repiten de paporreta sin entender su significado, como si estuvieran escritas en una lengua extranjera. Disfruta este poder nuevo que detenta sobre lo que cincuenta chicas van a recordar en el futuro quizá por el resto de su vida, esta autoridad impune sobre la memoria ajena. Que le lleven cuatro o cinco años y estén llegando a la edad de merecer le añade un placer secreto que ni entiende, ni comparte.

También les enseña matemáticas. Le maravilla cómo aprenden lentamente a sumar, restar y multiplicar, algunas de ellas sin cometer errores, cómo se apropian del conocimiento nuevo. Pero no logra hacerlas superar la pared con que se topan al lidiar con las divisiones y las fracciones. Les cuesta dividir, entender la necesidad de la división. Y eso que Shito reemplaza las cifras de las divisiones por cantidades de cuyes, huevos, porongos de leche o medidas de trigo, cebada o lo que sea que estén cosechando en ese momento, la moneda con que sus padres le pagan por su trabajo de profesor.

A la economía familiar le vienen bien estos trueques. Pero, además de todos los gastos familiares, mamá Leonor tiene que pagarle también al primiciero, el usurero que recibe los diezmos debidos a la iglesia, negociados con el cura de la parroquia. El primiciero cobra caro, es exigente y a veces pide de más. Mamá Leonor nunca le dice que no, aunque le desbalancee el presupuesto y los niños no logren llegar bien comidos a fin de mes. Después de morderse las uñas por varios meses, decide prestarse plata de tío Josué y comprar cincuenta ovejas de raza merina y dos moruecos para fecundarlas. Como no tiene dónde tenerlas, se pone de acuerdo con don Venancio, el padre de una de las alumnas de Shito, que vive cerca y es arrendatario de una hacienda. Don Venancio cuida las ovejas en su corral y las lleva a pastar. A cambio, se queda con la mitad de las crías que salen de los apareamientos y una parte de las ganancias de las ventas de las ovejas, que no son cuantiosas pero le ayudan a sobrevivir.

Un día don Venancio viene a la casa. Está tan agitado que a mamá Leonor le toma tiempo entender lo que dice. El señor Cacho, el poderoso hacendado vecino a sus tierras, se ha adueñado de treinta ovejas de mamá y algunas de su propiedad. Las ovejas siempre pastan en tierras comunales, pero a veces cruzan los límites y pastan en sus tierras. No por culpa de don Venancio sino del hacendado, que se niega a poner lindes a sus terrenos.

—Yo soy arrendatario nomás. Para levantar lindes necesito su permiso, pero por más que le pido, ño Cacho no me da, mamita.

Cuando le da la gana, ño Cacho decide aprovecharse. Les ordena a sus peones que atrapen todo el ganado que se encuentra en su propiedad. Si los dueños de los animales no figuran en la lista de los que le pagan regularmente derecho de pasto, los marca como suyos. Eso es lo que está a punto de hacer ahora con las ovejas de mamá y de don Venancio y de todos aquellos que tienen la mala suerte de ser sus vecinos.

—¿Y eso es legal? —pregunta mamá.

—¿Legal?

—¿Tiene un papel firmado que le da derecho?

Don Venancio no responde. No sabe o no comprende de qué le habla.

—Es la costumbre, mamita.

Conversan. Primero piensan que mamá Leonor sea quien vaya a reclamar: es la preceptora de la escuela de Matara y es bien hablada, de repente le van a hacer caso. Pero después de pensarlo mejor, deciden que vaya Shito.

—Es jovencito. Pero es varón, blancón y bien leído y escribido. Lo van a respetar.

Shito y don Venancio van juntos a la casa hacienda de los Cacho. Hay una buena cincuentena de personas, entre mestizos e indígenas, reunidos en el terraplén enfrente del portón. Los mestizos gimotean o protestan por reses y caballos que les han sido arrebatados, mientras los indígenas esperan en silencio, mirando hacia la tierra con los brazos cruzados.

Shito se muerde los labios: el portón está vigilado por cuatro guapos vestidos con poncho de lana basta y sombrero de ala ancha, armados con fusiles ladeados en la espalda. Uno de ellos ríe y festeja: otro acaba de decir un chiste que no han logrado escuchar.

—Hay mucha gente. Mejor regresamos más tarde-cito —dice bajito don Venancio.

—El que se chupa hoy, se chupa mañana, don Venancio —dice Shito—. Ya estamos aquí.

La frase, que le escuchó decir al abuelito muchas veces y que este atribuía al general Salaverry, obra como un encantamiento. No solo en Shito, que siente un aplomo nuevo en el pecho, sino también en don Venancio, que se pellizca la mejilla, se quita el sombrero hongo y empieza a caminar en dirección hacia la caseta de entrada. Shito lo sigue, se pone a su lado. Juntos cruzan la barrera invisible respetada por mestizos e indígenas y se plantan frente a la caseta, donde un vigilante desarmado escribe en un gran cuaderno de partes.

—Señorcito. Aquí ha venido el hijo de la preceptora de la escuela a presentar reclamo.

El hombre de la caseta sigue escribiendo: no lo ha oído o no lo ha visto. Con firmeza que toma a Shito por sorpresa, don Venancio repite lo dicho, palabra por palabra, atrayendo la atención de los guapos, que han hecho un pozo de silencio. El vigilante sigue sin advertir su presencia o simplemente no le hace caso.

Shito carraspea.

—Señor. He venido, en nombre de mi madre, precep-tora de la escuela de Matara, a hacer un reclamo.

Uno de los guapos le da un codazo a otro; ambos sonríen con cacha. Los cuatro miran a Shito. Uno de ellos acaricia con intención la boca de fusil. El que escribía sigue escribiendo, concentrado.

—Señor. Vengo a reclamar por unas ovejas que la hacienda se ha apropiado injustamente.

—Ahora estos conchudos quieren que sus ovejas coman gratis —dice un guapo.

—Arráncate, jijunita. Fush, fush.

Siente un ramalazo de furia. De un vistazo, contempla la escena desde fuera, desde después. Como si todo esto ya hubiera ocurrido y fuera demasiado tarde para dar marcha atrás. Una fuerza nueva lo consume y lo empuja hacia adelante.

—Soy el hijo de la preceptora, doña Leonor Pérez de Ravines —dice masticando las palabras y con el corazón latiéndole con fuerza—. Vengo a reclamar por unas ovejas que la hacienda se ha apropiado injustamente y no me voy a mover de aquí hasta que las devuelvan.

—Míralo cómo garna este gafo —dice un guapo.

—Cómo gorgolea, ¿di? —dice otro.

Empiezan los silbidos, las risotadas.

—Shhhhhhh.

El vigilante ha dejado de escribir y ha levantado la cabeza. Mira a Shito.

—Cómo te llamas.

—Eudocio.

—Apellido.

—Ravines.

El vigilante lo cala.

—¿Qué eres del coronel?

—Soy su sobrino.

El vigilante asiente despacio. Con parsimonia, pone la estilográfica en el tintero a su derecha. Tamborilea con los dedos.

—Sígueme. —A don Venancio— Tú no. Tú te esperas aquí.

El vigilante golpea dos veces el portón. Esperan en silencio: don Venancio, el gentío de mestizos e indígenas y los guapos han enmudecido. Abren desde adentro. Shito y el vigilante entran a un terral intermedio entre el portón y la hacienda, pasan ante el mozo que les abrió y que les hace una pequeña reverencia. Caminan por un sendero empedrado donde una indiecita barre el suelo con una escoba de retamas. Llegan a la entrada de una casa de dos pisos de quincha de buena factura con tejado de alero amplio. Tocan la puerta labrada con buen acabado, pintada de granate y esmaltada. Un mozo con un fusil ladeado les cede el paso.

Entran. Caminan por un estrecho corredor con paredes de adobe bien encaladas hacia un salón amplio con cuadros coloniales que huele a oveja y cuero recién curtido, donde hay cuatro guapos armados apostados en cada rincón. Alrededor de la mesa del centro, hay otros cuatro hombres sentados observando a un quinto, que agita con fuerza un cubilete de dados y lo suelta. Llevan ponchos de hilo grises y blancos y yacen en sillones antiguos de cuero con respaldares de pellejo de carnero.

—¡Cacho!

Al lado de la mesa central hay varias mesitas, repletas de una docena de vasos vacíos o medio llenos de un líquido amarillento. Shito escucha residuos de la conversación: se burlan de algunos jijunas picones, que no aceptan los resultados de las elecciones en que Leguía acaba de ser elegido presidente, y han mandado a sus guapos a joder y hacer laberinto. A Shito le llama la atención uno de ellos: debe de andar por los treinta o treinta y cinco años, es alto y musculoso, tiene entradas profundas y lleva el poco pelo que le queda alisado con fijador, los bigotes bien peinados y encerados y viste con más pulcritud que los demás.

El vigilante se acerca a un hombre bajo, calvo y gordo y de uñas mugrientas, que no participa en el juego y lleva un vaso casi lleno en la mano. Le dice algo en voz baja. El hombre, que no quita los ojos de Shito, interrumpe al vigilante con un gesto.

—Yo te conozco —le dice a Shito con una sonrisa de oreja a oreja—. Tú eres el declamadorcito ¿no?

Shito lo reconoce: lo ha visto varias veces en las verbenas del Tío Belisario.

—Sí, señor.

El hombre se vuelve hacia los otros.

—Tienen que escucharlo a este picho. Se sabe la Biblia de memoria —a Shito—. Y también... discursos enteros de Piérola.

Ríen a carcajadas.

—No jodas.

—¿En serio? Pobrecito.

—A ver, canijo, recítate algo del Califa.

—No seas malo, compadre. Ese ya fue —a Shito—. Canijo, no le hagas caso. Recítate más bien algo de las Sagradas Escrituras. Algo cortito.

Shito hace una mueca.

—Qué pasa. ¿Ya no te acuerdas?

No ha recitado desde que se mudaron de Cajamarca a Matara, pero las palabras empiezan a empozarse en su boca, a acercarse a la punta de su lengua.

—Sí me acuerdo.

—¿Entonces?

Evoca un monito con sombrerito y chalequito rojos y una cadena de eslabones de metal en el cuello, que vio en alguna parte. El monito roe con avidez una coronta de choclo.

—¿Qué prefiere, señor? ¿El Antiguo o el Nuevo Testamento?

Todos ríen.

—Fíjate este. No sé. ¿En cuál están las parábolas?

Sin pensarlo, Shito recita palabra por palabra la parábola del rico insensato que se pasó la vida acumulando bienes y descuidó su alma. Se arrepiente de su atrevimiento cuando ya está a la mitad, pero nadie parece darse por aludido.

—¡Otra! ¡Otra!

Se manda con la del joven rico, a quien Jesús le dijo que vendiera todos sus bienes y los regalara a los pobres si quería redimirse. La de los diez talentos, en que Dios mostraba su enojo con aquel que no los había hecho fructificar. La admonición de Jesús a sus discípulos sobre el peligro de las riquezas, que terminaba con la frase: *Es más fácil que un camello pase por el ojo de una aguja que un rico llegue al reino de los cielos.*

Todos aplauden efusivamente, lo palmean en la espalda y brindan por la sabiduría profunda de las parábolas de Jesús.

El hombre bajo y gordo se vuelve hacia el vigilante, que ha esperado respetuosamente en el rincón al lado de la entrada del salón.

—¿Has visto? ¡Para eso se estudia, jijuna grandísima!

—Sí, señor Cacho.

—Le preparas bien sus ovejas y se las devuelves. También las del cholo.

—Sí, señor Cacho.

—Muchas gracias, señor —dice Shito.

—Gracias a ti, muchacho —se toma las solapas de la camisa—. Aaah. Qué bien le hace al alma escuchar bien dicha la palabra sagrada. Cuando lo veas, mándale un saludo de mi parte a tu Tío. ¡Tres hurras por el héroe de San Juan, Chorrillos y San Pablo!

Levanta su vaso. Todos brindan al unísono.

—¡Hurra!

Shito y don Venancio esperan al lado de la caseta de ingreso toda la tarde. Los guapos los observan de reojo, luego se desinteresan de ellos. Shito ve cómo las protestas se apagan, cómo los arrendatarios escupen al suelo, se sacuden el sombrero y se van arrastrando los pies. Cuando el sol está a punto de ponerse, el vigilante regresa y les devuelve sus ovejas.

Están completamente trasquiladas.

—Yo soy la Tierra —dice Shito.

Señala el emboque esférico de madera pintado de blanco, unido al palo con una soguilla, que Shito sostiene con la mano izquierda. Les hace la señal a las alumnas de que se pongan detrás de él. Ellas obedecen.

—Ahora ustedes también son la Tierra. Y ese... —señala el lamparín a querosene a dos metros delante de ellos, que está con el mechero encendido—, ese es el Sol.

El «Sol» brilla con fuerza. Las ventanas del salón están cubiertas con unas frazadas que no dejan entrar la luz del otro Sol, el verdadero. Shito se coloca exactamente frente al Sol falso.

—Miren el emboque.

El círculo, completamente oscuro, está rodeado por un aura de luz.

—Somos la luna nueva. ¿Se dan cuenta?

—¡Sí! —dicen algunas al unísono.

De afuera viene un ruido lejano de cascajo: cascos desplazándose cansinamente.

—Y ahora muévanse conmigo. No dejen de estar detrás de mí.

Shito empieza a girar sobre sí mismo. La sombra se va desplazando suavemente sobre la esfera.

—No dejen de mirar el emboque. Ahora somos el cuarto creciente, porque la superficie que podemos ver está creciendo. ¿Lo ven?

Un resuello suave de caballo procedente desde afuera rompe el silencio concentrado. Alguien levanta ligeramente la frazada adosada a la ventana y mira hacia afuera, dejando entrar un haz de luz.

—¡Baja eso!

La frazada vuelve a su sitio. Regresa la oscuridad.

—¡Les he dicho que no dejen de mirar el emboque!

Shito sigue girando, pero las chicas se mueven detrás de él, inquietas. La sombra en el emboque termina de desaparecer.

—Ahora somos la luna llena. ¿Ven?

En algún libro prohibido de anatomía leyó que, así como la cercanía o lejanía de la luna afecta las mareas bajas y mareas altas, también influye en la cordura de las mujeres, de ahí la frase «estás con la luna». Que no es casualidad que el ciclo de la luna dure lo mismo que el ciclo femenino y que, si un grupo de féminas pasa mucho tiempo junto, estas acompasen misteriosamente su periodo. Pero esto no lo dice.

Empiezan los cuchicheos.

—¡No se distraigan! ¡Y pónganse detrás de mí, no a mi costado!

Las alumnas callan. Shito sigue girando sobre su eje.

—Ahora somos el cuarto menguante, porque la superficie que podemos ver está menguando. ¿Saben lo que significa menguar?

Shito siente cómo se ha diluido la atención a sus espaldas. Se escucha nítidamente un intercambio de palabras en el patio de entrada del colegio. Los cuchicheos aumentan.

—¡Presten atención, so ajo!

Las chicas hacen silencio. El sonido de la marcha de los caballos, que se acercan a la escuela, se distingue nítidamente.

—¡Miren el emboque! Ya estamos terminando el giro completo. Ahora somos... ahora somos... la luna nueva de nuevo.

No oye ninguna reacción de las alumnas. Irritado, aparta de un manotazo la frazada de las ventanas; como por encanto, algunas alumnas ya están a su lado y ven lo que él: tres jinetes apostados en la entrada. Dos de ellos son guapos con fusiles ladeados a la espalda, mirando con cautela a diferentes horizontes. El tercero es una mujer vestida con traje de montaña y botas de antigua montonera a horcajadas sobre su caballo, como montan los varones. Es Tía Adela, a quien no veía desde que partieron de Cajamarca a vivir en Matara.

—La clase ha terminado —dice Shito.

Las chicas salen del aula con bullicio. Algunas cruzan corriendo por el terraplén hacia la avenida principal. Otras se arremolinan en torno a los caballos, en torno a Tía Adela.

—Shito. ¿Está tu mamá?

Suena la campana del colegio, se abre la puerta de una de las aulas y sale un grupo de estudiantes corriendo en diferentes direcciones.

—Adela, qué sorpresa.

—Leonor.

—¿Quieres pasar y tomarte una infusión? Tenemos hierbaluisa.

Tía Adela desmonta. El círculo de niñas alrededor de Tía Adela se estrecha a su alrededor, pero ninguna se atreve ni siquiera a rozarla. Miran absortas las cintas de colores que cuelgan de la crin del caballo, la silla de cuero repujado o los adornos de plata enchapados en sus botas. Algunas la observan a ella.

—¿Ha pasado algo?

Tía Adela mira a su alrededor. Se muerde el labio inferior.

—¡Tía Adela!

José, Leonorcita y Ana María, que acaban de salir del aula de don Eustaquio, se aproximan.

—Niños.

Unos alumnos que han salido con ellos se acercan. Algunos se quedan mirando a los guapos y sus armas.

—¿Qué ha pasado?

—¿Dónde podemos conversar, Leonor?

—En mi aula.

Tía Adela les hace un gesto a los guapos, rodeados por algunos niños varoncitos: esperen. Tía Adela, mamá Leonor, Shito y sus hermanitos empiezan a caminar, seguidos por algunos niños, atraídos por la curiosidad.

—Es Víctor, ¿di?

—No aquí, Leonor.

—¿Está enfermo?

—Leonor, por favor.

—¿Qué tiene? ¿Qué le ha pasado?

—Vamos a tu aula.

—¿Está enfermo? ¿Herido?

—¡Te he dicho que no hablemos aquí!

Se hace el silencio.

—Ha muerto, ¿verdad?

Mamá Leonor empieza a sollozar.

—No hagas una escena —dice Tía Adela en voz baja y con los dientes apretados—. No enfrente de los cholos.

Leonorcita y Ana María imitan a mamá. Mamá Leonor rompe a llorar.

—¿Es esto lo que quieres? Sí, lo mataron. En el Alto Purús ha sido, en una reyerta de caucheros en la frontera con Brasil. Víctor murió defendiendo su barco, que se lo quisieron arranchar.

Shito sale corriendo.

—¡Shito! ¡Shito!

Shito elude los grupos de personas que caminan por la calle. Cubre en un santiamén las cuatro cuadras que separa el colegio de la casa. Desfalleciente, trepa por la pared que da al patio y entra a tumbos a la sala. Toma con el pulso tembloroso el cuaderno verde que le regaló papá, que está en el primer estante del librero, y lo pone encima de la mesa. Saca el lápiz que siempre lleva en el bolsillo izquierdo y, al tercer intento, logra insertarlo en el huequito del inmenso tajador de metal empotrado en la pared. Gira la manivela hasta sacarle punta. Toma el diccionario gordo del segundo estante. Lo abre.

Busca «reyerta».

IV

—Muchacho.

El abrazo de oso grande y delicado lo aplasta, lo tritura con cariño. Shito se deja hacer. Acoge con gratitud el tufo a tabaco negro: el olor distintivo del Tío Belisario. El Tío posa sus dos manazas sobre los hombros de Shito y lo aparta con suavidad. A un brazo de distancia, se nota más que le lleva dos cabezas. Sus ojos verde limón recorren de arriba abajo la fachada del sobrino, como buscando algo que no logra encontrar. Sonríe. Shito también. Le reconforta ver sus dientes amarillos, que siga usando ese uniforme militar que lleva dizque desde la guerra con Chile y que no se quitaba ni siquiera los domingos, en las verbenas que organizaba en su casa cuando Shito andaba por los cinco, los seis, los siete años. Hasta los galones de coronel siguen en sus hombreras. Y en las solapas, las dos medallas al heroísmo —«una por Chorrillos y la otra por San Pablo», solía decir con voz de pregonero viejo a todo aquel que le presentaban—, brillando como si las acabaran de lustrar. Solo son diferentes los bigotes: rubios en su recuerdo y canos ahora.

—¿Cómo está tu mamá?

—Bien.

—¿Siempre en Matara, trabajando de maestra?

—Siempre.

Miente. Hace casi seis meses que no la ve, que no sabe ni quiere saber de ella.

—Tu madre es una santa.

Asiente sin decir nada, como cada vez que alguien en la familia dice lo mismo. Todos, en algún momento de la conversación, lo hacen.

—Me enteré por ahí de que ya terminaste el colegio. ¿Qué planes tienes ahora?

¿Qué planes tienes ahora que se acabó la pensión gratis en el internado del colegio San Ramón, que tu mamá no podía pagar y te dieron solo porque tu tío Josué, el hermano mayor de tu mamá, era el director? ¿Qué planes ahora que ya tienes diecisiete años, que tu mamá no tiene plata para mandarte a Lima a estudiar en la universidad y a Matara no piensas regresar ni muerto?

—No sé.

El Tío cabecea. Se vuelve hacia los umbrales de la habitación, donde la Tía Laura los observa con cara de palo. O será su cara normal, Shito no tiene cómo saber: hace como cinco años que no ha venido a esta casa.

—Dile a la Rosarito que ponga otro cubierto.

Tía Laura sale en silencio, sin cruzar mirada con ninguno de los dos.

El Tío va hacia la ventana. Contempla algo más allá de los tejados de las casas vecinas. A lo lejos, las nubes rodean la cumbre de la colina Santa Apolonia como una chalina de lana cruda demasiado apretada.

—Quiero que conozcas a alguien —dice sin mirar a Shito.

De cuatro zancadas, el Tío llega a la puerta de la habitación, abierta de par en par, y sale doblando por el pasillo a la izquierda. Shito tiene que trotar para darle el alcance: el Tío tiene piernas largas y camina como quien marcha, con paso de vencedores. Pasan frente al enorme portón de la biblioteca, que invadía el bullicio de los niños de la familia los domingos de la infancia de Shito y que ahora está cerrada, silenciosa. Al fondo del pasillo se topan con una pared, de la que parte un corredor de listones de madera fresca recién colocadas. Doblan de nuevo a la izquierda. Dan a la entrada de otra puerta, aún sin pintar, que Shito no empata en sus recuerdos. El Tío la abre con energía, casi con violencia, sin anunciarse.

—Segundo, saluda a tu primo Shito, que ha venido de visita.

Un denso olor a oveja lo embiste, casi lo tumba, pero Shito controla el impulso de taparse la nariz. Un muchacho larguirucho y desgarbado con la cara llena de granos se levanta de la única silla de la habitación, al lado de la tronera, estrecha y sin cortinas. Encoge las piernas para pasar por el angosto pasadizo entre la pared y la base del camastro de metal, que muestra sin pudor su armadura oxidada y acapara casi todo el dormidero. Porque, aunque está en el segundo piso, el de los señores, este es un dormidero. Un dormidero de sirviente.

—A tu servicio.

Shito mira la mano tendida, los ojos dóciles que lo evitan. Sin saber qué hacer, extiende la suya. De inmediato, Segundo pone una rodilla en el suelo, agacha la cabeza y le besa el dorso, como los pongos. Shito retira la mano al instante como si le hubiera caído aceite hirviendo. Advierte la potente patada del Tío Belisario a la pierna doblada de Segundo, a quien levanta en peso y pone de pie de un solo jalón.

—No la hagamos esperar a la Rosarito. Se molesta cuando tiene que servir fría la comida.

El que tenga ojos que vea, piensa Shito al verlos bajar en fila india por las escaleras.

A pesar de sus rasgos aindiados, su piel olivácea, su pelo trinchudo y su mirada de ciervo asustado, Segundo es el vivo retrato del Tío Belisario.

—Llénale el plato de nuevo, Rosarito —dice Tía Adela—. Este chico tiene que comer.

—Gracias, Tía. Pero ya estoy lleno.

—Nada de peros. Por eso te estás quedando *pucclucho*, hijito. Sírvele más caldo, Rosarito.

Doña Rosario le sirve hasta cubrirle el plato hasta los bordes. Shito tose para disimular una arcada que se le atraca en la garganta. Junta las palmas de las manos y cierra los ojos: que crean que das las gracias al Señor por el alimento que recibes. Que no se den cuenta de que es para no ver la cabeza humeante de becerro asomando de la sopera. Pero cuando vuelve a abrirlos, la cabeza sigue ahí.

Todos sorben haciendo ruido: lo disfrutan. El Tío, en la cabecera. La Tía Laura, en la silla de enfrente, a dos metros de distancia. En las sillas a la derecha del tío, en orden de proximidad, Tía Adela, un asiento vacío y luego las primitas Rosa Inés y Laurita. En las sillas a su izquierda, Shito, otro asiento vacío, y después Amparito y María Zoraida. Segundo está comiendo en la cocina con las dos indiecitas que ayudan a doña Rosario.

—Dicen que el caldo de cabeza te hace bien a la cabeza —comenta Tía Adela—. Debe ser verdad. El otro día la Rosarito me preparó un caldo de pezuña y me dejaron de doler los juanetes por dos días —come un bocado—. Me encanta el ceviche de conchas negras. Lástima que no lleguen bien a Cajamarca. Si no, quién sabe lo que pasaría.

Tía Adela ríe. El Tío se limpia la boca con la servilleta. Carraspea.

—Voy a ausentarme de la casa unas semanas. Tengo un asunto que arreglar en Chota.

—Ajá. ¿Y cuántos añitos tiene ahora el asunto? ¿O es Noemí Villacorta, la misma de siempre?

—Adela, por favor.

Tía Adela suelta una carcajada.

—Cosas de la Prefectura.

—¿Qué cosas? —pregunta Tía Laura.

Ojeada del Tío a Tía Laura: ¿de verdad te interesa?

—Corren bolas que el colegio San Juan le va a entregar la concesión de la hacienda de Llaucán a Don Eleodoro y los arrendatarios están furiosos. Dicen que si consigue la concesión va a triplicar el alquiler. Tengo que ir con unos gendarmes a calmarles los ánimos.

—¿Y las bolas son verdad?

Tío Belisario se mesa la barba.

—Podría ser. Don Eleodoro ha ofrecido dieciséis mil soles por la concesión, cuando los del colegio San Juan, que gobiernan la hacienda, pidieron solo siete mil. Con una oferta como esa, seguro se la dan, pero tiene que recuperar la plata de alguna manera. Ese Eleodoro a veces se pasa. Además...

—¿Además? —pregunta Tía Adela.

—Raimundo Ramos, Manuel Alvarado y otros guapos son arrendatarios y tienen sus terrenos en la hacienda. Dicen que están haciendo laberinto.

Tía Laura hurga en la sopa con la cuchara, sin levantar la vista del plato.

—¿Te lo llevas a Segundo contigo? —dice.

—No.

—¿Por qué? Don Eleodoro es su padrino ¿o no?

El Tío Belisario frunce el ceño.

—Eso no tiene nada que ver. Y no vamos a verlo a él.

Tía Laura alza los ojos, con la misma cara de palo de cuando estaban en el despacho. Silencio de cubiertos chocando contra la vajilla. Si Shito siguiera creyendo en el Dios de los católicos, ofrecería la cucharada que se lleva a la boca como mortificación para salvar a un alma desgraciada del purgatorio. Otra alma salvada. Otra.

—¿Y? ¿Sigues viviendo en el calabozo?

Shito tarda unos segundos en caer en la cuenta de que el Tío se dirige a él.

—¿Qué calabozo, Tío?

—El refectorio en el San Ramón. Así la llamábamos en mi época. Tu mamá dijo que tenías tu cuarto ahí.

—Sí. Ahí es donde me estoy quedando.

—¿Y ya has visto al fraile sin cabeza?

Rosa Inés y Laurita se miran, asustadas. Tía Adela suelta una carcajada.

—Ay, estas —dice con compasión.

—Belisario, por favor —dice la Tía Laura—. No asustes a las criaturas.

—No, Tío.

Shito no miente: no lo ha visto. Pero antes, cuando recién comenzaba el internado, había noches en que se mordía las uñas al escuchar el ruido de unos gemidos y de lo que parecían ser unas cadenas arrastrándose. Decían que se las habían puesto al fraile antes de cortarle la cabeza por un crimen horrible que nadie sabía cuál era. Que como en su cabeza estaba su alma, y sin alma no podía entrar ni al cielo ni al infierno, regresaba a buscarla por las noches. Pero parece que el fraile se aburrió de Shito porque ya no se manifiesta. O será que Shito se acostumbró a él y ya no nota su presencia.

—Los chilenos quemaron el colegio en venganza porque los derrotamos en San Pablo —se besa una de las medallas del pecho—. El calabozo fue el único lugar que quedó en pie, vaya uno a saber por qué. Pero en buena hora, porque ahí estaban escondidos varios muchachos del San Ramón que formaban parte de la Columna de Honor y venían de pelear en el campo de batalla. Imberbes menores que tú que ya se habían fajado por su país.

Tía Laura se persigna.

—La mano protectora del Señor siempre vela por los suyos.

—¿Y Eudocio? —dice Tía Adela en tono áspero—. ¿No era suyo también?

—Los designios del Padre son siempre misteriosos.

—Sí. Bien misteriosos.

El silencio tiene filo y corta el aire. Que Shito recuerde, nadie ha mencionado jamás en voz alta el nombre del tío militar, hermano del Tío Belisario y Tía Adela, que murió peleando contra los chilenos en la batalla de San Pablo. El tío héroe a quien Shito le debe el nombre.

Las niñas se levantan de la mesa. Se despiden de su padre con un beso en la mejilla una por una. Empujan la puerta giratoria que da al pasillo principal. La puerta se bambolea hasta la inercia mientras las niñas se pierden dentro de la casa, en un bullanguero vocerío infantil.

—¿Por qué no te vienes a vivir un tiempo en la casa? Qué casa. Ah.

—Gracias, Tío. Pero no quisiera incomodar.

—No vas a incomodar para nada. Traes tus cosas. Te quedas y le das clases a Segundo —Tía Laura suelta la cuchara, que cae haciendo ruido al chocar contra la vajilla—. Hay que desasnarlo al muchacho. Tú ya has enseñado en el colegio fiscal de Matara, ¿di?

—Sí, Tío.

—No se diga más, entonces. Te me mudas al cuarto que era del abuelito, que está desocupado.

—Ya no está, Belisario —dice Tía Laura—. Las niñas lo usan para sus clases.

—¿Qué clases?

—*Yasque* no te acuerdas. De bordado y catecismo.

—En la biblioteca, entonces. Hay espacio para una cama en la tarima, al lado del mundo. Ahora con la Prefectura yo nunca estoy.

Doña Rosario entra. Empieza a retirar los platos.

—Rosarito —dice Tía Adela—. ¿Les puedes decir al Julián y al Evaristo que suban a la biblioteca el catre que está en el desván? Después lo preparas para el niño Shito.

—Sí, señora.

—El niño Shito se viene a vivir en la casa. Qué buena noticia ¿no, Rosarito?

—Sí, señora.

Doña Rosario recoge la sopera. Shito se fuerza a sí mismo a fijar la vista en la cabeza del becerro. Uno de los ojos le devuelve la mirada mientras se aleja hacia la cocina con expresión burlona. Desafiante.

—¿Tú sabes por qué son así?

Segundo está señalando algo en el patio. Shito coloca el marcador de cuero entre dos páginas y cierra el libro. Se levanta de la mesa. Se acerca a la ventana.

—Las piedras. ¿Por qué son así?

Shito observa los bloques de roca viva que, empalmados, forman la pileta circular en el centro, que vomita chorros de agua sin parar a cada punto cardinal del horizonte.

—¿Por qué son así, tan blanquitas, tan redonditas? Parecen huevos grandes, ¿di?

Ah, está hablando de los cantos rodados que rodean a la pileta.

—Deben de haberlas traído de la costa. Seguro han estado en la orilla del mar durante muchos años, millones de repente. Las olas las fueron puliendo y puliendo hasta dejarlas así.

—¿Tú has estado allá?

—¿Allá? —la costa—. Ah, no. No he estado.

Segundo cabecea en silencio. Un destello fugaz asoma en su mirada. Se diluye tan rápido como apareció. Como siempre, Shito no tiene la menor idea de lo que estará pasando por la cabeza de su primo. Desde que comenzaron las clases, hace casi una semana, no logra que Segundo permanezca sentado más de cinco minutos. Por más que trata de enseñarle, nada parece querer entrarle en la cabeza. Los ojos de su primo se apartan de la hoja en que Shito acaba de escribir la operación aritmética, por simple que sea. Su pierna derecha da golpecitos rápidos contra el suelo. En el momento menos pensado, impulsa como un resorte su cuerpo de espantajo joven, que empieza a pasearse sin rumbo por la biblioteca como una fiera mansa y enjaulada que tarda en cansarse y regresar a la silla como si fuera su guarida. La clase del viernes pasado, Segundo deambulaba deteniéndose de vez en cuando ante alguna espada o mosquete de la colección del Tío Belisario, cuando se quedó mirando con intensidad la superficie lisa del tronco mutilado que le servía de asiento durante las clases. ¿Tú sabes por qué es así?, le preguntó. A Shito le tomó un buen rato entender a qué aludía su primo con esos anillos que formaba en el aire con el dedo: las líneas concéntricas del muñón de madera. Cada línea es un año, le respondió. Tomó la lupa del primer cajón del escritorio. Cuando lo cortaron, este árbol tenía... —colocó la lupa, las contó— cincuenta y tres. Los ojos negros de Segundo se alzaron hasta cruzarse con los de Shito, brillaron un instante y se apartaron de inmediato, sumidos en su opaca indiferencia de costumbre.

Un *indiopishgo* posado en uno de los charcos al pie de la pileta bate las alas. Bebe como haciendo gargaritas minúsculas. Parte en vuelo.

—¿Tú sabes por qué estoy aquí? —pregunta Segundo.

Otra de *esas* preguntas.

—Porque no estás allá, será.

Shito se ríe de su propio chiste. Pero Segundo no le sigue: dizque los de raza mezclada no tienen sentido del humor.

—No —se muerde el labio inferior— ¿Tú sabes por qué me ha hecho venir a su casa?

—¿Quién? —recién se da cuenta de que le habla del Tío Belisario. Decirle o no decirle la verdad—. Quiere que estudies. Que te prepares. Que seas un hombre de bien.

Desíndiamelo, fue la orden expresa del Tío Belisario antes de partir a Hualgayoc. Dios me ha hecho chancletero y no hay varón de buena sangre que me maneje las haciendas cuando ya no esté. Hazlo estudiar al cholo. Sácale ese dejo de indio que tiene pegado en la lengua. Que aprenda sus números. Que sepa quién es quién entre los hombres ilustres de la historia. Ya tú ve qué más le enseñas, lo dejo a tu criterio. Me han dicho por ahí que eres buen profesor y yo no voy a enseñarte tu trabajo. Zapatero a tus zapatos y chancletero a tus chancletas, ¿di?, rio.

Segundo no dice nada. Empieza a pasearse ante la colección de armas colgadas en la única pared de la biblioteca que no tiene estantes abarrotados de libros desde el suelo hasta el techo. ¿Escuchó lo que Shito le dijo?

—Qué machete tan raro.

91

Su primo no lo señala, pero Shito sabe a qué arma se refiere.

—Es una cimitarra. Saladino usó una de esas en las cruzadas.

Segundo la coge con delicadeza. Nadie te ha dado permiso de tocarla, va a decirle Shito con alarma, pero se queda callado, al ver a Segundo acariciar lentamente su filo curvo y oxidado, con expresión de maravilla. Parece que mide su peso, que se sorprende de lo ligera que es.

Evocando una lección del negro Risco, su profesor de historia del San Ramón, Shito habla del sultán Saladino, gobernante de Libia, Palestina y Mesopotamia y defensor del islam, una religión bárbara del oriente tan extendida como el cristianismo. Habla de su ejército de elefantes, grandes e imponentes como casas, no flacos y esmirriados como los que vienen algunos años con el Circo Cavallini a Cajamarca en fiestas patrias. Habla de su victoria abrumadora sobre Ricardo Corazón de León, rey de los cristianos, que fue hasta Tierra Santa en una de las cruzadas solo para hacerle frente, pero no le quedó otra que rendirse porque estaba consumido por el escorbuto.

Se detiene en seco. ¿Está entendiendo su primo de qué, de quiénes le habla? ¿Le importa?

Segundo devuelve la cimitarra a su lugar.

—También la usa Sandokán —continúa Shito.

Va al rincón donde está el mundo, ese globo terráqueo desconchado tan parecido al que tenían en la biblioteca de la casa taller de la calle Comercio, en que papá le mostraba las rutas de Orellana, Magallanes, Sarmiento de Gamboa o Marco Polo. Con un puño advenedizo en la garganta, habla de Sandokán, príncipe de Borneo (y aquí señala con el dedo un punto verdoso del África), el popularísimo héroe de las novelas de aventuras de Salgari que era tema favorito de las conversaciones de sus compañeros de colegio, que se arrancaban los pocos ejemplares que llegaban desde Lima. Los ingleses lo habían sacado del trono de su país y habían asesinado a su familia, y por eso se había convertido en pirata y jurado venganza. Desde entonces asolaba las costas de China (las indica) con un grupo de leales incondicionales que lo seguían a todas partes, dispuestos a dar la vida por él y que ¡juás! (da un golpe ladeado en el aire con la mano), cortaban a sus enemigos de través.

Se da la vuelta. Segundo no lo ha seguido: se ha quedado frente a la pared. Tiene entre sus manos una carabina vieja, los ojos sumidos en su lomo encerado. Brillan como dos estrellas titilantes al inicio de la noche.

—Te lo dije —dice Shito, al pie de la escalera.

Segundo atisba desde el rellano entre la planta baja y el primer piso. No se anima.

Shito forma una bocina con sus manos.

—¡Hooooolaaaaaa!

Silencio.

—¿Ves? No hay nadie.

Segundo baja lentamente. Lleva la carabina de la colección del Tío terciada a la espalda. Shito abre la puerta del comedor principal. Su primo niega con la cabeza: por ahí no. Shito cae en la cuenta: Segundo nunca ha puesto el pie en el comedor familiar. Cuando llega la hora del almuerzo o de la cena, se va directamente a la cocina a comer con doña Rosario y las indiecitas.

Shito da un rodeo por el pasillo que da al vestíbulo, volteando de vez en cuando: sí, Segundo lo sigue. Pero despacio, como si con cada paso que da estuviera conquistando un territorio inexplorado, peligroso. Del vestíbulo salen al patio trasero, Shito primero y su primo después. La luz del mediodía les da de lleno en la cara. Los ciega por un instante.

Shito va hacia unas rumas de adobes del pequeño altillo en construcción que está al lado del pórtico del patio posterior de la casa, que da a la calle Atahualpa. Coloca uno de los adobes en posición vertical. De una buena decena de pasos llega a la terraza, donde lo espera Segundo de pie.

—Pásamela.

Segundo no reacciona.

—Ya deben de estar por regresar —miente—. Apúrate.

—Están en misa. Tú dijiste.

—Verdad —Shito se muerde la lengua hasta sacarse sangre—. Qué gafo, me olvidé.

Segundo le pasa la carabina. Shito abre el cargador: sí, ahí están los tres balines que encontraron en su interior. Lo cierra. Separa las piernas, como viera hacer alguna vez a papá cuando probaba una pistola que acababa de reparar. Dirige el cañón hacia el centro del adobe vertical y mira por la mirilla. Un calor nuevo se apodera de sus sienes, que empiezan a sudar: nunca ha tenido un arma de fuego en sus manos. Su dedo índice enlaza el gatillo y lo jala con suavidad. Con un escalofrío de placer pecaminoso, lo suelta. Siente un leve empujón hacia atrás a la altura del codo, un estallido como de varilla de madera que se quiebra. Mira el adobe: está intacto. Segundo hurga con la mirada en las cercanías del adobe: cuál es el blanco. Shito apunta otra vez. Dispara de nuevo. Una astilla de un madero más cercano al adobe salta por los aires. Se muerde el labio inferior.

—¿No quieres probar?

Segundo niega con la cabeza. Shito suspira: es el último de los balines. Observa por la mirilla delgada hasta que el centro del adobe deja de moverse. Cierra el ojo derecho con todas sus fuerzas. Toma aire. Clic. Una esquirla brillante se desprende de una roca aledaña, pero un poco más alejada que el madero en que cayó el segundo disparo. Maldice entre dientes.

Escucha un latigazo seco, escueto: toc. El adobe cae, se parte en dos, dejando una sombra de arenilla color tierra.

Shito se vuelve hacia Segundo, de quien provino el sonido del látigo. Su primo está agachado al pie de la pileta. Su mano izquierda sostiene una honda, con la resortera aún balanceándose. Su derecha escarba en el cascajo, encuentra lo que buscaba: un canto rodado blanco liso como el huevo de una paloma. Lo coloca en la banda de cuero. Con movimiento lento y suave, estira la honda hasta el límite. Orienta la honda hacia el portón y, sin mediar respiro, suelta el canto. Da en plena frente de uno de los leones de madera tallada que mira hacia al patio, como vigilándolo.

Segundo elige tres guijarros más, parecidos al primero. Uno le da de lleno en la barbilla. El siguiente, en el ojo derecho. El final, en el izquierdo.

—Se ha persignado —dice Segundo.

Shito cabecea, sorprendido de su flamante descubrimiento.

Los indios de raza mezclada también tienen sentido del humor.

Cada mediodía, Shito y Segundo se van a tirar honda por los alrededores del caserón donde no hay gente.

Tiran por turnos, Segundo primero y Shito después, con su primo corrigiéndole el ángulo, la fuerza, la posición del cuerpo, la postura del brazo. Eligen blancos inofensivos, que son de todos y de nadie: estatuas de hombres célebres que nadie recuerda ni celebra, placas recordatorias oxidadas casi ocultas por la maleza, portones de caserones abandonados por sus dueños, que seguro se fueron a Lima para no volver jamás.

Están con suerte: tienen las calles solo para ellos. Hay toque de queda desde que los uniformados partieron a Hualgayoc con el Tío Belisario a la cabeza. Nadie sale de su casa como no sea para lavar los orinales en las acequias, recoger en baldes agua de las pilas comunales, hacer alguna compra apresurada en la bodega del señor Chávarry o ir a misa de doce. De vez en cuando se topan con algún gendarme, pero es la excepción.

Por lo que dicen las últimas ediciones vespertinas de *El Ferrocarril*, los rumores de que hablaba el Tío eran fundados. Han otorgado la concesión de la hacienda de Llaucán a Don Eleodoro Benel, el terrateniente más poderoso de todo Cajamarca, y los arrendatarios han empezado a protestar contra el alza de alquileres que este quiere imponerles. Incluso le han hecho una propuesta al colegio San Juan, que detenta el poder sobre la concesión, para que elimine la figura del conductor y ellos puedan pagar directamente el alquiler al colegio, sin intermediarios. El colegio se ha negado, lo que está calentando más los ánimos de los arrendatarios. Algunos ya están proponiendo que disuelvan la hacienda por la fuerza y cada arrendatario compre su parcela directamente del colegio.

—¿Es verdad que es tu padrino? —pregunta Shito.

—¿Quién?

—Don Eleodoro, pues.

—Eso dicen.

—*¡Asisque!*

—*¡Yasque!*

—¿Y cómo así?

Segundo no parece entender la pregunta.

—Don Belisario es tu papá ¿no?

Segundo baja la mirada.

—¿Cómo así que Don Eleodoro es tu padrino? ¿Por qué Don Belisario decidió hacerlo su compadre?

—Dizque se conocieron cuando los dos eran montoneros del Califa. Allí fue cuando Don Belisario conoció a mi mamá y, como peleaban juntos y eran amigos, le pidió que fuera mi padrino.

—¿No lo conoces?

—¿A quién?

96

Shito empieza a perder la paciencia hasta apercibirse de que Segundo bromea. Algo a lo que, por lo visto, le está agarrando el gusto.

—Nunca ha venido a mi casa —continúa Segundo. Piensa—. A casa de mi mamá.

Poco a poco, Shito va mejorando su puntería y un día le chunta a su primer pajarito. A instancias de Segundo, regresan inmediatamente a la casa, desierta como siempre a mitad de la jornada, con excepción de Julián y Evaristo, que vigilan el portón de la entrada desde adentro, cada uno con un fusil ladeado en la espalda.

Van a la cocina. Su primo toma el cuchillo más grande de todo el aparejo. Se dirige al lavadero del patio, en que doña Rosario ha dejado macerando la carne de la vaca que beneficiaron ayer. Hunde la mano en el basurero de al lado y saca las menudencias que no regalaron de milagro a los perros callejeros. Elige una tira larga y sanguinolenta, que secciona de un tajo preciso, y devuelve el resto a su sitio. La lava aplicadamente con agua de la jofaina al costado del tendedero. La tira deja un delgado reguero rojizo que encuentra su cauce en un canalito de piedra y se desliza lentamente hasta desaparecer en las profundidades del hoyo en el suelo del patio.

De su bolsillo, saca una ramita abierta en V en uno de sus extremos y un ovillo pequeño de pabilo. En un santiamén, amarra la tira a la ramita. La estira varias veces para probar su resistencia. Cuando la honda está lista, se la entrega sin decir nada a Shito, que la recibe con una sonrisa postiza mientras se aguanta las arcadas.

Igual no tarda en acostumbrarse a su nueva honda. Y ya no solo hacen competencias de puntería, que Segundo siempre gana. También juegan, como los niños que nunca fueron, a la guerra: peruanos contra chilenos, caceristas contra iglesistas, pierolistas contra civilistas, pero también de guapos como José Mercedes Puga contra Miguel Iglesias, Isidoro Urraca contra el hijo de coolí Marcial Alvarado, o incluso el salvaje Raimundo Ramos contra Eleodoro Benel que, dicen las malas y buenas lenguas, está juntando un escuadrón de doscientos bandoleros armados que esconde en su hacienda El Triunfo, en Hualgayoc, para hacer un asalto por su cuenta contra los revoltosos de Llaucán.

Cuando Tía Laura, Tía Adela, las primitas, doña Rosario y las indiecitas regresan de misa, Shito y Segundo suben a la biblioteca a hacerse los que nunca salieron de ahí. Solo bajan cuando doña Rosario los llama para almorzar, cada uno en el comedor que le corresponde. Shito en la sala principal con las tías y las primas y Segundo en la cocina con doña Rosario y las indiecitas.

Shito toma aire. Toca la puerta.

—Está abierto.

Shito entra. Se abre paso entre las espesas volutas de humo que salen de la habitación. Se desliza sin hacer ruido por la oficina, que apesta a tabaco. Sentado frente al escritorio, el Tío Belisario se sostiene la cabeza con las dos manos. Un pucho apagado pende de sus labios.

Desde que regresó de Hualgayoc, casi no sale de la oficina. Se la ha pasado atendiendo a señorones bien vestidos, gendarmes y militares de muchos y pocos galones, a quienes habla a puerta cerrada, a veces a gritos, y que, al desplazarse con paso agitado por la casa, dejan largas estelas de barro en las alfombras, que las indiecitas de servicio van barriendo a su paso. Ni siquiera baja al comedor para tomar el sango, y doña Rosario tiene que subirle el almuerzo.

—¿Qué quieres, Shito?

El Tío no ha levantado la mirada: estudia el mapa desplegado en la parte central del escritorio, en un rectángulo de corcho con los bordes desgastados por el uso. Está al revés, pero Shito reconoce la provincia de Hualgayoc, con cada uno de sus distritos: Bambamarca, Hualgayoc, Llapa, Niepos y los tres santos: San Gregorio, San Miguel y Santa Cruz. Hay alfileres rojos y negros clavados en algunos puntos, la mayoría en los alrededores de lo que Shito identifica como la hacienda de Llaucán. En los márgenes de la mesa hay periódicos de *El Ferrocarril* abiertos de par en par, algunos tijereteados, y un plato medio inclinado sobre una ruma de papeles, con el seco de cabrito de ayer, que el Tío apenas ha tocado y en que se aprietan sendos montículos de ceniza.

—Las clases con Segundo, Tío. Están yendo bien.

El Tío alza la cabeza. Tiene los ojos ausentes, mirando un lugar lejos de estas cuatro paredes.

—Ya maneja bien las cuatro operaciones. A veces se hace un lío comprendiendo lo que lee, pero tiene buena memoria y se aprende los discursos del Califa que le dejo. Y escribe. Lento y con muchas faltas de ortografía, pero está escribiendo.

—Estoy ocupado.

Se da cuenta de que se le ha apagado el pucho. Saca un cerillo del bolsillo y vuelve a encenderlo. Da una larga bocanada a su cigarrillo negro y arroja el humo hacia el techo con parsimonia. Observa a Shito. Parece que recién nota su presencia.

—¿Algo más que se te ofrezca, sobrino?

Shito se hace el que no oyó el tono de sorna.

—Es que... bueno, Tío. Segundo está haciendo muchos progresos, pero falta todavía mucho para desindiarlo por completo. Yo creo que sería necesario que me quede más tiempo en la casa.

—Quédate todo el tiempo que quieras.

—Ah —Shito se muerde la lengua y el grito de alivio no tiene como salir de su garganta—. Entonces no lo molesto más. Con permiso, Tío.

Hace el ademán de irse.

—Espera.

El Tío aplasta el pucho contra el plato, que se tambalea y vuelve a su inercia. De un impulso, se levanta del escritorio. Cruza a grandes trancos la oficina, pasando delante de Shito, que se queda donde está sin saber qué hacer.

—¿Vienes o no?

Shito sigue al Tío, que camina por el pasillo haciendo rechinar el suelo. Al llegar a los portones, saca una gran llave del bolsillo superior del uniforme y la introduce en el cerrojo que protege la biblioteca de los intrusos: desde las idas y venidas continuas de los visitantes, la biblioteca está siempre cerrada con candado, incluso con Shito y Segundo adentro.

—He visto que agarraste el *National Geographic* que estaba en el vestíbulo.

Shito traga saliva: desde que era niño, son conocidas las rabietas del Tío cuando toman sus cosas sin permiso.

—Y no lo devolviste a su sitio. Lo dejaste en el comedor, donde podía mancharse de comida.

—Bueno... es que...

Clic. El candado se abre.

—No fui yo, Tío.

—Ah ¿no? ¿Y quién fue, entonces?

—Segundo.

El Tío suelta una breve carcajada burlona.

—¿De dónde pues, sobrino? —su cara adquiere una repentina seriedad—. Mira, Shito. De todo hay en la familia, hasta sacolargos y cornudos. Pero mentirosos, no.

—Pero Tío...

—Cht, cht, cht —hace el ademán de taparle la boca con la mano—. Te lo digo por tu bien. No hay mentira pequeña que no deje semilla para mentiras más grandes —piensa. Dice, como para sí—. Ya hay bastante gente en este mundo que crea problemas y luego quita el cuerpo y quiere que otros los resuelvan —mira de frente a Shito—. Te lo voy a preguntar una única vez, y por favor no avergüences a tu madre ni a la familia de tu padre. ¿Tú agarraste el *National Geographic* que estaba en el vestíbulo y lo dejaste en el comedor?

Shito suspira.

—Lo siento, Tío. No volverá a pasar.

Le da un palmetazo cariñoso en la mejilla.

Entran.

—Trae la escalera que está en el rincón.

Shito obedece, maldiciendo la hora en que a su primo se le ocurrió tomar la revista y empezar a hojearla, en uno de los tiempos muertos después de sus salidas a hondear y antes de que las tías, las primas y doña Rosario y las indiecitas regresaran de misa. Sin decir nada, Segundo fue a sentarse a una de las sillas del comedor vacío. Miró por largo rato y con los ojos como carbones encendidos cada una de las fotografías, que mostraban unas ruinas incaicas imponentes recién descubiertas por un explorador gringo en los alrededores del Cuzco. «Las construyeron en unas montañas rodeadas de selva y mantuvieron el secreto de donde estaban», dijo Shito, que había leído sobre el descubrimiento en *El Comercio* de Lima. «Nadie sabe cómo llevaron las rocas hasta ahí». Segundo pasaba las páginas, posando de cuando en cuando las yemas de los dedos sobre las imágenes, como para palpar mejor la superficie de la piedra. «Ja, estos incas han estado en la costa», dijo de pronto. «¿Por qué dices eso?», preguntó Shito, sorprendido. «Mira qué lisas», Segundo señaló las rocas gigantescas con una sonrisa infantil. «Seguro han visto piedras grandes como las del patio y se han copiado, ¿di?».

—Ponla aquí.

Shito coloca la escalera triangular al pie de la enorme estantería enfrente de la pared. El Tío sube los peldaños con cuidado. A la altura del quinto peldaño, el último, estira el brazo hacia el estante más alto. Hurga debajo de unos libros de la segunda fila. Saca una llavecita minúscula. La mete en la cerradura del candado en miniatura entre dos

101

ventanillas de vidrio en el primer anaquel, el más cercano del techo. Desplaza la ventanilla corrediza, que despide una nubecita de polvo.

—Aquí está mi colección completa. Puedes sacar los números que quieras. Pero eso sí, los regresas a su lugar.

Saca unos cuantos ejemplares y se los alcanza a Shito.

—Muchas gracias, Tío.

Shito toma una de las revistas. La hojea. Se topa con una imagen del Cañón del Colorado. La hojea en silencio fascinado, imaginando a los ríos desaparecidos surcando los valles, erosionándolos durante siglos, milenios, millones y millones de años.

—¡¿Quién carajos ha movido las armas de la pared?!

Boquiabierto, Shito se vuelve hacia el Tío, que baja los peldaños a trompicones, casi cayéndose.

—¿Has sido tú?

—No, Tío.

De cuatro zancadas llega a la pared. Como si fuera un asunto de vida o muerte, corrige la posición del mosquete, del rifle, de la ballesta. Coge la carabina y abre el cargador, que está vacío.

—¡Segundo!

Segundo, que estaba en su cuarto, no tarda en aparecer en la entrada de la biblioteca.

—¡¿Quién te dio permiso para tocar las armas?!

Segundo no responde: no parece entender por qué el Tío le habla a gritos, de qué le acusa.

El cachetadón, brutal, le zamaquea los mofletes.

—¡¿Quién te dio permiso para usar la carabina, indio de mierda?!

Asustado, Segundo mira fugazmente a Shito, que evita su mirada. Baja los ojos hacia el suelo, mientras se soba despacio la mejilla, en que hay una inmensa marca roja.

—Perdón —dice con un hilo de voz. Se arrodilla— Perdón, Don Belisario.

—¿A quién carajos le has disparado?

—A nadie, Don Belisario.

Don Belisario toma la bayoneta y la levanta, con la punta hacia la crisma de Segundo. Tiene hinchadas las venas de las sienes y sus ojos parecen fuera de sus órbitas. Bufa como un toro de corrida listo para embestir.

—En el patio de abajo ha sido, Don Belisario. Por jugar.

—¿Y no te ha pasado por la cabeza que es peligroso? ¿Que has podido herir a Doña Laura, a Doña Adela o a alguna de mis hijas?

—Ellas no estaban en la casa, Don Belisario.

—¿Cómo?

—En misa de doce ha sido, Don Belisario. Su señora esposa y sus hijas no estaban en la casa.

Baja la bayoneta.

—¿No estarás mintiendo?

—No, Don Belisario.

El Tío deja con delicadeza la bayoneta en su lugar en la pared. Se acerca despacio a Segundo. Le da un fuerte coscorrón en la cabeza. Segundo da un breve quejido.

—¿Qué? ¿No te gusta cómo te trato? ¿Estás queriendo acaso que te regrese a la casa de tu mamá?

—No, Don Belisario.

Se sopla los nudillos de la mano con que le dio el coscorrón.

—Uno les tiende la mano para sacarlos de ignorantes y que progresen en la vida y le pagan así, so jijuna.

Contrae y estira los dedos de la mano. Observa a Segundo, que sigue arrodillado con la mirada enterrada en el suelo, sin moverse.

—¿Cómo está tu puntería?

Segundo permanece en silencio.

—¿Qué te pasa? ¿Estás sordo? Te he preguntado cómo está tu puntería.

—Está muy bien —responde Shito—. Está excelente.

El Tío se vuelve hacia su sobrino.

—¿Tú lo has visto?

—Sí. Yo estaba en el patio cuando se puso a disparar. Le dio tres veces seguidas al león tallado en el portón del patio de atrás —pausa—. Le quise avisar, Tío, pero estaba muy ocupado en su oficina.

El Tío asiente lentamente varias veces. Se vuelve hacia Segundo. Suspira ¿con resignación? Le da palmadas en el hombro.

Ayuda a su hijo a levantarse.

V

Desde el incidente en la biblioteca, Segundo ya no tiene clases con Shito. El primo sale temprano con el Tío Belisario y se queda todo el día con él. Regresan juntos a la caída del Sol, acompañados de un joven oficial con pocos galones en las hombreras y patillas bien recortadas que le llegan hasta las comisuras. Gendarme o soldado, Shito no sabría decir: le cuesta distinguir el uniforme incluso a la luz de las arañas de bombillas eléctricas que cuelgan de los techos, una de las últimas novedades traídas por el Tío desde Lima en uno de sus viajes a la capital.

Casi siempre el Tío y el oficial se van al escritorio a conversar hasta bien entrada la noche. Segundo suele irse directo a la cocina, donde doña Rosario le espera con la comida recalentada del almuerzo. A veces se topa con Shito en el pasillo que une el comedor con la cocina, y se cruzan sin mirarse ni decirse nada.

—Buenas noches.

El Tío ha abierto de sopetón la puerta del comedor y las primitas dan un gritito al unísono. De dos zancadas va hacia su asiento a la cabecera de la mesa y se sienta con todo su peso, haciendo rechinar el piso.

—Ponme cubierto, Rosarito —dice hacia la cocina.

—Ya era hora de que bajaras otra vez a comer con los mortales —dice Tía Adela. Observa al Tío. Frunce el ceño—. Bien que te hace falta —le pellizca el hombro—. Está que te baila el uniforme. Y mira esas ojeras —le toca el pómulo derecho—. Pareces oso de anteojos.

Las primitas ríen.

—Niñas —dice Tía Laura.

—Adela, por favor —el Tío le aparta la mano.

Entra doña Rosario con un individual de paja trenzada, un plato hondo estampado con un dibujo del cuarto de rescate de Atahualpa, una cuchara y una servilleta. Los coloca frente a Don Belisario.

—También ponle al capitán Prada, que no ha comido nada desde el rancho de media mañana.

—Gracias, mi coronel —se escucha la voz del capitán desde el vestíbulo—. Yo lo espero nomás a que termine.

—Entre y siéntese, capitán. No desaire a la Rosarito que se nos resiente —doña Rosario sonríe lánguidamente—. Su chochoca con cecina es imbatible. Es una orden —dice juguetón.

—Bueno, si es así.

El capitán entra. Se quita el quepí y se lo coloca entre el antebrazo y la cadera. Hace una leve inclinación de cabeza hacia Tía Laura y Tía Adela.

—Con permiso.

Se sienta en la silla vacía a la izquierda de Tía Laura, en el otro extremo de la mesa. Doña Rosario sale.

Don Belisario desplaza el individual hasta que se encuentra perfectamente alineado con el borde de la mesa. Mueve la cuchara hasta que está perfectamente paralela al cuchillo y el tenedor.

—Soy todo oídos, capitán.

—¿Aquí, mi coronel?

Tío Belisario asiente.

—Niñas —dice Tía Laura a las primitas—. Vamos a dejar solo a su padre, que tiene que trabajar en el comedor.

—No. Todos se quedan. Y abren bien las orejas.

Las miradas de Tío Belisario y Tía Laura chocan como pedernales. Las chispas encienden la habitación. Entra doña Rosario con un individual, un plato hondo blanco, una servilleta y un cubierto. Los coloca enfrente del capitán y sale de nuevo.

—Proceda, capitán.

El capitán Prada carraspea.

—Los arrendatarios de la hacienda de Llaucán han comenzado la huelga indefinida que venían anunciando. Se niegan a pagar sus arriendos. Doscientos de ellos han sitiado la hacienda El Triunfo, donde está instalado el señor Manuel Cadenillas, tesorero del colegio, y le están impidiendo que salga a cobrar el alquiler. Dicen que no se van a mover de ahí hasta que Don Eleodoro suspenda el aumento de alquileres.

—¿Y él qué dice?

—No da marcha atrás. A Eleodoro lo que es de Eleodoro, dice.

—¿La huelga es *motu proprio* o hay injerencia externa?

—Don Raimundo Ramos y don Marcial Alvarado, que son arrendatarios, han estado azuzando a los demás. Pero los huelguistas ya habían tomado la decisión de parar antes de escucharlos.

—¿Es verdad que los revoltosos están armados con fusiles que tienen escondidos? ¿Fusiles que se quedaron de la época de las montoneras contra los chilenos?

—No, mi coronel. Son mentiras de los periódicos. Solo los guapos, que son minoría, tienen unos cuantos. El resto solo tiene trinches y azadones. Yo mismo fui a investigar y no he encontrado ni una sola arma de fuego. Eso sí, tienen dinamita que se han robado de las minas. Y saben usarla.

Tío Belisario se jala la esquina derecha del bigote. Por un instante parece que quiere arrancárselo.

—¿Y qué hay de los saqueos y violaciones que ha habido en la hacienda? ¿Han sido ellos?

—Belisario, por favor —dice Tía Laura—. Las niñas.

—Las niñas tienen que saber de lo que se defienden —silencio—. Prosiga, capitán.

—Sí, mi coronel. Pero hay por lo menos dos guapos a las órdenes de Don Eleodoro que son también responsables —el capitán traga saliva—. De los... forzamientos, quiero decir.

—¿Es cierto que fueron ellos los que asesinaron a los dos campesinos que trataron de pagar sus saldos a la hacienda, y no los revoltosos?

—No sabría decirle, mi coronel.

Las venas de las sienes del Tío se hinchan.

—¿Cómo que no sabría decirme?

—Algunos dicen que sí, que los campesinos fueron los asesinos. Pero también he tomado declaraciones de algunos arrendatarios que dicen que fueron pistoleros encapuchados de Don Eleodoro. Dizque hacen incursiones armadas en Llaucán por las noches y después les echan la culpa a los arrendatarios de sus fechorías.

Tía Laura hace el ademán de levantarse. Tío Belisario le toma la muñeca con firmeza.

—Cuando hay salteadores deambulando, todos deben cuidarse los bolsillos. ¡Todos!

Doña Rosario entra con una enorme bandeja con un tazón de porcelana humeante. Empieza a servir, comenzando por el Tío y siguiendo por su derecha.

—¿Y Don Eleodoro? ¿Qué es de él?

—Está acampado en las afueras de Bambamarca con doscientos cincuenta guapos. Ciento cincuenta son antiguos y cien nuevos. Algunos han venido desde Lambayeque y tienen prontuario. Amenaza con desalojar violentamente a los arrendatarios si no pagan el alquiler y con quemarles sus casas si oponen resistencia.

Tía Laura se persigna. Las niñas la imitan. Tío Belisario saca una tabaquera de plata de su bolsillo. La abre. Elige un cigarro, que golpea contra la mesa por uno de sus extremos, como quien clava sin fuerza suficiente un clavo sin punta, un clavo inútil. El capitán se levanta súbitamente de su silla. Da un veloz rodeo a la mesa y extiende hacia el coronel un mechero de metal con la lumbre encendida. El coronel aspira el cigarro varias veces seguidas. Retiene el humo mientras se incorpora de la silla y lo exhala con fuerza hacia el techo del comedor. El humo cae lentamente como una espesa telaraña que flota sobre la mesa en que todos, menos los dos uniformados de pie, han empezado a comer en silencio.

—Prada, diríjase a la Subprefectura de Hualgayoc. Dígale de mi parte al subprefecto que vaya a la hacienda a hablar con los alzados. Que los convenza de abandonar su medida de fuerza, que ya estuvo bueno. No la hicimos nosotros, pero la ley es la ley, nos guste o no. Usted acompáñelo para que no se chupe. Ya conoce usted a mi coleguita, que a veces los tiene de corbatín.

Tía Laura niega con la cabeza. Tía Adela ríe.

—Ah, y no se retire de ahí. Quédese en las inmediaciones de la hacienda y haga notar su presencia. Que Don Eleodoro y sus bandoleros lo vean. A usted y a los veinte hombres de la Prefectura de Cajamarca que pongo a su disposición.

El capitán Prada carraspea.

—¿Solo veinte?

—Solo veinte. Salvo los que han asignado para mi seguridad, son todos los que nos han enviado desde Lima.

El capitán asiente, mira de reojo su sopa de chochoca, enfrente de su silla. Da un brevísimo respingo, que quiere pasar desapercibido.

—Será mejor que vaya liando bártulos, mi coronel. Para poder salir mañana en la madrugada. Me disculpa con la señora Rosarito de que le esté despreciando de esa manera.

—En esta casa todos entendemos, capitán. La familia está casada con el uniforme. Es esposa estricta pero comprensiva.

—¿Qué le digo al subprefecto de Hualgayoc si pregunta cuándo se apersona usted en la hacienda?

—Que eso no es de su incumbencia.

El capitán asiente.

—Manténganme informado.

—Lo haré, mi coronel.

Se cuadra haciendo sonar los tacones. Saluda marcialmente.

—Con permiso.

Sale.

El Tío da una larga aspirada a su cigarrillo. Exhala el humo por las narices. Parece un toro bufando a punto de embestir.

—Además de Julián y Evaristo, a partir de mañana va a haber dos gendarmes cuidando el portón de la entrada día y noche.

Revuelo de miradas inquietas que se cruzan. Gemidos y cuchicheos de las primitas.

—Es solo por si acaso. Cajamarca está tranquilo y hay toque de queda. Pero va a haber gente asustada. Así que todos tenemos que dar el ejemplo y conservar la calma, ¿entendido?

El Tío aplasta su cigarrillo en una ranura vacía del candelabro de plata, en el centro de la mesa.

—¡Segundo!

Segundo aparece en los umbrales de la puerta del comedor.

—Siéntate a la mesa.

La cara de Tía Laura se crispa, como si una muela picada le hubiera empezado de pronto a doler. Tía Adela va a decir algo, pero se queda a medio camino; observa más bien a Segundo de arriba abajo, con la ceja izquierda levantada.

—¿Qué te pasa, muchacho? ¿No te has lavado las orejas? Siéntate, te he dicho.

—Ya he comido en la cocina con doña Rosario, Don Belisario.

—Vas a comer de nuevo, entonces. Ahora y a partir de ahora, aquí en el comedor —proyecta la voz: se está dirigiendo a todos los presentes—. Ravines tenía que ser, carajo. Tiene solo dos semanas practicando en el patio de la Prefectura, pero el cholo ya les gana en tiro al blanco a todos los soldados que mandaron desde Lima —se jala las solapas del uniforme. Infla el pecho—. Hasta le bajó los humos a un limeñito bien plantado que es campeón en el ejército y andaba hecho un pavorreal. Jijuna grandísima.

Ríe a mandíbula batiente.

Segundo va a sentarse en la silla al extremo de la mesa en que iba a estar el capitán Prada.

—No, ahí no.

—¿Dónde entonces, Don Belisario?

—A mi derecha.

A Shito:

—Tú anda a sentarte al fondo.

Shito abandona su asiento y va al extremo de la mesa, a la izquierda de Tía Laura, que come con la mirada puesta en el fondo del plato, escarbando en silencio su cuarto del rescate.

Tío Belisario y Segundo están todo el día en la Prefectura.

Sin nada que hacer, Shito se la pasa en la biblioteca leyendo. Solo baja al primer piso para almorzar con las tías y las primitas a su regreso de misa de doce, la única salida de casa que el Tío les tiene permitida, y con gendarme a su lado.

Lee con un nudo permanente en la garganta. Cada página, cada línea, cada palabra puede ser la última. Alguien en la casa terminará por darse cuenta de que es solo una boca más, buena para nada que no sea hacerse alimentar. Entonces lo pondrán de patitas en la calle y lo mandarán de regreso a Matara, donde volverá al pago mísero o al trueque, a las faldas de mamá, a su destino gris de hijo de pariente pobre del que creía haberse librado en los cuatro años de estudios en la ciudad.

No guarda buenos recuerdos de sus condiscípulos, pero tampoco demasiado malos. Estaban al tanto de su fama de memorista y hacían chanza de él, tratándolo de picho revejido. Pero eran desconfiados y estaban demasiado distraídos cuidándose las espaldas los unos de los otros.

Muchos eran hijos de familias pudientes con disputas entre sí y algunos llevaban un guapo armado que los protegía. Pero los enfrentamientos tenían lugar en Hualgayoc, rara vez en Cajamarca. Durante los cuatro años que pasó en el San Ramón, alguna vez hubo un incidente, cuando el guapo al servicio de Teobaldo Hoyos Osores, hijo de un prominente comerciante de Chota, tuvo un altercado con el que cuidaba del hijo de don Gonzalo Villacorta, leguiísta aliado de Eleodoro Benel. El asunto no llegó a mayores, pero sirvió de escarmiento para todos.

Sí tiene buenas remembranzas de sus profesores. Lee libros que ellos mencionaron o elogiaron en clase. Shito fue anotando sus títulos y los nombres de sus autores, por si alguna vez estaban a su alcance. La desvaída biblioteca del colegio tenía, en el mejor de los casos, un único ejemplar de cada libro, casi siempre roto, manoseado, lleno de dibujos obscenos de *pishgos* y *puguitas*, o cubiertos de manchas blancuzcas sospechosas. Por entonces, no podía contar con la biblioteca del Tío Belisario: Shito nunca tuvo una buena excusa para caerse por el caserón. Solo se animó a verlo de nuevo cuando ya no tenía a donde ir.

Por sus manos pasan por fin las obras completas de Sófocles, Eurípides, Esquilo y Epicuro, que Shito escuchaba recitadas por fragmentos en la voz aflautada del profesor Arana, que enseñaba geografía pero se sabía también de memoria a todos los griegos, incluso la *Ilíada* y la *Odisea*. Cuando se cansa, pasa a una novela rusa de las gordas de los anaqueles del medio. Si anda de buen humor, elige a Tolstoi. Si le carcome la preocupación por el futuro, a Dostoievski. Cuando lee *Guerra y paz*, trata de diferenciar entre sí a los personajes que van apareciendo y les asigna una cara, casi siempre de pómulos angulosos y pálidos, y les pone gorro cosaco, abrigo de pieles y orejeras, siempre blancos, negros o grises, como en los daguerrotipos de los periódicos cuando publican noticias de Rusia. Él, que nunca ha salido de Cajamarca, imagina los lugares fantásticos y fríos de nombres impronunciables en que, botando humo por la boca como en los inviernos de la sierra, viven, hablan consigo mismos, pierden herencias o ganan batallas, se enamoran, engañan o son engañados. Cuando se le da por leer *Crimen y castigo*, hace todo lo posible por meterse en el alma de Raskolnikov, por entender los extraños y retorcidos problemas espirituales que lo torturan. No lo logra, pero la faena lo ayuda a escapar de los de aquí. Cuando los enfrentamientos, asesinatos, violaciones o ataques a una hacienda arrecian en las noticias de *El Ferrocarril*, lee a alguno de los franceses, los favoritos del negro Risco, su profesor de historia, que siempre tenía a los Borgia, a Lutero y a Víctor Hugo en la punta de la lengua. Ahora está leyendo con indignado fervor *Los miserables*, que le hace llorar de rabia calcada y copiada del negro, que se conocía al dedillo todas las insurgencias y revoluciones de la humanidad, y contaba las tragedias de Jean Valjean como si fueran las de un amigo muy querido. No tiene dificultad alguna en pasar de un libro a otro, un tercero y un cuarto y luego volver al primero, retomando el hilo de la narración exactamente en el lugar de la madeja en que lo dejó: cada historia es vecina de la otra, todas pensionistas de una única casa en que para hacer una visita solo basta con abrir la puerta o mirar por la ventana y fisgonear, sin pedir permiso o disculparse con sus habitantes.

Hace dos días descubrió en uno de los anaqueles más bajos un volumen compacto de unas buenas quinientas páginas con un título que le resultaba familiar, pero que no había oído mentar en el colegio. Se llama *Vida de Jesús* y su autor es un francés llamado Ernesto Renan. Lo sacó y hojeó porque escuchó alguna vez a mamá mencionarlo con desdén.

—Ah, ese librito.

Shito ha tratado de empezarlo varias veces, pero se le ha caído de las manos. Él, que recitaba la Biblia de memoria en las verbenas familiares de su niñez y ha leído en voz alta a los fundadores de la patrística —sin entenderlos mucho, la verdad—, no puede pasar de los cinco primeros párrafos de esa maraña de letras pequeñas y apretadas, abundosa en citas a pie de página, plagadas de abreviaturas y cifras en clave que lo disuaden de continuar. Aparta el volumen al rincón más alejado de la mesa en que daba clases a Segundo, y en que prueba impunemente los frutos prohibidos de este jardín del edén tibio, pacífico y bien iluminado del que será expulsado hoy, mañana, a lo más pasado mañana. Olvidado, él que todo lo recuerda, del libro que debe devolver a su lugar.

—Es el favorito de González Prada.

Tía Adela ha entrado silenciosamente a la biblioteca, como cada final de la tarde, a devolver los libros leídos la víspera y surtirse de uno o dos nuevos, con los que luego se desaparece hacia el primer piso, al pequeño salón en que se zambulle en su mecedora con orden de que nadie la moleste.

—¿El señor ese que siempre anda escribiendo contra los curas?

—Bueno, él escribe contra todo. Hasta contra la ortografía —ríe con su risa sonora y cálida. Arquea la ceja—. No me digas que lo estás leyendo.

—No. Lo estaba hojeando nomás.

—Ah. Ya decía yo.

Tía Adela se desplaza sinuosamente por detrás de la silla de Shito (que siente, a su paso, un fugaz frío en la nuca), toma el libro y lo coloca de vuelta en su sitio en el anaquel del que Shito lo sacó. Sale de la biblioteca sin despedirse, con el mismo sigilo con el que entró.

Shito lee al borde de la silla, escandalizado pero fascinado, incapaz de detenerse. A los diecisiete años, hace tiempo que dejó atrás el catolicismo de cirios, inciensos y

116

paporretas inculcado por la mujer sin primaria completa que le ha dado la vida. Hace tiempo que, entre los muros del San Ramón, le perdió el respeto al charlatán fabulista y milagrero que clavaron en la cruz diecinueve siglos atrás.

No del todo, por lo visto. Incrédulo como ahora es, le perturba que el dichoso librito tenga la desfachatez de tratar a Jesús como un personaje histórico cualquiera, sin deferencia alguna por su divinidad (en que Shito ya no cree). Que tenga además el atrevimiento de intentar ponerse en su lugar, de tratar de ver el mundo a través de sus ojos.

La imagen que se desprende de sus páginas iniciales es la de un chiquillo espabilado nacido en un pueblito remoto de la provincia (como Shito). Seguro de sí mismo, pero no muy curioso y más bien bastante ignorante. Impregnado de las supercherías de un niño pobre de su región y de su tiempo. Que creía que uno se enfermaba o moría debido a los pecados que había cometido y que podía someter el mundo material a su voluntad con solo pedírselo a Dios con la fuerza suficiente, pues no tenía la más mínima noción de las leyes de la física. Que ni siquiera sabía que vivía a la sombra de un imperio, aunque este se extendiera por todo el horizonte que podía divisar. Que amaba los juegos de palabras (como Shito) y era aficionado a los aforismos que pululaban en el ambiente, que (Shito busca la palabreja en el diccionario) eran algo así como refranes heredados de la tradición, que él creía judíos sin saber que provenían del Oriente, dichos y repetidos por los predicadores que pasaban por su tierra. Que aprendía memorizando en voz alta (como Shito), que era como se enseñaba en las escuelas de Galilea si tus padres no tenían dinero y no podías estudiar en una escuela de escribas, donde además de a escribir te enseñaban griego, la lengua culta que usaban las élites, que Jesús, pobre y provinciano, nunca llegaría a aprender.

Le horrorizan y dejan deslumbrado sus actos insolentes y rebeldes contra la autoridad de José, su padre (sí, para

Renan, José es su padre, no solo el esposo de su madre), que no corresponden con la imagen que tenía del profeta. No sabía de ellos: no aparecían en el Nuevo Testamento, que Shito conoce como la palma de su mano, sino en algunos evangelios que Renan llama «apócrifos» (nueva palabrita para su cuaderno verde), que el francés incluye como fuentes tan válidas como los evangelios y a los que cita escrupulosamente. Estos manuscritos circulaban por la misma época que los evangelios conocidos, pero no fueron seleccionados para entrar en ese paraíso que era la versión final del Nuevo Testamento. Pues (qué gafo eras entonces, Shito: tú también te creías esa monserga) la versión final del «libro sagrado» no fue escrita por Dios sino por manos humanas. Manos interesadas, limitadas, falibles, que a fines del siglo I y comienzos del II se atribuyeron el poder de decidir qué entraba y qué no, dejando de lado, entre decenas de otros, un evangelio de Pedro, un evangelio de María Magdalena e incluso un misterioso evangelio de Judas.

Pero hay otra revelación que atraviesa a Shito como un rayo. María, la madre de Jesús, no ayudó nada a su hijo a convertirse en el hombre que llegó a ser y fue más bien una valla en su camino. Lo mismo sus hermanos (sí, para Renan, Jesús tenía hermanos de sangre: María no tenía nada de virgen y tanto ella como José habían tenido otros hijos tanto juntos como por separado). Poco después de la muerte de su marido, María se mudó a Caná con todos sus hijos. Y fue ahí donde Jesús creció y empezó a predicar. O por lo menos trató, sin que nadie lo tomara en serio. Era imposible: tanto en casa como fuera de ella sus hermanos y hermanas se burlaban de él y sus pretensiones de profeta. Y sin que María hiciera nada para detenerlos ni para incitarlo a continuar, a pesar de las mofas de sus otros hijos. Incluso se molestó con él una vez que Jesús se desapareció de su casa para cumplir con lo que llamaba «las tareas de su Padre».

La ironía es la puerta favorita de Satán cuando quiere entrar en el alma del hombre, decía mamá.

Igual mírala. La oposición de la familia de Jesús al cumplimiento de su destino tenía todo el aire de un obstáculo colocado por Dios para poner a prueba a su hijo. Qué mejor que obligar a Jesús a enfrentarse a una madre, un padre, unos hermanos así, para forjar el temple del profeta. Para hacerlo capaz de realizar los actos originales y extremos a que estaba destinado. Los actos que pondrían los cimientos de la nueva religión, todavía en pie hoy, mil novecientos años después de su muerte.

Pero Dios no existe: nadie lo hizo por Jesús, nadie lo hizo por mí. Solo por casualidad he nacido del vientre de la mujer sin luces que me ha traído al mundo. Es por puro azar que ha sido lo bastante fuerte para sacar adelante a su familia, pero lo bastante necia para seguirle prendiendo velitas al dios que la dejó sin esposo y a merced de los peligros de un mundo en permanente convulsión. Al dios cruel que nos puso en la miseria. No hay ninguna fuerza divina detrás de esa pobre señora que continúa aferrándose a sus letanías a pesar de que su dios la abandonó. Solo hay simple estupidez.

Igual tengo que defenderme de sus acciones, como Jesús. Está en mis manos no dejarme arrastrar por ella en su desgracia. Si la dejo, si *los* dejo (también están mis hermanitos), serán mi lastre. Me quedaré anclado al pueblucho atrasado en que malviven y vegetan y del que no podré salir jamás.

Dichoso el vientre que te crio y los pechos que te dieron de mamar, le gritaban a Jesús. Y él respondía: *Dichosos más bien los que escuchan la palabra de Dios y la cumplen*. Y cuando alguien a su alrededor elogiaba los sagrados lazos de sangre, él corregía siempre, señalando a sus discípulos: *Aquí están mis hermanos. Aquel que sigue la voluntad de mi Padre, ese es mi hermano, esa es mi hermana*. Y sus frases le resuenan a Shito como si hubieran sido dichas ayer. Como si Jesús se las dijera al oído en este mismo momento.

Si quieres ser libre, aléjate del lugar en que naciste. Si quieres cumplir con tu destino, apártate de tu familia y rompe las cadenas que te unen a ella.

A Matara no vuelvo ni muerto. Lo jura.

Por Dios.

Domingo soleado, día de verbena.

Los niños de las familias del barrio empezaron a llegar desde temprano, acompañados de sus padres. Las primitas han compartido merienda con ellos y ya juegan a las sillas musicales, a la ronda, a la pega y al ponle la cola al burro. Han venido también los amigos, compañeros de avatares de la política y entenados de Don Belisario. Sentados en semicírculo alrededor de la pileta, hacen la tertulia y se sirven un pastelito o un fiambre que les ofrecen las indiecitas en sus azafates de plaqué, entre que vigilan a sus hijos y se ponen al día de las últimas noticias que vienen de Europa, donde la Gran Guerra que comenzó en julio ha empezado a intensificarse. Hablan de los bloqueos al puerto del Callao, las largas colas en Lima ante las grandes pailas improvisadas frente a las puertas de los cuarteles y los conventos: la capital no tiene qué comer. Eso sí, los invitados evitan minuciosamente las nuevas que vienen de Llaucán, donde el bandidaje está, dicen, haciendo de las suyas. Hace algunos días fue asesinado el arrendatario Martín Fuentes, ha habido saqueos, violaciones y robos dentro de los predios de la hacienda, y César Miranda, el terrateniente de la hacienda Chala, vecina a la de Llaucán, ha sido asaltado en el camino. El coronel Ravines ha convocado a los presentes para demostrar que, a pesar del toque de queda y la presencia de la guarnición militar en la ciudad, todo sigue normal en Cajamarca.

A media mañana, el Tío Belisario y Segundo hacen su aparición en el patio. El Tío va pasando por cada uno de los grupos, les presenta a Segundo por su nombre sin decir quién es y se queda un ratito conversando y echándose un traguito con ellos. A veces Tía Adela se une a la conversa y esta se vuelve ligera, mundana, con uno que otro improperio de grueso calibre que tienen gracia salidos de su lengua, viperina y avispada. Hay una que otra sonrisa demasiado amplia, alguna mirada demasiado fugaz hacia la mano del coronel, que yace posada sobre el hombro de Segundo durante toda la ronda. Pero nadie dice nada y el recibimiento cordial de los invitados a Don Belisario y su hijo parece sincero.

Shito observa a su primo, que durante todo ese tiempo permanece en silencio, con los ojos opacos vagando perdidos en el suelo. Segundo lleva afeitada la pelusa rubia y trinchuda como paja que tiene por bigote, una camisa ocre vieja pero limpia a la que le han puesto demasiado almidón y pantalones de tela basta, nuevos, que no llegan a cubrirle las pantorrillas. Sus pies calzan botas negras viejas del Tío en lugar de las ojotas de costumbre. Le quedan como si fueran suyas.

Shito no se mueve de la esquina del patio, donde la sombra de las ramas del árbol de molle lo protege de la atención ajena. No quiere encontrarse cara a cara con su primo: no han hablado desde que dejó de darle clases y han pasado demasiadas cosas desde entonces, aunque, si alguien le preguntara, no podría decir cuáles son.

La cosa no es solo con Segundo. Shito no tiene ganas de hablar con nadie. Las verbenas le duelen. Le recuerdan las de su infancia, que se celebraban en la biblioteca del segundo piso. En aquel entonces todos los niños se juntaban alrededor de una gran prensa que siempre olía a engrudo y papel mojado, que habían instalado donde ahora está el camastro de Shito, al lado del globo terráqueo descascarado, y de la que no ha quedado ni rastro. Con harta habilidad, el Tío Belisario encendía el hornito que calentaba la prensa, ordenaba sin vacilar los tipos al revés con el nombre del autor y el título del volumen que iban a encuadernar, y los iba grabando con papel dorado. Luego, les dejaba a los niños que, por turnos, grabaran cada una de las páginas de un cuadernillo, y si no cometían ningún error les regalaba un dulce. Luego venían las representaciones de las obritas de teatro que los mismos niños habían preparado y las declamaciones de poemas en loor del día de la madre, el padre o la efeméride patriótica que tocara. Era entonces que, a insistencia de mamá Leonor, Shito declamaba capítulos enteros de la Biblia o recitaba discursos incendiarios de don Nicolás de Piérola, que mamá le hacía memorizar de cuando en cuando para darle gusto a papá o reconciliarse con él después de una pelea. Así solía cerrarse la verbena, entre abrazos emocionados de mamá o papá a Shito (nudo en la garganta) y vítores de los adultos presentes. Luego muchos de ellos (reconoce a algunos aquí, con arrugas y canas encima, chupando y tragando, impunes) se harían los cojudos, renegarían de su pasado pierolista y le cerrarían la puerta en las narices a papá cuando se quedó sin trabajo.

—Shito, ¿qué haces ahí parado? —dice Tía Adela—. Abre.

La aldaba del portón vuelve a sonar.

—Debe de ser tu mamá. Le dijimos que viniera. Le va a dar un gustazo verte.

Un súbito sudor frío le peina las sienes. Camina hacia el portón lo más lento que puede, para ganar tiempo. Hola, mamá. Sí, sí, estoy bien, no me ha pasado nada. No he podido ir a verlos porque he estado muy ocupado dando clases al hijo del Tío Belisario. Porque he estado ocupado estudiando. Porque he estado ocupado...

—¿Está el coronel? —dice el vozarrón.

El hombre blancón y esbelto le lleva una cabeza a los cuatro gendarmes armados que vigilan la puerta y lo miran con respeto. Tiene mirada penetrante, entradas profundas y bigotes negros, espesos, grasosos y puntiagudos. Viste sombrero de ala ancha con cinta de seda negra, poncho blanco de hilo fino y pantalón de dril, y porta en los dedos anillos de metal y sortijas de brillantes. Shito lo reconoce de inmediato: es Don Eleodoro Benel, el terrateniente de quien tanto hablan las sobremesas y los periódicos —«el hombre más poderoso de todo Cajamarca», dicen—, a quien vio jugando dados en la hacienda del señor Cacho, en el aciago encuentro que acabó con las ovejas de mamá trasquiladas.

—Sí.

—Dile que ha venido a visitarlo su compadre.

Shito mira a los cinco mestizos que lo acompañan de pie al lado de sus caballos moros. Llevan sombrero de palma, poncho guinda sin rayas, bandolera, pantalones de montar, botas de cuero con espuelas recubiertas de barro y fusil a la espalda. Reconoce a uno de ellos, Faustino, el hijo de doña Chabela, que había regresado de las selvas del Putumayo con dinero a manos llenas para ponerle una casa decente a su madre, y a quien le había perdido el rastro desde entonces.

—Un momento.

Va a cerrar el portón para ir a anunciar al visitante, pero este ya ha cruzado los umbrales y entrado al patio de entrada, donde se quita el sombrero y lo bate como un abanico. Su frente ancha reluce al sol vertical: es casi mediodía.

—Tu cara se me hace conocida. ¿No habrás servido en alguna de mis haciendas?

—No, señor.

Don Eleodoro les hace una señal a los que vienen con él, que amarran con presteza las riendas de sus caballos al pretil del abrevadero, y entran. El visitante chanta su sombrero en las manos de Shito, sin mirarlo.

—No lo pierdas.

Yo no soy tu cholo, va a decirle. Pero el visitante ya se ha vuelto súbitamente hacia el patio, donde la charla acaba de interrumpirse, curiosa por los recién llegados. Abre los brazos con aspaviento.

—¡Belisario, dichosos los ojos!

—Dichosos, Eleodoro.

Pero Tío Belisario no parece contento de verlo. Ni a él ni a los que lo siguen.

—Qué milagro no me avisaste. Tú sabes que a mí me encantan las verbenas.

—Te hacía muy ocupado, Eleodoro.

—Y yo a ti —Don Eleodoro señala las cadenetas de papel de colores en el patio—. Pero parece que a ti el tiempo te sobra.

—Hay que tranquilizar a la gente. Está muy alborotada con todo lo que está pasando.

Don Eleodoro escupe en la escupidera al lado de la entrada de la casa.

—En Llaucán también hay gente, compadre. Gente impaciente. ¿Cuándo vas a caerte personalmente por la hacienda?

—Cuando llegue el momento.

—¿Y cuándo va a ser eso? No pasa nada con el capitancito Prada ese que mandaste a sacar a esos bandidos salteadores de mi hacienda.

Ha hablado en voz alta y todos los invitados se han quedado callados. Tía Adela se adelanta con una sonrisa obsequiosa, pero de doble filo.

—¿Ya han comido? —hace un gesto a las indiecitas—. Sírvanse, Eleodoro. De la Samana hasta aquí es harto viaje. Deben de estar con hambre.

Las indiecitas ofrecen pastelitos y fiambres a los recién llegados. Un rictus se forma en el rostro de Don Eleodoro. Va a decir algo, pero una mirada fugaz a Tía Adela suaviza su actitud, el tono de su voz.

—Gracias, Adela.

Con parsimonia, se sirve. Los hombres que vienen con él lo imitan, musitando agradecimientos reverentes a «la señora de la casa». Don Eleodoro mira a Tía Adela, engulle el fiambre de un solo bocado y se chupa los dedos. Se los limpia despacio con una servilleta de hilo con la «R» familiar en las esquinas. Su mirada planea por el patio.

—Tú debes de ser mi ahijado.

Se ha quedado observando de pies a cabeza a Segundo, que parece un espantapájaros plantado en medio del patio. Se le acerca y le pellizca la mejilla. Sonríe. Segundo baja los ojos.

—Me han contado por ahí que puedes darle a un chiguanco volando a cien metros de distancia. ¡Y con uno de esos máuseres viejos de los tiempos de la montonera! ¿Es verdad?

—Es —responde el Tío, sin poder ocultar una veta de orgullo en la voz.

—Ya decía yo. ¡De tal palo, tal astilla, jijuna grandísima! —se vuelve hacia el Tío—. ¿Sí o sí, Belisario?

El rostro del Tío se atiesa. Algunos invitados carraspean. Se escuchan movimientos de sillas al lado de la pileta.

—¿Por qué mejor no pasan al vestíbulo y ahí conversan más tranquilos?

Don Eleodoro examina a Tía Adela de nuevo, al acecho de los vestigios de algo muy querido o deseado.

—Lo que tú digas, Adela.

Por primera vez desde que Shito tiene memoria, ve a la Tía sonrojarse. Sospecha algo inverosímil: Tía Adela alguna vez fue joven, alguna vez fue bella. Acude a su memoria una historia que contó mamá con tono reprobatorio: Tía Adela, que era de armas tomar, se había ido de montonera el 95 con los soldados de don Nicolás y combatido al lado de Don Belisario. Este, sin embargo, la había obligado a regresar por no sé qué historia con un cacerista, que se había enamorado locamente de ella y había terminado pasándose al bando pierolista solo para estar a su lado.

Don Eleodoro les hace una señal a sus acompañantes: quédense aquí. Tío Belisario y Don Eleodoro empiezan a dirigirse al vestíbulo. Don Eleodoro se detiene, mira en dirección a Shito y se acerca a él. Toma el sombrero, que Shito aún sostiene en la mano, se abanica y se lo entrega de nuevo.

—Si lo pierdes, me lo pagas. Ven conmigo.

Yo no soy tu cholo, jijuna grampucta, va a decirle Shito. Pero el gesto de Don Eleodoro de que lo siga al vestíbulo es conminatorio y no le queda otra que obedecer sin chistar.

—Qué bueno que hayas venido, Eleodoro —Tío Belisario cierra cuidadosamente la puerta—. Justo quería conversar contigo.

—Qué casualidad, ¿di? —Don Eleodoro ríe—. Porque hace tiempo que yo también quería echarme una buena conversadita con mi compadre.

—Eleodoro —baja la voz—. Hay negociaciones en curso en Llaucán. Negociaciones del capitán Prada que están llegando a buen puerto y no quiero entorpecer.

—¿Negociaciones? Con esos indios creídos no hay nada que negociar, compadre. Que salgan de la hacienda y entonces hablamos.

—A eso iba. Sé de fuente fresca que los arrendatarios están dispuestos a levantar la huelga y salir de la hacienda. Solo tienes que garantizarles por escrito que no habrá represalia contra ellos por la toma. Ni ahora ni en el futuro.

—Esos indios pendejos se merecen que les parta el alma a pura binza, pero démosles puente de plata. Si salen en menos de veinticuatro horas voy a ser generoso y lo voy a dejar pasar. Solo por esta vez y por tratarse de ti.

—Otra cosa. Quieren que desistas del intento de triplicarles el arriendo.

Don Eleodoro ríe.

—Ahí estaba encerrado pues el gato, jijuna grandísima. Qué tal raza la de estos, nunca mejor dicho. Yo estoy en mi derecho, Belisario. Los gobernadores de la hacienda me cobraron el triple por la concesión. El triple tengo que sacar de alguna parte para poder pagarles.

—¿Y de dónde van a sacar ellos para pagarte a ti?

—De sus subarrendatarios, pues. Como siempre ha sido desde que Cajamarca es Cajamarca.

—El triple es demasiado.

—¿Y de cuándo acá ese es mi problema? ¿De cuándo acá ese es *tu* problema? Tú eres el prefecto de Cajamarca, por la grampucta. A ti te han puesto... te *hemos* puesto para hacer cumplir la ley.

—Y bastante les he retribuido por su apoyo en el nombramiento, Eleodoro. No pueden quejarse. Pero tengo que cumplir con mi nuevo cargo. Es el Estado a quien represento ahora y es en su nombre que debo mediar entre las partes en conflicto. Y encontrar una solución pacífica.

—¿«Partes en conflicto»? ¿«Solución pacífica»? —ríe a carcajadas—. ¡Cha, qué buenos chistes te nos echas desde que te colgamos la banda de prefecto! —se seca el sudor de la frente—. ¿Viste? ¡Ya me acaloraste, so ajo!

Toma el sombrero de manos de Shito y se abanica con fuerza. Se detiene de pronto. Con deliberada lentitud, saca un papel doblado de un compartimiento oculto en el interior del sombrero. Lo despliega y se lo alcanza al Tío, que lo lee despacio.

—Esos pitañosos han tomado una hacienda que me ha sido concesionada por ley. La ley me faculta a subir o bajar el arriendo como me venga en gana. Y si no pueden pagar lo que les cobro, se tienen que ir y dejar la tierra a otros que sí puedan. Lo dice la ley. Y si el que debe cumplirla no entiende por las buenas, tú estás ahí para hacerles entender por las malas.

Don Eleodoro toma su sombrero de manos de Shito. Se da aire largo rato: reflexiona.

—¿Quién te dio esto? —el tono del Tío Belisario quiere parecer neutro, pero hay una grieta profunda en su voz.

—El director de Gobierno también es mi compadre, compadre. Cada telegrama que le mandas y recibes, me lo reenvía.

—No tenía derecho a hacer eso.

—Y tú no tenías derecho de desobedecer. La orden te debe de haber llegado a la Prefectura esta misma mañana. Quédatela si quieres. Mandé a hacer una copia, por si acaso.

Uno nunca sabe —observa a Belisario con intención—. ¿Puedo contarte un secreto, compadre?

—Dime, Eleodoro.

—Yo no necesito el importe de los arriendos de esos grampuctas. Con la plata que gano como enganchador y lo que rinden mis tiendas en El Triunfo, Bambamarca, Hualgayoc y Santa Cruz me basto y me sobro. Pero en Llaucán se han metido de arrendatarios Raimundo Ramos y toda su familia, que utilizan la hacienda de Llaucán como cuartel general para asaltar a los distritos vecinos y joder a mi gente. Mejor sacarlos apretándoles el bolsillo que a balazos, ¿di?

Le devuelve el sombrero a Shito. En los ojos de Don Eleodoro asoma el brillo incierto del reconocimiento a medias: de dónde lo conozco a este.

—¿Seguro que nunca te engancharon para trabajar en uno de mis fundos, picho?

—Seguro, señor.

—Ah —se desinteresa de Shito de inmediato. A Tío Belisario—. ¿Por qué no volvemos a la verbena antes de que se acabe la fiambrada? El embutido ese que me comí estaba para chuparse los dedos.

Tío Belisario sigue con la mirada fija en el papel, pero sus ojos han dejado de recorrer las líneas. Sus sienes están a punto de reventar. De salpicar sangre verde en la alfombra, el vestíbulo. En todo el caserón.

En el patio hay un pequeño alboroto. Los acompañantes de Don Eleodoro han formado corro alrededor de Segundo. Faustino le está mostrando cómo se carga y se descarga el fusil que llevaba terciado a la espalda, ante la fingida indiferencia de los invitados, que siguen charlando, comiendo, bebiendo. Dando de cuando en cuando una discreta miradita de reojo a lo que ocurre al otro lado de la pileta.

—Ahora cárgalo tú —dice Faustino, alcanzándole el fusil.

Segundo lo recibe entre sus manos como si fuera un bebé recién nacido. Acaricia su lomo lustroso con los dedos. Con pericia, abre la recámara, carga, cierra y descarga.

—Recién traidito de Inglaterra —el nuevo pellizcón del patrón en su pómulo es suave, afectuoso—. ¿Te gusta?

Segundo asiente en silencio con la mejilla ardiendo, sin atreverse a alzar la mirada para cruzarla con la de su padrino, ese señorón todopoderoso al que le une un vínculo invisible. Un vínculo del que mamá a veces le habló, pero en el que Segundo nunca había terminado de creer: ¿cómo un hombrón como ese podía ser padrino de alguien como él? Además, había visto a Don Eleodoro contadas veces en su vida y este jamás le había hecho el más mínimo caso, jamás se había ocupado de él.

—Si vienes conmigo, es tuyo.

Los ojos de Segundo pulsean. Logran vencer el peso de la incredulidad y alzarse para contemplar a su padrino. No lo sabe, pero refulgen como carbones al rojo vivo.

—Por favor, Eleodoro —dice Don Belisario—. El muchacho se la va a creer.

—Y que se la crea, compadre, que es oferta en toda regla. A un tirador con esa puntería no lo puedes tener criando piojos en tu casa. Déjamelo un añito y te lo devuelvo hecho todo un hombre.

Segundo conoce la fama de Don Eleodoro desde que vivía en su chacrita con su mamá, en las afueras de Cajamarca. Dizque trata bien a los que disparan para él, que son pagados como blancos, viven a lomo de machos moros bien cuidados y con buen forraje, tienen techo seguro en las barracas de sus haciendas, fiambrada bien surtida, licor duro cuando es tiempo de descanso y pechereque cuando hay que laborar. Ha oído de los hembrajes finos que los persiguen por donde pasan para echarse con ellos y hacerlos gozar, aunque el bandido sea medio indio como él. Sabe que hay licencia de saqueo cuando hay que meterse con los arrendires que no han pagado lo suyo, y ellos no pueden hacerte nada, con las justas tienen hoces, trinches y azadones. Que corre sangre en las refriegas contra las bandas de los Ramos o los Alvarado, que enseñan el cuchillo por quítame estas pajas y tajean sin piedad. Que manejan bien el fusil también, los jijunas grampuctas, y pueden sacarte la chochoca o segarte la vida, según les dejes. Pero así es la suerte del bandido: o la tomas o la dejas.

Evoca los tiempos de antes de ser recogido por Don Belisario, a petición de su mamá, que ya no tenía cómo mantenerlo. Los aguaceros inclementes que inundaron sus chacras por tres años seguidos, por más que mamá le hubiera sacrificado sus mejores animales al señor Catequil y le hubiera hecho peregrinación. Las heladas que se ensañaron con sus cultivos al año siguiente, que tanto les había costado atender desde la siembra hasta la cosecha, y los saqueos de los bandidos que salteaban los caminos sin piedad y se quedaban con lo poco que habían logrado conservar. Los tiempos en que soñaba con escaparse a la costa a trabajar en las plantaciones de caña de las compañías azucareras, con irse a la selva a hacerse rico en las plantaciones de caucho, como tantos que se fueron de braceros y regresaron a regalar plata. Los tiempos en que empezó a soñar más bien con ser un bandido con fusil y leyenda propios.

—Gracias, Eleodoro —dice Don Belisario—. Pero no va a poder ser.

La pregunta de Segundo es recibida con sorpresa por Tía Adela, el primo Shito y Don Belisario. Por Segundo mismo, que empieza a temer su propia insolencia.

—¿Y eso por qué?

—Lo estoy asimilando al ejército —responde Don Belisario, dirigiéndose a Don Eleodoro—. Va a servir bajo mi mando, con los soldados que han venido desde Lima para acabar con los levantiscos.

Segundo se vuelve hacia Shito: ¿ha oído lo mismo que él? Por la cara que puso, es obvio que sí. Y que también es noticia para su primo.

—¿De verdad?

—De verdad, Eleodoro. Mañana mismo le entrego su uniforme en la Prefectura. De ahí partimos a donde sabemos a mediodía.

—Ah. En ese caso... —les hace un gesto a los que vienen con él: nos vamos—. Gracias por la hospitalidad, compadre. Ya sabes, en El Triunfo siempre hay un plato bien servido para ti —delinea dos curvas con las manos—. Y de lo otro también, jovencita y menudita, como te gusta.

Ríe. Dirige a los invitados un saludo vago que se quiere general, que se quiere de despedida. Va al portón de salida seguido por los suyos. Se vuelve hacia el canijo y le extiende el brazo. El canijo le entrega su sombrero. Don Eleodoro se queda observándolo.

—¿De repente ha sido en alguna de mis minas?

—No, señor —dice el canijo.

—¿Seguro?

—Seguro, señor.

—Hum.

Se vuelve hacia Doña Adela. Se toca la punta del sombrero e inclina la cabeza.

—Adela.

—Eleodoro.

Sale. Los guapos se acomodan los fusiles en la espalda y le siguen. Shito cierra el portón.

Se escucha la breve charla de Don Eleodoro con los gendarmes. Una risotada cordial. El sonido de los correajes de los caballos al liberarse. El eco de los cascos chocando contra el suelo empedrado, alejándose.

No se ha despedido de él.

Segundo vuelca los ojos hacia Don Belisario, que mira al suelo haciendo lo imposible por ocultar una visible desazón. Que niega con la cabeza despacio.

Caza la mirada de Segundo sobre él. Le sonríe lánguidamente.

—¿Has comido, muchacho?

Don Belisario le ha puesto la mano sobre el hombro.

—No, Don Belisario.

—Vamos. A ver qué han dejado esos caníbales.

Segundo y su padre caminan juntos hacia la pileta.

VI

Desde hace cuatro días el caserón está sumido en el mismo silencio espeso, inquieto y expectante que parece haberse colado en todo Cajamarca.

El toque de queda recién empieza a las cinco de la tarde, pero las calles ya están vacías y, con excepción de la conversa ocasional de los gendarmes que cuidan el portón colonial, completamente silenciosas.

La madrugada del treinta de noviembre, el Tío Belisario salió hacia la Prefectura con una escolta de seis gendarmes a caballo. Llevaba el quepí borlado de los eventos oficiales, bigote peinado con cera y terminado en punta, y la chaqueta del uniforme bien planchada, con las medallas al valor prendidas en el pecho. Lo acompañaba un Segundo irreconocible: bañado y rasurado, vestido con un uniforme del Tío que olía a naftalina y portando un máuser ladeado en la espalda, con apostura felina y un destello continuo en la mirada. En la Prefectura los debían estar esperando ciento veinte soldados enviados desde Lima, con quienes partirían a la hacienda de Yanacancha, donde el capitán Prada y sus hombres iban a darles el encuentro y marchar juntos a Llaucán.

Hoy es tres de diciembre y los rumores dicen que los soldados aún no llegan a Llaucán: un brujo indio les hizo maleficio y se perdieron en el camino. Otros dicen que ya llegaron y no encontraron a los revoltosos, que de puro miedo se volvieron a sus casas. Otros que ya llegaron, pero se cruzaron con los guapos de Raimundo Ramos y Marcial Alvarado y hubo refriega. Otros que los alzados estaban armados hasta los dientes y la tropa se asustó y se retiró a

Yanacancha. Que la tropa recién acaba de llegar a Llaucán con Don Belisario a la cabeza, quien está dialogando pacíficamente en la entrada de la hacienda con los líderes de los arrendatarios, que escuchan sus razones con el respeto debido al héroe de Chorrillos y San Pablo.

Las tías, las primitas y Shito solo se ven las caras a la hora del sango, el almuerzo y el lonche, en que comparten mesa, pero cada quien come como si fuera sordomudo o los demás estuvieran a kilómetros de distancia. El resto del tiempo las primitas rezan, hacen su enésimo ejercicio de caligrafía o bordan furiosamente manteles de encaje bajo la supervisión de Tía Laura. Difícil adivinar qué es lo que están haciendo ahora mismo: todos los ruidos del primer piso parecen iguales desde la biblioteca, donde Shito lee de manera concentrada un solo y único libro, algo inusual en él, que gusta de ir picando de este, ese y aquel sin quedarse mucho tiempo en ninguno ni de ida ni de vuelta. Teme que, si no presta absoluta atención, se le puede pasar una palabra o el sentido de una palabra y termine ingresando a un laberinto de significados del que será muy difícil salir, encontrar el camino de regreso.

Lee despacio, sin prisa. Y con pausa: a veces tiene que parar un rato, abrumado por el estallido silencioso que mana constantemente de las palabras de Renan. Palabras que, sin embargo, no parecen dichas con afán de provocar lo que provocan, y se defienden con citas a pie de página de una precisión incontestable. Y lo peor: el francés siempre se expresa de Jesús con reverencia respetuosa y recuerda al lector que él es un católico practicante. Aunque, como señala inmediatamente después, es antes que nada historiador, y como tal debe aplicar a su materia sobrehumana el mismo rigor histórico que a las materias terrenas. Solo de esa manera asomará, dice, una figura de Cristo más real, más humana. Y paradójicamente, más divina.

Shito está de acuerdo. Pero no está seguro de que este nuevo Cristo le guste más que el anterior. Al fantoche milagrero que le rondaba en la niñez le fue fácil decirle adiós cuando le salieron los primeros pelos en el bozo. A este no es tan fácil descartarlo. Si bien algunas de sus acciones, desprovistas ya del halo incuestionable de la divinidad, han perdido su esplendor de antes, ahora le perturban y atraen al mismo tiempo: pueden explicarse por motivaciones mortales, impuras.

¿Por qué, por ejemplo, Jesús abandonó a su maestro justamente cuando a este las autoridades romanas empezaban a perseguirlo? Juan lo había acogido como discípulo cuando Jesús no era más que un muchacho rebelde en busca de aires nuevos recién salido de Caná, donde vivían su madre y sus hermanos. En algún lugar de su peregrinaje el huérfano del carpintero escuchó hablar del nuevo profeta y fue a Judea, donde empezó a frecuentar los círculos de ese hombre solitario, puro, justo y elocuente que apenas bebía agua y se alimentaba de grillos y miel, y solo llevaba un par de pellejos de carnero por vestido. Ese hombre decía palabras que, a diferencia de las de otros sermoneadores que pululaban por los páramos, sí resonaban en él. Rechazaba abiertamente la hipocresía de las autoridades religiosas judías, que solo vivían pendientes de su posición social y la ajena, y de las prohibiciones, los ritos y las normas de comportamiento exterior que imponían de manera enfermiza sobre el resto, pero relajaban en sí mismos; que hacían del bien algo que debía ser exhibido, ostentado y restregado a los demás y no algo que debía provenir de un contacto directo e íntimo con Dios. Jesús se entusiasmó tanto con las enseñanzas de Juan que pidió recibir de manos de él la ablución total y purificatoria a la que era aficionado, y por la que se había hecho conocido con el nombre de «El Bautista», que era en esa época como llamaban a los budistas, que la practicaban e hicieron popular.

Pero Juan empezó a tener problemas con la ley. Sus proclamas incendiarias le ganaron el odio de las autoridades judías, que convencieron a las romanas de que lo metieran preso. Y Jesús *tuvo miedo. Tuvo miedo y actuó como un cobarde.* ¿O podía explicarse de otra manera que, cuando le exigieron que se pronunciara sobre las implicancias políticas de las palabras de Juan, que llamaban claramente a la subversión, Jesús se anduviera con evasivas y rodeos? ¿Que huyera de Judea y regresara clandestinamente a Nazaret, dejando a su maestro solo con un puñado de temerarios incondicionales?

No tenía la excusa de la juventud. Cuando Jesús abandonó a su maestro, ya era un hombre hecho y derecho de treinta años. Es verdad que para entonces ya había marcado diferencias con Juan. Cuando se fue a Cafarnaúm y comenzó su propia prédica, el hijo del carpintero hablaba de la necesidad de establecer un vínculo sin intermediarios con Dios, tal como hacía el Bautista. Pero hizo algunos cambios significativos. Dejó de lado las abluciones, tan importantes para su antiguo maestro. No ayunaba, y más bien exhibía sin vergüenza el placer que sentía al comer y beber. Rechazaba las mortificaciones y restricciones que se imponía a sí mismo el ermitaño, que el hijo del carpintero consideraba tan vanas como los ritos y protocolos en que tanto se fijaban las autoridades judías. Por eso no era extraño verlo en fiestas y celebraciones sociales: no le interesaba proyectar la gravedad y solemnidad de Juan sino todo lo contrario. A diferencia de él, Jesús no era quisquilloso con sus juntas. No rehuía la compañía de gente de reputación dudosa y más bien la alentaba, a pesar de las murmuraciones que iba sembrando en su camino. Además de con pescadores, que eran sus primeros discípulos, andaba con samaritanos, que solían ser inspectores de impuestos, el cargo más vilipendiado por las autoridades judías. Y bueno, su compañía favorita eran las mujeres, que el ermitaño Juan mantenía a raya pero que seguían a Jesús a todas partes, y a las que este daba un tratamiento especial, incluso a las adúlteras y a las prostitutas. Sobre todo a una, a la que convirtió en su mujer.

Sobre esto Renan no deja lugar a dudas. María de Magdala debía de ser la mujer de Jesús. O por lo menos una de ellas. Lo cual escandaliza a Shito, a quien jamás se le había pasado por la cabeza que Jesús pudiera, en palabras de mamá, tener ayuntamiento carnal. Pero ni el Nuevo Testamento ni los evangelios apócrifos albergaban ambigüedades. Es cierto que en ninguna parte decía que Jesús estuviera casado, pero tampoco que fuera partidario del celibato. Y esto último era poco menos que imposible: no ayuntarse con mujer era para los judíos una ofensa directa a Dios, pues contravenía Su mandato de «Procread y multiplicaos». Si Jesús se consideraba a sí mismo un nuevo intérprete de la ley, tenía que respetar el Guemará y la Mishná, que decían que un hombre sin mujer no era un verdadero hombre y que todo varón estaba obligado a tener por lo menos una.

Por algunas o todas estas razones, Juan jamás consideró a Jesús el verdadero Mesías. Para el francés no hay duda alguna de las severas suspicacias del Bautista con respecto de su antiguo discípulo. El Nuevo Testamento indicaba que, desde la prisión, Juan mandó a dos de sus emisarios a visitarlo. *¿Eres tú el que ha de venir o debemos esperar a otro?*, preguntaron. Y Jesús les dio a entender que sí, que él era el Mesías. Pero, aunque ninguno de los cuatro evangelios canónicos consignó la reacción de los emisarios, al parecer estos no estuvieron muy convencidos y así se lo manifestaron a Juan. Pues este no disolvió su movimiento ni dio órdenes de seguir a Jesús. Más bien continuó en la cárcel con su prédica, cada vez más encendida y política, que le ocasionó la decapitación.

¿Era Jesús un cobarde que no tuvo reparos en abandonar a su maestro cuando las papas empezaron a quemar? ¿O un hombre lúcido que supo anteponer la protección de su novedoso y revolucionario mensaje a sus afectos y lealtades personales?

¿Era Jesús un predicador realista o solo un falso profeta más, veleidoso, miedoso y acomodaticio?

El aliento tibio en la nuca lo atraviesa como un fuetazo. Shito se da la vuelta con involuntaria brusquedad.

—La cabra tira pa'l monte aunque le corten los cachos.

Cierra súbitamente el libro, como si fuera un cuaderno de dibujos obscenos como los que circulaban en los baños del San Ramón a la hora del recreo.

Tía Adela rompe a reír a carcajadas.

—Qué Ravines que eres, hijito. Basta que te pongan a dieta para que se te abra el apetito. Interesante el Renancito, ¿di?

—Sí, Tía.

Su mirada se detiene un instante en el escote profundo de Tía Adela, en que hay un botón fuera de su ojal. Para disimular, finge que busca el título del libro que ella lleva bajo el brazo.

—*Madame Bovary*, hijito —mohín de intriga risueña—. ¿En verdad te interesa?

—Sí, Tía.

—¿Y por qué?

No lo había considerado, pero la palabra «madame» en el título le hace pensar en la historia de la vida de la administradora de un burdel.

—Porque es literatura francesa.

—¿Y? Flaubert será franchute, pero no entiende de mujeres. ¿Sabes de qué trata?

—No.

—Es sobre una imbécil llamada Emma que se cree el cuentazo ese de que el amor es como en las novelas románticas. Que una encuentra el amor en el matrimonio, cree la muy gafa —ríe. Señala el libro con la nariz—. No vale ni el papel en que está impreso —silencio: observa a Shito—. Aunque mejor no te digo nada. Si eres un Ravines, eres contreras y ahora seguro te da ganas de leerlo, ¿di?

Shito sonríe: así es, Tía.

—Como todos los varones de la familia, so ajo —Tía Adela ríe—. ¿Me ayudas?

—Como usted diga, Tía.

Un bochorno fugaz le hierve las mejillas: esas eran las mismas palabras que le dijo Don Eleodoro Benel en la verbena del domingo y que la descolocaron tanto. Pero Tía Adela no parece haberlo notado y ahora le alcanza el libro y empuja la escalera, que chirria al desplazarse hasta el pie de la estantería adosada a la pared.

—Agarra bien, hijito. Si se mueve cuando estoy arriba, me caigo y me saco la chochoca. Yo no tengo equilibrio.

Shito sostiene la base con la mano que le queda libre y el peldaño inferior con el pie. Tía Adela se levanta la falda hasta la altura de las rodillas y sube con cuidado, tomándose su tiempo en cada escalón. Cuando el estante que toca el techo está a su alcance, coloca el libro en su sitio. Luego se estira hacia el extremo derecho de la vitrina, donde hurga un buen rato con los dedos hasta encontrar lo que buscaba.

—Recibe.

Tía Adela le lanza el nuevo libro, que Shito acoge lo mejor que puede. La ayuda a bajar. Mira la carátula con fingido interés, para despistar.

—*La educación sentimental*. A los franchutes les gusta más que el de la *Madame* y me ha dado curiosidad. Y bueno, Flaubert no sabrá mucho de mujeres, pero escribe bien.

Observa a Shito, que traga saliva. La ceja derecha de la tía se arquea: algo le intriga o le hace sospechar. Sonríe de oreja a oreja: ¿se ha dado cuenta?

—Ya va siendo tiempo de que te busquemos una enamoradita, ¿ah? —a Shito empiezan a arderle las mejillas—. Está bien leer, pero eso de andar encerrado todo el día te va a sacar polillas. Que termine todo este lío y te encontramos una —ríe—. Una enamoradita, pues. No una polilla. No seas malpensado.

Le da un beso en la mejilla, que Shito recibe con expresión que se quiere impasible.

—Gracias.

Tía Adela sale.

Shito se queda mirando los listones del suelo, asqueado de sí mismo. Sacudido aún por el escalofrío del beso. Por la visión de las pantorrillas bien torneadas a pesar de los ¿cuarenta, cincuenta? años. Por los muslos cubiertos de vello y aún turgentes, que logró entrever.

Por la sudorosa entrepierna.

No, no es un sueño.

De los golpes espaciados pero firmes en el portón no estaba seguro. Ahora bien, son reales las voces femeninas que discuten en voz baja pero acaloradamente en el patio, en medio de la noche cerrada por la luna nueva e iluminada apenas por las luces moribundas de las lámparas de bencina de las calles.

Shito se levanta y se dirige a la ventana. Tía Laura y Tía Adela se enfrentan en un duelo de cuchicheos en que cada una pugna por hacerse escuchar y prevalecer sobre la otra, que tiene paralizada a la decena de sombras uniformadas que las rodean.

—¡Aquí no entra de ninguna manera!

—¡Es su hijo, Laura!

—¡Y a mí qué! ¡Llévenlo a la caseta de servicio!

—¡Está herido, jijuna grandísima! ¡El botiquín está en la cocina!

—¡Le digo a la Rosarito que lo lleve para allá, pero mientras yo esté aquí ese indio no pisa esta casa!

—¡No seas necia, Laura, por favor! ¡Por la sangre que corre por sus venas!

—¡Ni hablar! ¡A mí no me vienes con esas que yo no soy Belisario! ¡Ya va siendo hora de que a mí y a mis hijas nos respeten en esta casa!

—¡Beata hipócrita! ¡¿Dónde está tu caridad cristiana?! ¡¿Te la metiste en el sopino?!

—¡A mí tú no me hablas así, díscola!

—¡Cucufata!

—¡Sibarita! ¡Pecadora!

—Señoras, por favor, que van a despertar a los vecinos —susurra la voz de dientes apretados del capitán Prada—. Me va a tener que disculpar, Doña Laura. Yo no quería hacer mención, pero tengo órdenes directas del coronel. Me abre, por favor. No le estoy preguntando.

Silencio. Se oye un par de prevenciones en voz baja y masculina: no hagan bulla. Un frufrú de movimiento sigiloso en la media oscuridad del patio. El sonido de botas restregándose en el felpudo. Por un instante se recortan a la tenue luz de los faroles los gabanes salpicados de sangre de dos uniformados que ayudan a un tercero a desplazarse casi a rastras hasta el umbral de la entrada. Un eco de pasos vacilantes resuena en el vestíbulo. Cruje el cascajo adherido a las suelas de las botas que parece triturarse al frotar la madera.

—Llévenlo al segundo piso —dice Tía Adela—. A la habitación del fondo a la derecha.

Por el ojo de la cerradura, Shito ve las siluetas uniformadas bailando al ritmo incierto de un lamparín a querosene que sube con ellos y que, al pasar por el pasillo enfrente de la biblioteca, le tapan la vista.

—Rosarito —dice Tía Adela, del otro lado de la puerta—. Ponme a calentar agua y me traes los pomos de árnica y trementina que están en el botiquín. Y también dos rollos de vendas.

—Sí, Doña Adela.

El objeto que se interponía se aparta y lo deja ver: el vaivén de la linterna obedece y empieza a bajar por las escaleras.

—¿Dónde está el coronel? —pregunta la voz resignada de Tía Laura en el primer piso—. ¿Cuándo regresa?

—Lo siento, señora. No estoy autorizado a divulgar esa información.

—¡Por favor! Dígame por lo menos si se encuentra bien.

Silencio: el capitán está midiendo cada palabra antes de que salga de su boca.

—El coronel está a salvo y en buenas condiciones.

—¿Qué fue lo que pasó?

Suspiro del capitán.

—Con su permiso, señora. Nos tenemos que ir. Les dejo guardia adicional, por si acaso. Pero respeten el toque de queda y todo va a estar bien.

Como si fuera una orden, un alboroto de pisadas desciende ordenada pero apuradamente por las escaleras. Las sombras cruzan el umbral y se escabullen en el patio. Una de ellas abre el portón, les cede el paso a otras cinco y cierra con delicadeza tras de sí. Cuatro perfiles sombreados se reparten el espacio del patio. Se quedan de pie rifle en ristre, con las piernas ligeramente separadas y el rostro vuelto hacia el portón.

Al cabo, desde la calle se escuchan cascos de caballos trotando en dirección opuesta de la plaza, hacia las afueras de la ciudad.

A la mañana siguiente hay cubiertos puestos en su sitio en la mesa del comedor, pero Segundo no baja a tomar el sango con el resto de la familia. Nadie menciona su presencia en la casa, ni alude a lo ocurrido anoche. Pero la tirantez entre Tía Adela y Tía Laura, que no se dirigen la palabra, se palpa hasta cuando les piden a las primitas que les alcancen el pan.

El primo sale silenciosamente de su cuarto recién a media mañana. Pero Shito no sabría decir desde qué hora anda despierto. En todo el tiempo que viene viviendo en la biblioteca nunca lo ha escuchado bostezar al despertarse, ni hacer rechinar la cama al levantarse y ayer, herido y todo, no ha sido diferente: no le ha oído gemir ni quejarse ni una sola vez, y eso que escuchó bien claritas las idas y vueltas de Tía Adela y doña Rosario, que se quedaron en el cuarto curándolo y atendiéndolo toda la noche.

Ahora lo oye deambular un rato por el pasillo del segundo piso. Detenerse ante la puerta de la biblioteca. Abrir el pestillo y entrar.

Shito finge seguir leyendo, incómodo por la mirada que ahora lo observa y que irradia la energía nueva de una extraña potencia. Pero Segundo no se demora mucho en él. Empieza a pasearse por la habitación como un perro que vuelve a oler sus predios antiguos, con el mismo paso nervioso de las primeras clases con Shito, cuando no podía estarse quieto y tenía que levantarse de la silla a cada rato. Lo siente contemplar la pared en que están colgadas las armas de fuego del Tío. Inclinarse lentamente para recoger algo del suelo. Hojear las páginas de la revista que Shito dejó tirada, que crujen como insectos que se estuvieran calcinando. Es un número reciente de la *National Geographic* que Shito suele revisar cuando necesita un descanso de Renan y su Jesús novedoso, que tanto le está costando digerir.

—¿Tú sabes dónde queda esto?

Shito alza la vista. Mira a Segundo, que lleva un pijama viejo que debe ser del Tío Belisario, una venda en la cabeza y un cabestrillo en el brazo derecho. Con la mano del brazo sano, le está señalando el mapa de la carátula.

—Quedaba. Hace muchísimos años. En la Tierra original.

Su primo asiente con la cabeza, pero no hay destellos en su mirada: no ha entendido.

—Es Pangea. Viene de «Pan», que quiere decir «todo» y «Gea», que quiere decir «tierra». Es la Tierra tal como era antes de partirse en continentes.

145

Se levanta. Camina hacia el globo terráqueo descascarado que se encuentra al lado de la cama, tan parecido a aquel en que papá le mostraba, en un tiempo cerrado para siempre, la trayectoria de los viajes de Elcano y Magallanes, Vasco da Gama, Cristóbal Colón, Gonzalo Pizarro y Sarmiento de Gamboa.

—Mira los bordes.

Indica las costas orientales de América del Norte, Centro y Sur y las occidentales de la antigua Eurasia y África. Luego hace lo propio con el sur de Groenlandia y el norte de la Antártica. Segundo, que ha seguido el periplo del dedo, permanece inmóvil sobre el sitio, con ojos dóciles pero opacos.

—Son como las piezas de un rompecabezas. Calzan a la perfección.

Se muerde los labios. ¿Sabe su primo medio indio lo que es un rompecabezas?

—Dicen que por eso ocurren los terremotos. Porque los continentes siguen separándose unos de otros y su movimiento encuentra resistencia. Por eso hay cadenas montañosas. Mira los Andes, por ejemplo. Son pliegues que se levantaron en la superficie por las fuerzas que empujan desde abajo. Arrugas que le salieron a la Tierra. Sí, eso. Arrugas de tierra.

Segundo se acerca al globo terráqueo. Observa con detenimiento la superficie indicada por Shito.

—Parecen cicatrices, más bien.

Con la mano libre de venda y cabestrillo, toca la serie de líneas rugosas de papel que atraviesan Ecuador, Perú, Bolivia y Chile de manera longitudinal.

Empiezan a caer en silencio lágrimas por sus mejillas.

Al principio los periódicos cajamarquinos hablaban de treinta llaucaneros muertos, quince heridos y diecisiete tomados prisioneros. El seis de diciembre el número de fallecidos bajó a dieciocho. No se habían encontrado los cuerpos de los demás: seguro estaban vivos y se escondían en las alturas de las montañas que rodeaban a Llaucán, decían con sorna. Tres días después, Hermógenes Coronado, doctor comisionado por la Prefectura para emprender los exámenes *post mortem* de los cadáveres, llegó a la conclusión de que la mayor parte de las muertes en el incidente de la hacienda de Llaucán había sido ocasionada por dinamita y balas de plomo disparadas por los mismos indios. «Estaban borrachos de aguardiente», decía el informe, difundido en todos los periódicos, «y dispararon con tan mala puntería que terminaron asesinándose entre ellos».

Luego hubo un silencio informativo de varios días. Pero el doce de diciembre apareció un artículo en la página editorial de *El Ferrocarril* que por primera vez mencionó la cuestión del aumento de la renta como la causa principal de la «matanza de Llaucán», que era como aludía al incidente no solo en la página editorial sino también en varias secciones del periódico. El artículo recapitulaba la historia turbia de cómo se había otorgado la concesión de la hacienda a Don Eleodoro Benel, quien había utilizado a un testaferro para hacer su oferta, que casi triplicaba la del segundo postor. Señalaba que el nivel de rentas que este intentaba imponer era abusivo e imposible de pagar para los campesinos, por lo que le acusaban de ser responsable indirecto de la tragedia. El directo, dejaba entrever el artículo, era nada menos que el prefecto Belisario Ravines.

Hoy trece de diciembre *El Ferrocarril* difunde en su segunda página un testimonio aparecido hace dos días en Lima en el boletín de la Asociación Pro-Indígena, un grupo de defensa de los derechos de los indios muy respetado en la capital. Es de un viejo campesino que estuvo presente durante los hechos. Se llama Nazario Paisle y dice ser un herido agonizante que sufrió en carne propia «el horroroso ataque de la fuerza pública» a los arrendatarios. Teme «que quede en silencio el crimen tan nefasto realizado por los custodios de la nación contra nosotros los indefensos indígenas de la hacienda Llaucán».

Las primeras líneas evocan el estado de explotación extrema en que vivían los campesinos desde tiempos inmemoriales. Señala que «se les maltrataba, se les secuestraba por cualquier cosa y los concesionarios se hacían dueños de sus vidas y sus bienes, prohibiéndoles incluso que construyeran escuelas en los terrenos del fundo, a pesar de que el contrato de arriendo decía que parte del alquiler que pagaban debía estar destinada a la educación».

Luego habla de la llegada del señor prefecto a Bambamarca, que tuvo lugar el primero de diciembre con una fuerza de cincuenta soldados y cuatro oficiales. Apenas se enteraron de su arribo, los arrendatarios se alegraron mucho porque esperaban que el prefecto, que tenía fama de héroe y hombre probo, los salvaría de la situación, y le hicieron llegar un memorial con sus reivindicaciones. Le advertían, además, de la presencia en Bambamarca de ochenta hombres armados «de la peor clase, todos criminales, traídos de la Samana, fundo de Eleodoro Benel». El prefecto les hizo saber que lo había recibido y que, «dentro del marco de la justicia», actuaría a favor de ellos. Pero, añadió, solo podría ayudarlos si hacían sus pagos al tesorero de la hacienda, al monto antiguo de alquiler. Después de ello los arrendatarios debían abandonarla pacíficamente.

El día tres en la mañana los líderes de la toma de la hacienda se ocuparon en notificar a los arrendatarios del acuerdo al que habían llegado. Y juntos bajaron a la hacienda llevando el dinero que debían entregar para hacer sus respectivos pagos. A las diez de la mañana llegó el prefecto, acompañado de algunos empleados de la hacienda, el tesorero y los cincuenta soldados con su oficialidad. El prefecto ordenó, entonces, que el tesorero se instalara en una de las casetas y empezara a cobrar. Pero el tesorero no podía, pues iba con una escolta de guardias a la que un grupo de arrendatarios no le permitía el paso.

En esta circunstancia, dice Paisle, *hubo un fuerte intercambio de palabras y un forcejeo entre una señora que estaba
por delante de la masa indígena y el señor prefecto, montado
a caballo. El caballo caracoleó y casi golpea a la señora y ella,
que después supe que se llamaba Casimira Huamán, dio un
fuetazo, un fuete nomás tenía la señora para defenderse. Y
entonces escuchamos un disparo que venía de atrás. Y la señora
se desplomó. «Le dio en el corazón», gritó alguien. Y el autor
del disparo, un militarcito que estaba como a veinte metros,
le disparó desde donde estaba a la señora dos veces más y le
dio en el pecho en las dos. Y la masa soltó un rugido y algunos
que estaban cerca se fueron contra el soldado, lo bajaron de
su montura y empezaron a molerlo a golpes. El señor prefecto
dio de inmediato la orden de abrir fuego por encima de sus
cabezas, pero como los campesinos no soltaban al muchacho,
ordenó disparar al cuerpo.*

*Esta orden violenta e inesperada causó impresión y arrancó
protestas, gritos y llanto de la masa indígena, que se oían
súbitamente con la explosión de los disparos que hacía la fuerza
contra el grupo. Apenas notamos, en medio de la confusión, que
se nos asesinaba traidora y cobardemente; pero la soldadesca
brutal y desenfrenada, dirigida por sus oficiales, nos perseguían
en un radio de más de un kilómetro, exterminando a todo el
que encontraban, sin distinción de edad ni sexo, dejando el
campo sembrado de cadáveres.*

*Hubo cuadros desgarradores que parecían inverosímiles:
entraban aquellos malvados a las casas y asesinaban sin piedad
a todos los habitantes; encontraron al paso una mujer encinta
y de un sablazo le abrieron el vientre, dejando el feto vivo
junto al cuerpo palpitante de su madre. Llegó un hombre a
refugiarse en una casa donde había una mujer que hacía
dos días había desembarazado, lo persiguieron, asesinaron al
refugiado y a todos los demás que había en la casa, inclusive
a la enferma y su recién nacido. En otra casa una madre
acababa de dar de almorzar a sus tiernos hijos, igualmente
todos fueron asesinados a sable. Un soldado cogió a un anciano*

que se le arrodillaba a los pies para que le perdonase la vida y, dándole un palmazo, lo tomó del cuello y lo llevó preso, pero encontrándose con un capitán Prada, este capitán malvado le atravesó con su espada, tratando mal al soldado por no haberlo hecho antes. Se veía criaturas sin cabeza y sin brazos en las espaldas de sus madres, por efecto del sable. Los soldados se entregaron a un repaso atroz; con el mayor interés buscaban a los heridos para ultimarlos; muchos suplicaban a sus verdugos, pero no había compasión.

De los soldados solo resultó herido el joven ya mencionado, que recibió además un proyectil pequeño en el brazo; se deduce que fue herido por sus mismos compañeros, pues no teníamos armas de fuego. El dinero para los pagos no se encontró en ninguno de los cadáveres y hasta ahora no se sabe dónde está. El número de víctimas, entre muertos y heridos, pasa de ciento cincuenta, fuera de los que diariamente se van encontrando entre los montes y barrancos distantes, donde seguramente llegaron huyendo del repaso; acompaño una lista de los nombres de las víctimas que puedo recordar.

Sigue una lista de cincuenta y siete nombres.

Como he mencionado, temo quede en silencio un crimen tan nefasto. Con la esperanza de que la Asociación que usted dirige se haya creado con el fin santo de velar por la vida e intereses del indio, esclareciendo la verdad y defender la justicia y el derecho del desvalido, le he narrado la verdad de los acontecimientos con verdadera conciencia y entereza del que se dispone a morir, para que esa poderosa voz reclame de los poderes públicos castigo para los delincuentes.

—Joven, tú eres sobrino del señor prefecto, ¿di?

El hombre, de rasgos aindiados, le sonríe. Lleva sombrero hongo y un poncho de lana basta y sin rayas que le cubre hasta las rodillas.

Shito deja de leer el periódico que, como todos los días desde lo de Llaucán, le ha prestado el canillita de la plaza a cambio de unas golosinas. No puede llevárselo: en casa del Tío Belisario hay ayuno estricto de noticias y a las tías no les puede preguntar. A Segundo menos. Su primo ya no sale de su cuarto ni siquiera para pasear por el pasillo. Los primeros días doña Rosario le subía la comida y se la dejaba en la puerta, pero la recogía casi intacta. Ahora es Tía Adela quien le lleva el azafate y no sale de su habitación hasta que se la ha terminado.

—Dile que todo Cajamarca está con él. Hay mucho revoltoso en los fundos. Hay que poner orden.

El hombre saca una mano de debajo del poncho y se la tiende. Shito la acepta.

—El pueblo no está con esos limeños que dizque lo quieren renunciar. Esa gente no lo conoce y le quiere mal. No saben cómo es la cosa por aquí. Hazle presente, joven.

—Gracias.

Silencio.

—¿Y dónde está?

—¿Quién?

—Tu señor Tío. ¿No está en su casa de ustedes?

Escalofrío.

—No. No sabemos dónde está. No se ha comunicado con nosotros desde hace días.

El hombre hace una mueca: ¿sonríe?

—¿Y no ha mandado decir dónde se encuentra?

—No.

—Ah.

El silencio, extrañamente cargado, es interrumpido por un silbido que viene de espaldas de Shito. Voltea. Un soldado de los que estaba apostado a la entrada del bar del señor Chávarry, cerrado como todos los establecimientos de la plaza, se acerca al canillita.

—¿Qué haces fuera de tu casa? Ahorita comienza el toque.

—Ya me voy, señor.

—Y tú —el soldado se dirige a Shito—. Anda poniendo los pies en polvorosa.

—Ya me iba, señor oficial.

Shito devuelve el periódico al canillita, que parte corriendo y se pierde de vista.

—¿Dónde vives?

—Aquí nomás, en la calle Comercio. En casa del prefecto. Soy su sobrino.

El oficial cabecea. Hace una señal a otro uniformado de los que hacía guardia frente a la tienda.

—Ramírez. Acompáñelo al muchacho a su domicilio —a Shito—. Por tu seguridad, no salgan de su casa en estos días. Ni siquiera fuera del toque. La cosa está movida.

—No, señor.

Shito sigue al suboficial. Se vuelve para despedirse del hombre del poncho.

Ha desaparecido.

El caudal de orina se desplaza por las acequias empedradas. Va lento, denso, con potencia sobrenatural, desbordándose y anegando las intersecciones de las calles. Shito no se tapa la nariz: los sueños no huelen.

Es la Cajamarca de su infancia: de cuando papá estaba vivo. También es un pueblo desértico del tiempo de Jesús, antes de su muerte.

No hay transeúntes, está vacía. Pero Shito siente la presencia de mamá, que le habla despacio, entre gemidos, al oído. Shito no entiende lo que dice, por qué gime. Pero capta que algo terrible está por suceder. Que debe irse de ahí cuanto antes.

Despierta. Los gemidos siguen ahí. Parecen de ultratumba. Cierra los ojos con todas sus fuerzas, como cuando el fraile sin cabeza se aparecía a visitarlo en el refectorio del San Ramón. ¿Ha venido hasta aquí para hostigarlo como antes? No está seguro: a los gemidos del alma en pena no los acompaña el sonido metálico de las cadenas arrastrándose.

Los gemidos se diluyen.

Shito se atreve a abrir los ojos. Siluetas de fogonazos se filtran entre las cortinas y bailan en las paredes de la biblioteca. Nota recién el sonido de crepitaciones sordas e intermitentes en el patio. Se levanta. Va hacia la ventana.

La mitad del portón está abierta. Dos soldados, rifle en ristre, vigilan la calle desde la entrada. Otros dos ensillan dos caballos al lado de la pileta, donde hay un uniformado de espaldas, agachado, mirando una fogata encendida. Es Tío Belisario, que ceba el fuego metódicamente con papeles que va sacando en manojos de una enorme gavilla. Shito reconoce entre ellos los mapas de la hacienda de Llaucán que vio desplegados en su escritorio en uno de sus últimos encuentros con el Tío, hace poco menos de un mes.

Los gemidos se reanudan. Vienen de la habitación de Segundo. ¿Tiene pesadillas? ¿O el brazo no se le ha curado por completo y le duele?

Preguntarle. Pero un nudo en la garganta le atenaza el cuello: desde aquella conversa corta en la biblioteca que terminó con Segundo llorando en silencio, dejaron de hablarse de nuevo. ¿Su primo necesita algo a esta hora de la noche en que no hay nadie para atenderlo?

Sale de la biblioteca y camina sin hacer ruido por el pasillo hacia la habitación de Segundo. La puerta está entreabierta.

Al interior, Segundo está de pie apoyado en el respaldo de la cama, vestido con su uniforme. Arrodillada frente a él, con la cabeza hundida en su entrepierna, está Tía Adela. Su primo suelta un nuevo quejido.

—¡Segundo! —clama la voz del Tío Belisario desde el patio, entre el cuchicheo y el grito—. ¡Baja de una vez! ¡No tenemos toda la noche!

Tía Adela se limpia la boca. Le cierra la bragueta despacio. Segundo se calza el quepí a toda prisa. Desciende por las escaleras sin despedirse. No se topa con Shito, que ha regresado de puntillas a la biblioteca, sin haber sido descubierto.

O quizá sí. Mientras la veía proceder, cruzó miradas con la Tía por un instante. O de repente solo creyó que cruzaba: Tía Adela siguió haciendo lo que hacía.

Aplicadamente.

VII

En la entrada del vestíbulo, Shito se sacude las gotas de llovizna del sombrero y el gabán. Mientras se seca el dorso del zapato izquierdo en la pantorrilla derecha del pantalón, advierte la chalina púrpura que cuelga de uno de los ganchos inferiores del perchero. Suspira. Con extremo cuidado, ensarta el cuello del gabán y el sombrero en el único gancho libre, justo al lado de la chalina: que no la toquen, que ni siquiera la rocen.

—Hablando del rey de Roma —dice Tía Laura.

Shito cierra tras de sí la puerta del comedor. Al volverse, ya lleva en el rostro la sonrisa más amplia que es capaz de impostar.

—Madre. Qué gusto verla.

Camina por detrás de las sillas en que María Zoraida y Amparito saborean las galletas de centeno remojadas en té de tilo de su colación vespertina. Llega al asiento de la mujer que le dio la vida, a la derecha de Tía Laura, sentada a la cabecera de la mesa. En dos tiempos, le da un beso torpe en la mejilla. Ella lo abraza largo rato. Lo toma suavemente de los hombros. Lo aparta. Lo observa como si fuera un retrato en carne viva recién enmarcado.

—Caracho, qué elegancias —sonríe—. Y ese maletín negro. Pareces todo un viajante de comercio.

Shito mantiene a raya el puño que quiere formarse en su garganta. A duras penas.

—Madre, disculpe que no haya ido a visitarlos. Estamos atorados de trabajo en la tienda y...

La mujer lo interrumpe con un gesto de la mano.

—Cuando al polluelo le salen las alas no es para quedarse en el nido. No te preocupes, hijo.

La mirada materna es sincera en su ausencia de reproches. Pero empieza a anegarse peligrosamente.

—Madre, por favor.

Las lágrimas se desvanecen como por arte de magia. La mujer sonríe de nuevo.

—No pasa nada, Shitito. Es que hace tanto que no te veo.

—¿Cómo están mis hermanos?

—Bien. José Manuel está de ayudante de contabilidad en la hacienda del señor Cacho. Leonorcita acaba de terminar el colegio y quiere ser maestra —niega con la cabeza, con orgullosa desaprobación—. Anita es la que da problemas. Está entrando en la edad de la tontera y le hace ascos a las faenas del corral. Dice que está harta de Matara y quiere venirse a vivir contigo a Cajamarca.

Ríe.

—Quién sabe en el futuro, cuando Belisario se haya repuesto, le podemos hacer un espacito en la casa —dice Tía Laura.

—¡Síííí!

—¡Que se venga a vivir con nosotras!

—Niñas, por favor —Tía Laura señala discretamente el techo—. Paciencia, buen humor y plegarias. Muchas plegarias.

Shito carraspea.

—¿Le alcanza lo que les paso, madre?

—En otros tiempos te diría que no te molestes, pero ahora no puedo darme ese lujo —la mujer lo toma de la mano—. Si no fuera por ti no sé cómo haríamos. Tu hermano está de practicante y todavía no recibe sueldo, Leonorcita recién ha empezado a buscar cachuelos y, bueno, mi salario no alcanza. Con estos trances de la Gran Guerra que le dicen y los saqueos de los bandoleros, la gente no tiene plata y a veces pasan meses sin que don Venancio logre vender ni siquiera una de las gallinas.

Tía Laura se persigna.

—Demos gracias a Dios que te ha dado el trabajo que tienes, ¿no, Shito?

—Dios no tuvo nada que ver en eso.

La voz ajada ha venido desde el otro extremo de la mesa, a la derecha del asiento vacío en la cabecera opuesta. Los ojos, vidriosos, se dirigen solo a él, recortándolo de todo lo que existe a su alrededor.

—A Belisario lo que es de Belisario. ¿O fue Dios el que le habló al señor Capelli para conseguirte el puesto en la tienda?

—Tía Adela. Disculpa, no te había visto.

Shito se desliza por detrás de Tía Laura, de Laurita y Rosa Inés, se agacha y besa el pómulo pálido, agrietado y seco como un pergamino, envejecido con pasmosa rapidez en las últimas semanas. Es cierto: no la había visto, no esperaba verla aquí. Desde que el Tío Belisario se enfermó, Tía Adela no viene al comedor y se hace mandar la comida a su habitación, donde pasa la mayor parte del tiempo. Solo sale de la casa para ir a comprar plantas y medicinas al mercado y de ahí se va directo al cuarto del segundo piso en que antes vivía Segundo y donde ahora yace postrado el Tío. Las pocas veces que Shito se ha topado con ella ha sido en los pasillos del primer piso. Tía Adela, casi siempre con un libro bajo el brazo, lo saluda escuetamente y sigue su camino sin intercambiar palabra, como si algo urgente la esperara en sus encierros.

—Hablando del otro Rey de Roma —dice Tía Laura—. ¿No quieres subir un ratito a saludarlo, Leonor?

—Está durmiendo —dice Tía Adela.

—¿Su cuñada ha venido desde Matara para visitarlo y no vas a dejarlo que la vea? Vamos, Adela, no gallees. Se va a poner contento.

—Ha estado vomitando toda la mañana. Necesita descansar.

—Adela tiene razón, Laurita. Dejémoslo para mañana mejor. No quiero molestar a Belisario.

—¿Por qué no aprovechamos para chismear y ponernos al día, Leonor? —dice Tía Laura.

Como tocadas por un rayo, las primas se levantan, abren la puerta del comedor y desaparecen por el vestíbulo. Tía Laura niega con la cabeza: estas mozas de ahora.

—¡Rosarito!

—Sí, señora —la voz viene desde la cocina.

—Te preparas la cama gemela de mi habitación para la señora Leonor. Se queda a pasar la noche con nosotros. Y sírvele su colación al joven Shito, que viene del trabajo y debe de estar con hambre.

—Sí, señora.

—Shito, me robo a tu mamá —dice Tía Laura. Mira de soslayo a Tía Adela—. Te dejo en buena compañía.

—Hasta mañana, hijo.

—Hasta mañana, madre.

—Dios mediante, hijo. Dios mediante.

Se abrazan. Su madre y Tía Laura salen. Se forma un silencio espeso.

—Vi a tu amiguita.

Entra doña Rosario con un azafate con un ponche humeante y una canasta con pancitos y dos bolitas de mantequilla.

—Con permiso, joven Shito.

Sale.

—O más bien, ella me vio cuando venía del mercado y me dio un mensaje para ti. Es un mensaje lacrado.

Silba admirativa, burlonamente o los dos al mismo tiempo —con Tía Adela nunca se sabe. Saca el sobre y lo pone encima de la mesa, al lado de su plato vacío. De un seco empujón, lo desplaza velozmente por el plano de la mesa hasta que llega frente al tazón de Shito.

—Gracias.

Shito prueba el ponche: está demasiado caliente. Mira el sobre mientras sorbe el canto del vaso, tratando de que no se note que le quema la lengua.

—Parece que es urgente.

Shito mueve despacio la cucharita en el ponche en el sentido de las agujas del reloj, con los ojos fijos en la nata que se ha formado en la superficie. Toma un pancito, lo abre, le quita las migas y hace una bolita con ellas. Se la come.

—¿O sea que ahora tienes tus secretitos conmigo?

Tía Adela ríe, con esa carcajada de cascajo volcánico que no le escucha desde hace mucho y que suele rejuvenecerla. No ahora: la expresión agria que lleva en la cara la avejenta aún más. De pronto, una contracción la dobla en dos y Tía Adela se lleva las manos al estómago, con una mueca de dolor.

—Provecho.

Se levanta de un movimiento brusco y sale del comedor.

«Estimado Shito: Disculpe la poca anticipación de esta misiva, pero tenemos que vernos hoy mismo. Le espero en nuestro lugar de siempre, a la hora de los faroles que usted ya sabe. Con gran aprecio. Cuchita».

Observa la letra palmer paralela al borde superior de la página, exactamente del mismo tamaño y la misma inclinación desde la primera vocal hasta la última, como si siguiera los rieles invisibles de un cuaderno de caligrafía. Palpa el relieve del sello lacrado carmesí. ¿A quién se le ocurre mandar cartas lacradas en pleno siglo xx? Relee: «disculpe», «le espero», «con gran aprecio». Hace una mueca: Cuchita se cuida las espaldas de cualquier posible acusación de indecente familiaridad. Y evita mencionar lugares y horas precisos, como si viviera en una de esas novelas románticas de que hablaba Tía Adela, a las que Shito les ha echado un vistazo curioso e impune en un espacio recóndito de la biblioteca del Tío, y en que todos abren las cartas de todos y se vigilan mutuamente. En que todos vigilan a Cuchita para agarrarla en falta y castigarla. Sonríe con hartazgo: la carta parece un resumen del tira y afloja de su relación, si a lo que tienen juntos se le puede llamar así.

En la calle Comercio la llovizna se ha hecho lluvia, un pequeño diluvio de gotas gordas y frías que empieza a arreciar amenaza con desbordar la acequia que divide la vía en dos y resuena como si albergara cascadas de piedras en el fondo. Apenas intercambia escuetas venias y corteses toques de orilla de bombín con los paseantes que caminan apurados a sus casas, pendientes como él de no resbalarse en la vereda empedrada de las calles.

Cuchita, hay algo que tengo que decirle. Algo que mi corazón ha estado barruntando con fuerza en estos días de forzado desencuentro. No soy digno de usted. No merezco el afecto que me prodiga. Es usted demasiado alta para mí.

Ríe para sí: Cuchita le lleva casi una cabeza, pero no es a eso a lo que se refiere. Le gustan las larguiruchas, y si son blanconas como ella, más todavía. Pero sus remilgos, que lo divertían en un principio, ahora le hierven la sangre. Además, no ayuda que tenga un semblante bovino sin posible redención que parece trasplantado de otro cuerpo, uno sin las curvas espectaculares y bien mullidas que hacen babear a los que la ven. Incluso a él, que ha podido tocarlas.

Quién lo hubiera imaginado al verla entrar a la tienda por primera vez hace un par de meses. La espigada chiquilla de ojos almendrados ausentes y boca entreabierta parecía invitar a la piedad o la indiferencia. Llevaba un vestido verde olivo opaco y con la cintura sin entallar que la hacía lucir como un tamal recién envuelto. Le entregó el pedido que tenía escrito en un papel: «un rollo de tela estampada para corte y confección». Además de lela, muda, pensó Shito, y le cortó unas muestras: siete cuadraditos de 10 x 10 centímetros. Iba a decirle que podía llevárselas y dárselas al ama de la casa que le había hecho el encargo para que regresara cuando hubiera tomado una decisión, pero la muchacha las examinó una por una palpándolas por ambos lados, casi acariciándolas, hasta decantarse por una de seda de Italia que no era la más cara pero sí la mejor que tenían en el stock. Buen ojo, pensó Shito, y mientras hacía un corte de dos metros por uno y lo enrollaba, por llenar el silencio dejado por la mudez de su clienta, le habló de cómo la seda se originó en China, en donde el cultivo era monopolio exclusivo del emperador, que hacía castigar con la muerte a todo aquel que se atreviera a exportar los gusanos de su imperio. Cómo unos sacerdotes sacaron unos cuantos escondidos en unas cañas de bambú y los llevaron a Bizancio, donde su cultivo se expandió por toda Europa. Cómo llegó a Italia con la toma de Constantinopla, pues muchos artesanos se instalaron ahí huyendo de la violencia que los caballeros de las cruzadas provocaban a su paso. Cómo en tierras italianas los artesanos crearon una enorme industria, que prosperó durante los siglos siguientes, pero que se vio seriamente devastada con una serie de plagas que arrasaron con los gusanos en toda Europa durante el siglo xix. Cómo los únicos que sobrevivieron fueron los italianos quienes, gracias a la invención de los hilados hidráulicos, lograron hacer una seda más ligera y de colores más llamativos, como la que la señorita tenía entre sus manos, la única de su calidad que podía conseguirse en todo Cajamarca, y solo en Casa Sattui, para servirla a usted. Me llamo Cuchita, dijo ella, Cuchita Sousa, y se le encendieron las mejillas como si hubiera dicho una grosería. Shito se quedó en ascuas de la sorpresa y no tuvo tiempo de reaccionar mientras la chica salía velozmente de la tienda con el rollo de tela bajo el brazo.

Cuchita se apareció de nuevo en la tienda el martes siguiente para comprar un juego de estilográficas alemanas. Pero eso Shito lo supo el viernes, cuando Benito carraspeó dos veces al verla entrar a la tienda. Shito entendió: Cuchita era la chica malcarada de figura voluptuosa de quien Benito no había parado de hablarle todo el miércoles, que había venido a la tienda justo el día en que Shito había salido a cobrar unas cuentas a unos clientes morosos. Benito estaba libre y Shito atendía a otra clienta, pero Cuchita, que llevaba un vestido de flores amarillas discreto pero que, ahora sí, hacía justicia a sus formas, esperó pacientemente a que Shito se desocupara para hacerle su pedido: unos calendarios ilustrados para 1917, por favor. ¿Qué prefiere usted?, le preguntó Shito, ¿el dibujo o la pintura? Cuchita se ruborizó como si le hubiera hecho una proposición deshonesta, pero se repuso y, con aplomo, balbuceó: el dibujo. Sin dar crédito a lo que pasaba —esto no puede estar ocurriendo, esta chica no puede estar sintiéndose atraída por un canijo cara de sapo como yo—, fue al depósito y volvió con un manojo de calendarios.

¿Qué piensa de la famosa teoría de la evolución de las especies de que hablan tanto los periódicos de Lima, señorita?, preguntó. Sin aguardar la respuesta de Cuchita, colocó sobre el mostrador un calendario con los dibujos realizados por Darwin durante su viaje a las islas Galápagos. Enero eran unas tortugas gigantes, febrero unas iguanas, marzo unos pinzones y así, con explicaciones en inglés en la parte inferior de las hileras de semanas, con dibujitos, al lado de cada día, de lunitas menguantes o crecientes en miniatura, desde la llena hasta la nueva y viceversa. Era imposible saber si Cuchita entendía o no lo que Shito le decía, pero a Shito le importaba poco, como cada vez que había que explicar o contar algo que le fascinaba: le bastaba con escucharse a sí mismo para dejar de sentirse solo, construir pequeñas fortalezas de palabras bien elegidas cuyos andamios eran solo visibles para él que lo defendían de la abulia del entorno. La cara de Cuchita miraba fijamente el calendario, pero permanecía inexpresiva, como si estuviera pensando en otra cosa.

No le importó. Shito trajo dos calendarios más, uno con unos dibujos de flores y plantas hechos por el naturalista italiano Antonio Raimondi durante sus viajes al Perú y otro con los del sabio alemán Ernesto Haeckel, el gran divulgador de las ideas de Darwin y a quien este, gracias a sus dibujos, le debía su fama mundial. Haeckel, que era un extraordinario dibujante, era también autor de una teoría muy interesante, que él llamaba «de recapitulación», explicó a una silenciosa Cuchita, que escuchaba sin pestañear y con expresión aún más vacuna que la de la primera vez que vino a la tienda. Según esta teoría, la ontogenia recapitula la filogenia. En otras palabras, el desarrollo biológico de todo individuo resume el desarrollo evolutivo de su especie. Shito advirtió, de reojo, la mirada de alarma de Benito: está bien culantro, pero no tanto, Shito, se te está pasando la mano. Pero Cuchita había tomado el calendario y, con delicadeza, pasaba los dibujos de los meses y los observaba con atención. Mostraban embriones de tortugas, perros, pollos, peces, salamandras, cerdos, vacas, carneros, ratas, conejos y seres humanos y su lenta transformación, desde que eran casi idénticos hasta que, al crecer, iban adquiriendo las características definitivas de su especie, que las distinguirían de todas las otras. Shito, siguiendo su instinto, prosiguió. Cuando una mujer queda embarazada, por ejemplo, el bebé que lleva en su vientre reproduce todas las fases por las que el hombre ha pasado desde los tiempos más remotos, desde mucho antes que aparecieran sobre la Tierra el *homo erectus*, el *homo habilis* y el *homo sapiens*. En el vientre de esa mujer el hombre recapitula su propia historia, desde que no es más que un puñado de células que empiezan a combinarse y recombinarse hasta que se convierten, con el nacimiento del espécimen, en la máxima expresión de la raza. Con la promesa de un futuro sin medida, en que su evolución continuará, continua o interrupta, hasta la extinción de la especie en el fin de los tiempos. Cuchita cerró el calendario. Me lo llevo, musitó sin alzar la mirada.

Empezaron a verse los miércoles y los domingos, a escondidas por petición de ella. Cuchita le daba cita al atardecer en la heladería de don Clemencio, donde fingían que no se conocían. Como por casualidad, pedaleaban lado a lado sin mirarse hasta los alrededores de los Baños del Inca, en que había una terraza pequeña de losetas que tenía tres de los cuatro lamparines de sus faroles rotos o descompuestos. Estacionaban las bicicletas en los postes. Se sentaban en una banca del rincón, protegida por la media oscuridad y los vapores que planeaban por encima de la superficie verduzca y apelmazada de los perolitos, que hedían a huevo podrido. Cuchita miraba a los contornos como quien buscaba a alguien. Cuando el horizonte estaba despejado tomaba a Shito de las manos. Cuéntame algo, le decía. Y él le hablaba de lo primero que le venía a la cabeza que no fuera el escote que apresaba a duras penas las tetas que pugnaban por evadirse del vestido, que no fuera el olor penetrante a axila recién restregada con jabón de glicerina. Le hablaba de lugares lejanos y curiosos que aparecían en los reportajes de *National Geographic*, una revista estadounidense que traía daguerrotipos muy realistas, y que a él le gustaba hojear. De una tribu recientemente descubierta en el África, por ejemplo, en que los salvajes se insertaban platos en la boca para acercarse a su ideal primitivo de belleza. De otra en Indonesia en que se alargaban el cuello con decenas de anillos de metal, de los que ya no podrían prescindir el resto de su vida. De unas mujeres chinas que parecían muñecas vivientes de porcelana a las que les vendaban los pies y los llevaban embutidos en zapatos que eran la mitad de su talla, dizque para tullírselos mejor y caminar con lo que consideraban elegancia. De unos esquimales, que aparecían siempre sonrientes, cazando o pescando, y —esto no se veía en las fotos— se besaban frotándose la nariz y, decían, cedían sus esposas a sus invitados como gesto de cortesía cuando estos se quedaban a pasar la noche.

Dijera lo que dijera, Cuchita lo escuchaba completamente inmóvil, con la mirada concentrada, pero sin traicionar expresión alguna en el rostro. Por si acaso, Shito a veces hacía un giro brusco de la conversación y hablaba de cosas que, como mujer que era, a Cuchita seguro le interesarían: la pasión tempestuosa entre dos estrellas norteamericanas del celuloide, populares entre los jóvenes gracias al cinematógrafo que, entre bombos y platillos, acababan de inaugurar en Cajamarca, o alguna comidilla de los periódicos de Lima, como los amores prohibidos entre el monje loco Rasputín y la zarina de Rusia, a quien, por ser alemana, algunos acusaban de ser espía de Alemania en la Gran Guerra europea (aunque esto último evitó mencionarlo para no aburrirla: la guerra no era asunto de mujeres). Finalmente le hablaba de los libros que estaba leyendo en ese momento en la biblioteca de su Tío Belisario, en el poco tiempo libre que le quedaba al regreso del trabajo.

Alguna vez, para sorpresa de Shito, Cuchita habló: le preguntó por su familia. Shito le contó largamente de su padre, en quien no había pensado en años. De la habilidad que su progenitor tenía para la mecánica, de su leal pasión por don Nicolás de Piérola, del abandono de sus amigos cuando este perdió las elecciones, de su frustración con la estrechez de miras de Cajamarca y los cajamarquinos, de sus desavenencias cada vez mayores con la mujer que era la madre de Shito hasta que se fue. Le habló de su viaje a las selvas hacia los bosques del caucho, pero no como de un periplo para hacer fortuna sino de un sueño aventurero del que nunca había podido regresar. ¿Se quedó a vivir por allá?, preguntó en voz baja Cuchita. No, murió en una disputa con unos caucheros en la frontera con Brasil. Lo dijo con una amargura que lo agarró a contrapié y de la que se arrepintió demasiado tarde, cuando las palabras ya habían salido de su boca y se había escuchado decirlas. Cuchita le tomó la mano y la puso entre las suyas. Hay que perdonar a los padres, Shito, dijo. Hay que comprenderlos y perdonarlos. Shito vio los ojos almendrados puestos sobre los suyos, la boca medio abierta a distancia de aliento, invitándolo a olvidarse por un instante de la fealdad del rostro que la alojaba. Tragó saliva. Respiró hondo. Repasó mentalmente una y otra vez su siguiente movimiento hasta que sintió que pertenecía al pasado y estaba condenado a cometerlo. Solo entonces cerró los ojos y le dio el beso en los labios, el primero de su vida, que ella acogió con los dientes apretados, pero sin chistar ni rechazarlo. Chitó desligó su mano de las de Cuchita y la deslizó por debajo de su blusa, donde le tocó minuciosamente las tetas por encima de la camisola, comprobando que tenían la increíble turgencia prometida. Cuando la mano trató de bucear por debajo de la camisola para sentirlas en su desnudez, Cuchita lo detuvo y lo apartó suavemente. No parecía ofendida ni escandalizada pero tampoco excitada, como él, que sentía el bulto apretándole dolorosamente la entrepierna. Cuchita se arregló el vestido y, sin mirarlo, se levantó de la banca. Perdone, Cuchita, musitó él. Sus palabras se perdieron en el vacío: ella ya se había ido pedaleando de regreso por la accidentada trocha por la que vinieron, envuelta por chales de humo que emergían de las aguas termales y se disolvían a su paso.

Cuchita no fue a la heladería de don Clemencio el miércoles siguiente, en que tenían previsto verse, y se apareció tarde a la cita del domingo. Caminaron lado a lado en silencio, como siempre, pero una vez sentados en la banca de la terraza, no lo tomó de las manos ni siquiera cuando fue claro que estaban completamente solos. Se quedó mirando largo rato las burbujas que reventaban en la superficie, que esparcían su dulzona fetidez. Cuéntame algo, le dijo de pronto y sin volverse hacia él. Shito, que andaba algo picado por su ausencia y su tardanza, le habló de las ideas del protagonista de sus últimas lecturas, un filósofo germano que, sospechaba, la escandalizaría. Dios ha muerto. Por eso ya no puede ser el referente de nuestra moral, le dijo. Una moral anclada en el cristianismo, que ha oprimido a la humanidad por más de mil novecientos años, envenenando los impulsos más sanos de los hombres e impidiéndoles realizar todo su potencial de espíritu superior.

La miró de reojo: ninguna reacción. Se rascó la barbilla. La había estado espiando todos los días a la media jornada, a la hora del almuerzo, y la veía regresar de misa de doce al lado de su madre, de quien había heredado visiblemente el descaramiento. Adelante iba su padre, que tenía la mitad del cuerpo paralizado y se desplazaba con ellas en una especie de vagoncito de madera, que Cuchita empujaba con amoroso cuidado. Es arquitecto, dijo don Emanuele, padre de Benito, cuando Shito le preguntó como quien no quería la cosa. O más bien era, antes del ataque que lo dejó así. No lo creerías. El hombre era una luminaria, había estudiado en Europa y toda la crema y nata de Cajamarca le encargaba el diseño y la construcción de sus casas. Además de fortuna, tenía hacienda, que aprovechaba sin asco para impresionar a las féminas y cebarse con toda la que se le pusiera enfrente. Porque, ahí donde lo ves, donde don Alberto Sousa ponía el ojo ponía el fundillo. Y lo ponía bastante porque las cajamarquinas se le regalaban. El hombre leía muchísimo y tenía labia, era realmente encantador. Hablaba de nuevas ideas que hacían furor en Europa, la comuna, el fin de las jerarquías y la propiedad, él que era dueño de dos haciendas en Chota. Cuando se le subían las copas, decía a voz en cuello que la religión era el opio del pueblo y que debían quitarles sus tierras a los curas. Y defendía el amor libre, que debía practicar todo hombre que se reclamara del nuevo siglo. Su esposa sufrió mucho pero no le llevaba la contra, y más bien le perdonaba todo. Pero entonces hace como tres años le vino el ataque. Lo tuvo en cama como seis meses y casi se lo lleva a la otra. Lo único que se sabía de él era que iba renunciando uno por uno a todos los proyectos de edificios que se le habían encargado, incluso el teatro nuevo de Cajamarca, de la flamante Sociedad Cajamarquina de Amantes de las Artes. Hasta que un día se le vio de nuevo, en misa de doce y con la Biblia en la mano. Nadie lo podía creer, don Alberto no había pisado una iglesia ni siquiera en el bautizo de su única hija. Pensaron que se le pasaría, pero ahí sigue, todos los días, insistiendo en ponerse de rodillas en el suelo, balbuceando con su media boca útil las palabras de la misa, luchando con el brazo tullido para persignarse, dándose con el puño inerte golpes en el pecho.

Shito contempló sin miramientos el escote, que ya no ofrecía ningún resquicio de piel: Cuchita había retomado sus ropas de tamal de la primera vez que vino a la tienda. Necesitamos una ética que vaya más allá de los parámetros viejos del bien y del mal, prosiguió con ira apenas contenida. Que nos permita convertirnos en la mejor versión de nosotros mismos, liberada por fin de escrúpulos y moralinas obsoletos, y enfrentar los desafíos de los tiempos que vivimos. Tiempos nuevos de conflagración universal que nos afectan a todos, Cuchita.

Las pupilas de Cuchita se volvieron hacia él a la mención de su nombre. Pero —Shito se dio cuenta demasiado tarde—, estaban ausentes: no lo había estado escuchando. Desesperado, intentó besarla, más para recuperarla como auditorio que porque sintiera deseo de ella. Con una mueca de disgusto, Cuchita le dio una cachetada que le remeció el moflete izquierdo y le dejó un leve pitido en el oído. Disculpe, balbuceó ella de inmediato. Nos vemos el miércoles, dijo atropellándose. Se levantó de la banca y se fue.

El miércoles Shito no pudo ir a la cita. El señor Capelli le pidió que se quedara hasta tarde en la tienda. Unos barcos mercantes italianos habían logrado cruzar el cerco de submarinos alemanes que tenía bloqueado el Mediterráneo y habían llegado intactos al puerto de Pacasmayo. Había que inventariar la nueva mercadería, que se había estado juntando varios meses en los puertos italianos y recibían ahora de un solo cocacho, y el señor Capelli ya no podía encargarse: seguía recuperándose de un accidente con el revólver en que había terminado disparándose e hiriéndose en la pierna. Shito y Benito tomaron nueve días en hacer la minuta completa. Durante todo ese tiempo no vio a Cuchita: ni él fue a la heladería de don Clemencio ni ella se asomó por la tienda. Mejor, le dijo Benito, a quien le había contado una versión de sus encuentros en salsa picante con la fea, en que esta se resistía ferozmente a sus tocamientos, que sin embargo lograban sortear sus resistencias y solazarse con el cuerpo soñado con una única frontera: el sexo inhóspito de la hembra. No pierdas el tiempo con disforzadas, garañón. Si la fea quiere celeste, que le cueste, caracho, dijo Benito. Aunque, la verdad, con ese cuerpazo, mejor que te extrañe, piense bien en lo que se pierde con tanto remilgo y te busque luego con la cola entre las piernas, lista para el matadero. Cómo se va a decepcionar la pobrecita, le dio a Shito un palmazo en la espalda que casi lo tumba. Dios es injusto, canijo, le guiñó el ojo. Da lomo a quien no tiene dientes, ¿di?

—Cuchita, hay algo que tengo que decirle. Algo que mi corazón ha estado barruntando con fuerza en estos días en que no nos hemos podido encontrar.

—Qué bueno, Shito. Porque yo también tengo algo que contarle.

—¿Qué cosa?

Cuchita se muerde el labio inferior.

—¿No desea comenzar usted?

—Las damas primero.

Cuchita suspira sin sonreír: no ha captado la ironía. Algo en su apostura evasiva empieza a alarmarlo.

—Usted... usted es un muchacho de valía, Shito. A sus años es independiente, tiene un buen trabajo. Y en el mejor almacén de toda Cajamarca, nada menos. Es inteligente, tiene buena conversación. Una podría pasarse horas escuchándolo hablar, siempre de cosas interesantes. Pero...

—¿Pero?

171

Cuchita baja los ojos.

—Lo mejor va a ser que dejemos de vernos.

Opresión súbita en el pecho de Shito.

—¿Por qué?

Cuchita mira hacia las aguas, que no parecen protegerla de lo que tiene que decir. La opresión en el pecho de Shito es ahora una pared, un dique que no lo deja respirar.

—Es porque soy feo, ¿verdad?

Silencio.

—No diga que no —el dique se rompe, quebrándole la voz—. Usted prefiere a alguien buenmozo y bien plantado. Y alto. No canijo y desastrado como yo.

Cuchita lo mira a los ojos con una ternura que no le ha visto antes. Una ternura femenina con que jamás ha sido contemplado. Y presente en el tono de su voz:

—No es eso.

Va a tomarlo de la mano, pero el ademán se pierde en el vacío. La ternura también.

—Ayer mi madre descubrió mi diario. Lo encontró en el cajón del tocador, donde lo tenía escondido. Lo leyó —toma aire—. Hablo de usted. De nuestros encuentros. De los sentimientos que albergo por usted.

Shito traga saliva.

—¿Y qué sentimientos alberga por mí?

Cuchita hurga las losetas de la terraza con la mirada.

—Eso no importa, Shito.

—Sí importa. ¿Qué sentimientos alberga usted por mí, Cuchita?

—Usted me hace recordar a alguien. Alguien que yo quería mucho. Con todos sus defectos, que eran muchos. Alguien que ya no está. Que se ha ido y ya no va a regresar.

Cuchita alza los ojos. Cruza un vistazo con Shito. Un vistazo largo, desnudo, a flor de piel.

—¿Y usted? ¿Qué sentimientos alberga usted por mí, Shito?

—Yo a usted la quiero.

Lo dijo sin pensar, con la esperanza de que fuera cierto por el hecho de decirlo. Pero el efecto en Cuchita es contrario al que esperaba.

—Usted no me conoce —dice ella con centellas en los ojos.

—Usted tampoco a mí.

—Conozco a los hombres. Sé lo que dicen de mí a mis espaldas. Y lo conozco algo a usted. Sé que solo me quiere por mi cuerpo. No crea que no me he dado cuenta.

—No diga eso.

—Mi alma no le interesa. A usted solo le interesa que le escuchen, que le hagan caso. Pero eso ya no importa. Mi madre le contó lo de mi diario a mi padre. Él está muy molesto conmigo. Cree que voy a perderme por usted. Yo le he dicho que no es culpa de usted. Que yo ya estaba perdida desde antes de conocerlo. Que fui yo la que, la que... —las lágrimas se agolpan de pronto en sus ojos, pero una visible fuerza interior logra contenerlos—. Él está muy delicado de salud y no voy a hacer nada para mortificarlo, ¿me entiende? Él ya ha purgado sus pecados y es ahora un hombre bueno, un hombre de bien. No se merece esto.

—Yo puedo hablar con él, Cuchita. Yo puedo convencerlo de que mis intenciones con usted son honorables.

Es como si su boca hubiera hablado sola, repitiendo palabras que hubiera leído en alguna parte. Palabras que lo reconfortan. La lámina, antiquísima, se perfila con claridad. Al fondo del dibujo, en sepia, aparece una ciudad medieval, hecha de palacios y castillos y montañas de apariencia demoníaca. En la parte central hay dos seres enfrentados: un jinete montado en su caballo incrustando una larga lanza de justa de caballeros en el flanco de un dragón.

—Usted se va a ir de Cajamarca, Shito.

—Puedo quedarme. Sacrificarme y formar una alianza sagrada con usted. Fundar una familia con usted. Envejecer y morir aquí, a su lado.

Mamá le regaló el libro ilustrado en su cumpleaños, y Shito lo guardaba como un tesoro hasta que un día se perdió entre mudanza y mudanza cuando su padre murió. La inscripción inscrita en letras góticas con fondo de pan de oro en la parte inferior de los dibujos contaba la historia. El monstruo exigía cotidianos sacrificios humanos para dejar que los habitantes pudieran beber de sus aguas. Un día le tocó ser ofrendada a la princesa más querida del burgo y san Jorge decidió enfrentar al monstruo para salvarla, salvar al burgo con ella y acabar con la amenaza para siempre. Tenía miedo, pero era un soldado del Señor: se había entrenado en las artes de las justas de caballeros y los ejercicios espirituales de los santos y estaba listo para acoger en su cuerpo las heridas que fueran necesarias para arrebatar a la princesa de las garras del monstruo. Para dar su vida por la amada de rostro bovino y cuerpo escultural.

—No hay manera, Shito.

En los ojos de Cuchita ha desaparecido la intensidad concentrada de cuando conversaban. O más bien, de cuando él monologaba y ella lo escuchaba. Hay en su lugar una profunda, insoportable compasión.

—Mi padre me ha prohibido que siga viendo al sobrino de Belisario Ravines. El asesino de Llaucán.

VIII

Tío Belisario yace en el camastro con los ojos cerrados. Lleva la barba desgreñada, un sucio camisón de pana vieja y un bonete con una borla deshilachada de un celeste desvaído, lechoso. Despide un penetrante olor a orín que el aroma a lavanda ambiente no logra disfrazar.

—¡Belisario! ¡Mira quién ha venido a visitarte! —dice Tía Laura. Palmea la espalda de Leonor, que mira contritamente hacia el suelo.

—¡Shh!

Desde la mecedora al lado de la mesita de noche, Tía Adela pone imperiosamente el dedo índice sobre sus labios agrietados y sin vida.

—Vuelvan más tarde.

—Ayer dijiste que hoy. Y ahora que más tarde. Ya son las doce, Adela.

—Tiene que descansar. No ha dormido en toda la noche.

No era necesario decirlo: todo el vecindario se enteró. Los gritos del Tío mantuvieron despiertas hasta a las piedras. Shito, que dormía en el jergón de la biblioteca con solo una pared medianera de por medio, los escuchó en primera fila. Jamás había oído salir de un ser humano nada tan parecido a un alarido animal. Al aullido de una fiera agonizante.

—Leonorcita no puede esperar más. Si no parte a Matara antes de las dos, le agarra la noche a medio camino.

—Que regrese otro día entonces.

—¿Otro día?

177

Tía Adela y Tía Laura pulsean con la mirada.

—Laurita —dice Leonor tímidamente—. Ya te he dicho. Yo no quiero...

Demasiado tarde: Tía Laura ya ha cruzado decididamente el umbral del dormitorio. Hace el amago de avanzar hacia el camastro.

—Ni se te ocurra —dice Tía Adela.

Da un ostensible vistazo al fuete de tres puntas que cuelga en la pared a solo tres palmos de la mecedora.

—Adela, por favor. Su cuñada ha venido desde lejos especialmente para rezar con él.

—¿Y qué?

—La salud del alma del coronel en estos momentos es muy importante.

—Belisario tiene el cancro, Laura —susurra con los dientes apretados—. Ayer se lo pasó doblado en dos, vomitando sangre y devolviendo en arcadas toda la comida. ¿Y tú quieres despertarlo para que oiga tus cháchara sobre la salud de su alma? ¿En la primera hora de sueño que logra conciliar después de lo de anoche?

—Mira, Adela. Yo no te quería decir. Pero no me dejas otra.

—¿Qué cosa?

La voz de Tía Laura se asorda: es un susurro soplado al oído.

—Belisario está endemoniado.

Tía Adela entorna los ojos. Se golpea la frente con la palma de la mano. Resopla. Niega con la cabeza.

—Dos veces que ha venido el padre Vicente a visitarlo y no lo ha querido recibir.

—¿Y?

—Es uno de los signos.

—Por favor, Laura. No me vengas con esas estupideces.

—Y su ropa. ¿No has notado?

—¿No he notado qué?

—Huele a... azufre.

—A meado, Laura. A meado de viejo. A eso es a lo que huele. Está bien que hagan cama aparte, pero no me digas que ya no reconoces los aromas de tu marido.

—¿Por qué eres así conmigo? ¿Qué te he hecho? —se hace un silencio tenso, en que ambas se miden, como dos animales listos para saltarse a la yugular—. Mira, Adela. El alma del coronel corre peligro. No te rías. Si no crees, déjanos a las que sí creemos para que ayudemos a salvarlo. Solo queremos rezar con él. Por él. No te cuesta nada. La oración alivia y sana los males del alma que vienen del Maligno. Y si una reza con el corazón puro —se persigna— hasta hace milagros y cura los males del cuerpo.

Tía Adela se levanta súbitamente de la mecedora y agarra el fuete de la pared.

—¡Mal del cuerpo te voy a dar yo a ti!

El látigo crepita al ser asido. Zumba al ser alzado y desplazado por el aire.

Tío Belisario balbucea un murmullo incomprensible. Cambia ligeramente de posición.

Tía Adela se ha quedado congelada a medio movimiento con los ojos salidos de sus órbitas, vueltos ahora con alarma hacia el hermano frágil, intocable.

—No tenemos por qué despertarlo —dice Leonor en voz apenas audible—. Podemos orar aquí lejitos sin molestarlo ni hacer bulla.

Sin esperar la respuesta de Tía Adela, se arrodilla en el suelo áspero de madera basta y sin pulir. Saca del bolsillo interno del abrigo el rosario de semillas rojinegras de huairuro, que lleva consigo a todas partes desde que Shito tiene memoria. Hace el signo de la cruz. Inclina la cabeza. La voz de la mujer que es su madre es un bisbiseo cuyas palabras solo reconoce por haberlas repetido de niño cientos, miles de veces. Se persigna. Tía Laura se hinca en el suelo al lado de Leonor, sin cubrirse las rodillas para que la mortificación ofrecida sea mayor, más efectiva. Shito casi cede a las inercias de la niñez y se arrodilla él también, pero se acuerda de quién es y permanece de pie. Juntas, madre y tía musitan el símbolo de los apóstoles.

—*Créoendiósipádretodopoderósocreadórdelciéloydela tiérracréoenjesucrístosuúnicohíjonuestroseñórquefueconcebído porobraygráciadelespíritusántonacióidesantamaríavírgen padecióbajoelpodérdepónciopilátosfuecrucificádomuértoy sepultádo...*

Tía Adela contempla a ambas como a un par de mulas silvestres y sin dueño que se hubieran metido en sus predios sin permiso. Un par de bestias tercas, pero a fin de cuentas inofensivas que la hubieran agarrado por sorpresa justo al final del día, cuando ya estaba demasiado cansada para arrearlas fuera del corral.

Fuete en mano, se vuelve a sentar lentamente en la mecedora sin dejar de vigilarlas. Con estas nunca se sabe.

Mientras la mujer que es su madre y Tía Laura atacan el primer misterio gozoso, Shito contempla al Tío Belisario. Evoca fugazmente el sueño que le vuelve una y otra vez desde hace varios días, y que también le cundió la noche pasada: un árbol ancho como una casa cuya copa llega hasta el cielo, cayendo infinitamente despacio, devorado por las termitas. Las termitas no son visibles en el sueño, pero se escucha el zumbido roedor de sus mandíbulas. El árbol, recuerda ahora, se llama secuoya, y lo vio, dibujado con un realismo que quitaba el aliento, en uno de los últimos números de *National Geographic*.

Anota mentalmente la palabra, para cuando pueda escribirla, con su definición, en su último cuaderno verde. Repasa mentalmente el informe que le hará el lunes a primera hora de la mañana al señor Capelli, antes de ir a abrir la tienda. Desde hace cuatro días el coronel se niega a cambiarse de ropa y apesta a orines. Desde hace dos, vomita sangre y devuelve todo lo que come. El resto lo bota en cagadas sanguinolentas que doña Rosario recoge por la mañana en su bacinica de plata. No escamotearle nada al señor Capelli, ni siquiera que el tío aúlla por las noches y tiene a la casa y al barrio desvelados. Don Carlos prefiere que le digan las cosas sin pelos en la lengua, sobre todo con lo que tenga que ver con la salud. A él mismo le ha caído lo suyo: hace dos meses se disparó en la pierna derecha mientras limpiaba la recámara de su revólver. Benito tuvo que mandar a buscar de urgencia a su médico de cabecera, pues el señor Capelli se negó a que lo llevaran al hospital de Belén. Para qué hacer un escándalo y asustar a la gente por una tontería, ¿di, Shito? Señalándose la pierna cubierta de apósitos y vendas: fue un estúpido accidente nomás, nada serio como lo de tu tío, que me sirva de lección, a esos juguetitos hay que manipularlos con respeto. Palmadita en la espalda de Shito, guiñada de ojo: nada de decirles ni una palabra de esto a los clientes, ¿está bien?

Si su médico no le hubiera dado orden médica de reposo absoluto y sin salir de casa, don Carlos mismo estaría viniendo a visitar al coronel para enterarse sin intermediarios de cómo se encuentra. Es el único verdadero amigo que le queda después de los sucesos de hace tres años. Todos los que fungían de serlo, incluso aquellos que venían a sus verbenas o decían a voz en cuello que había que poner mano dura con la indiada en lo de Llaucán, se desaparecieron del mapa, comenzaron a hacerse los desentendidos cuando se lo cruzaban por la calle o a tratarlo abiertamente como a un apestado, como a un criminal.

«Mi padre me ha prohibido que siga viendo al sobrino del asesino de Llaucán».

Traga saliva. Fea de mierda. Y el guiñapo humano ese que la engendró, ¿qué se cree? ¿Que ahora que se arrodilla ante el dios que ha muerto tiene derecho a medir a los demás con su vara caduca de hombre sometido? ¿Su patética moral burguesa de cristiano?

Pero el nudo en la garganta sigue ahí. Vuelve el hedor fétido de los Baños del Inca, el olor dulzón a glicerina de

181

las axilas de la hembra, anticipos de una tierra prometida ahora inalcanzable. El recuerdo fresco de las turgencias en la yema de los dedos, que lo acecha dolorosamente y lo hace compadecerse de sí mismo: encima de por feo y por canijo, ahora las féminas te desprecian por sobrino de matarife, jijuna grandísima.

Una voz áspera se alza en su interior. Un clamor de bigote espeso y ojos miopes, de lucidez demencial.

Ya déjate de lloriqueos y sentimentalismos femeniles. Son indignos del ser superior. ¿O vas a dejar que la hija del guiñapo te ponga a su nivel de animal rastrero y te desvíe de la senda que conduce al superhombre?

Maríamádredegráciamádredemisericórdiadefiéndenos denuéstrosenemígosyampáranosahórayenlahóradenuéstra muérteamén.

Shito vuelve la mirada hacia la fuente del zumbido. Observa a la mujer que mató a su padre y que ahora depende del hijo que tuvo con él. Sigue de rodillas, recitando paporretas con expresión vacía, como si fuera inocente.

No, señora madre. De tus enemigos defiéndete tú. Si no lo haces, nadie más lo hará por ti.

Míralo al Tío. Esperó que otros lo hicieran y lo dejaron solo. El director de Gobierno que le dio la orden de intervenir en la hacienda y sacar a los arrendatarios rebeldes a como diera lugar no defendió las acciones de su subordinado. Bien calladito se quedó cuando la Asociación Pro-Indígena empezó una campaña feroz contra el coronel.

El Tío no se escabulló. Se portó como un hombre y dio la cara. Replicaba a quien quisiera escucharlo que él había ido a Llaucán con buena voluntad, pero que los invasores de la hacienda lo habían atacado primero. A él, que los había tratado con respeto y les había hablado de igual a igual, de ciudadano a ciudadano. Que había oído con paciencia sus pliegos de reclamos. Que había tratado de ser justo y defender sus intereses ante Don Eleodoro. El Tío no justificaba la matanza, pero el soldado que empezó con los disparos solo había reaccionado a la provocación, solo había protegido la integridad física de su jefe ante el ataque, en un acto de legítima defensa. Las muertes eran un exceso lamentable que él no había ni buscado ni deseado, pero que se habían producido al calor de la situación, pues las cosas se les habían ido a todos de las manos. Y todos eran en parte responsables.

Ya había quien empezaba a darle crédito cuando una delegación de campesinos víctimas de la masacre llegó a Lima. Había viajado a pie desde Llaucán, portando en una bolsa las cabezas de ocho niños decapitados, y se plantó a las puertas del Congreso. «Estas cabezas fueron cortadas a mansalva por los soldados al mando del asesino don Belisario Ravines», dijeron. Algunos senadores se dejaron impresionar, recibieron horrorizados a la delegación y a poco empezaron a repetir como loros sus denuncias. No solo acusaban al Tío de haber perpetrado una masacre contra campesinos desarmados sino de haber destruido las pruebas que pudieran incriminarlo: nadie daba cuenta de las comunicaciones entre el prefecto y el director de Gobierno, ni de los antecedentes de la intervención, misteriosamente desaparecidos. Los congresistas presentaron además una moción de censura en el Congreso al director de Gobierno, a quien consideraban el principal responsable de los hechos, y quien se vio obligado a renunciar.

El hecho salió en primera plana en algunos periódicos de Lima y lo rebotaron al día siguiente en *El Ferrocarril*. El Tío hizo lo que pudo para defender su honor y su reputación. De inmediato organizó una redada que capturó y metió en la cárcel al bandido Marcial Alvarado, el taimado hijo de culíes guaneros que asolaba Chota y Hualgayoc y que, rumoreaban algunos hacendados, había calentado la oreja de los campesinos contra Don Eleodoro Benel, con quien rivalizaba en el comercio y el enganche y a quien tenía odio mortal. Don Belisario hizo que al guapo le suavizaran el ánimo con unas manoplas en la celda y lo obligó a firmar una declaración en que afirmaba haber provisto de armas a los campesinos de Llaucán y donde se echaba a sí mismo la culpa del estado de exaltación en que estos se encontraban. De nada sirvió. Al coronel lo acusaron formalmente de asesinato en primer grado, con alevosía y sin atenuantes, y de obstrucción a la ley. Las denuncias no prosperaron —al Tío le quedaban todavía algunas conexiones en Lima—, pero el Gobierno le retiró el cargo de prefecto con bombos y platillos, para lavarse la sangre que le chorreaba de las manos.

La deshonra pública no pareció afectarle. A esas alturas, el Tío Belisario ya no parecía esperar nada de ningún político, pero tampoco de ningún amigo, de ningún pariente. Ni siquiera pareció hacerle mella que Segundo, el indio de su simiente al que había acogido en su casa y en su mesa, a quien había conferido el uniforme militar y ayudado a escapar del linchamiento de los arrendatarios después de la matanza, se incorporara a las huestes de Don Eleodoro, quien lo recibió como a un hijo pródigo. Segundo no decepcionó a su nuevo padre putativo. En su corta vida de bandido, ya se había hecho conocido en Hualgayoc, Santa Cruz y Bambamarca por su crueldad y falta de escrúpulos con sus víctimas, que mencionaban su nombre con espanto reverente. Hasta habían compuesto coplas que circulaban por todo Cajamarca y hablaban de sus correrías.

Dios los cría, sentenció el Tío con voz impasible. Y no volvió a hablar de él.

Después de su destitución, nadie lo propuso para ningún puesto oficial y él tampoco lo solicitó. Parecía satisfecho con su nueva rutina de hombre jubilado. Se levantaba temprano, a eso de las cinco de la mañana, salía a caminar por las calles del barrio antes de que apagaran las luces de los faroles y volvía una hora después. Para entonces, doña Rosario ya le tenía servido su sango en el comedor:

empanadas de carne y café negro sin azúcar. Al principio comía con Shito, que se levantaba a las seis. Desayunaban solos: Tía Laura y las primitas se levantaban recién dos horas después y Tía Adela tenía un horario impredecible, que variaba según los humores en que la ponían los libros que tenía secuestrados la noche anterior y las ganas que tuviera de ver a gente: desde la partida sin regreso de Segundo, andaba medio huraña y alternaba periodos en que se dejaba y no se dejaba ver en el comedor.

El Tío sorbía sonoramente el café o le daba una centimétrica mordida a una empanada mientras leía los periódicos de Lima, desplegados de lado a lado de la mesa, y opinaba de vez en cuando sobre alguna noticia, siempre internacional. Los tejemanejes de Don Eleodoro Benel para conservar el control de la hacienda a pesar de los eventos de Llaucán lo tenían sin cuidado, pero también ignoró el vocerío público que se le opuso frontalmente. Que a Don Eleodoro se le rescindiera la concesión de la hacienda no le mereció el más mínimo comentario, pero tampoco las discusiones que llenaban las primeras planas de *El Ferrocarril*, en que se debatían las propuestas de la Asociación Pro-Indígena que proponían parcelar la hacienda y ofrecerla en venta a los arrendatarios y subarrendatarios. Fue indiferente al revuelo que ocasionó la invasión de la hacienda por trescientos chotanos armados con carabinas del Estado por los gobernadores de la hacienda para que los campesinos siguieran pagando el arrendamiento, ni dijo una sola palabra sobre las elecciones inminentes de abril de 1915, que eran pasto de conversación en todo Cajamarca.

Shito estaba fascinado escuchando sus peroratas enfebrecidas sobre algún incidente de la Gran Guerra que asolaba las Europas, el Asia y el África, que en boca del Tío se adentraban en laberintos en que Shito se perdía, en que no lograba encontrar el hilo de la madeja que le permitiría regresar al camino original de lo que estaban conversando. No le importaba. Pero el Tío se levantaba de pronto de la mesa, se iba directo a la letrina, donde se quedaba cada vez más largo rato, y subía al segundo piso, donde se pasaba todo el día en su escritorio o en la biblioteca, con orden de que nadie lo molestara.

Shito no se atrevía a tocarle la puerta. Era como si esas dos habitaciones de la casa hubieran sido clausuradas para él. Ya no tenía acceso a ellas. Después de la partida de Segundo le habían asignado su cuarto y nadie veía razón alguna para que conservara las llaves de las otras. No lo resintió. Lo consideró el precio natural de contar por primera vez en su vida con su propia habitación. Además, ya por entonces frecuentaba la bien surtida biblioteca del seminario de los franciscanos, en que solía pasar las tardes.

De vez en cuando, sin embargo, extrañaba el olor a papel húmedo y guardado, la visión de las paredes cubiertas de libros hasta el techo, el orden maniático de las armas en la pared, que le daban una extraña sensación de paz. A veces recordaba sin nostalgia las clases a Segundo. O más bien el tiempo de las clases a Segundo. Un tiempo más precario que este, en que Shito podía ser expectorado de la casa en cualquier momento. Un tiempo cerrado con candado y del que le habían arrebatado las llaves, pero al que no tenía intención de acceder de nuevo.

Uno de esos días el señor Capelli vino a visitar al Tío Belisario. Al abrirle la puerta, Shito reconoció de inmediato al hombre bien vestido de cuarenta años, alto, fornido y de rulos pelirrojos. Lo había visto despachando en la Casa Sattui, pero también en algunos eventos de la comunidad italiana de Cajamarca a las que Shito iba acompañando al Tío Belisario, en los tiempos ahora remotos en que todavía lo invitaban. Traía terciadas a la espalda dos bellísimas alforjas de cuero repujado, que le daban un vago aire a montonero.

El Tío se hizo negar. El señor Capelli insistió.

—Por la memoria de don Agostino —le mandó decir con Shito.

El Tío mismo fue a abrirle. Lo hizo pasar al vestíbulo.

—Hoy se cumplen veinte años desde que la Casa Sattui abrió sus puertas en Cajamarca. Yo me dije: ¿con quién los habría celebrado don Agostino?

De una de sus alforjas, el señor Capelli sacó un sacacorchos de metal labrado y dos copas de cristal de Bohemia. De la otra, una botella de vino tinto con el hermoso dibujo de una vid cuya parra formaba la V de «V Sattui Winery». Puso todo encima de la mesita redonda de mármol esmeralda, al lado del perchero.

—El muchacho es de la familia —dijo Don Belisario.

El señor Capelli pareció advertir recién la presencia de Shito.

—Por supuesto —dijo con una leve reverencia hacia Shito, quien sintió un estremecimiento: no tenía costumbre de que alguien tan elegante y bien plantado se dignara saludarlo.

El señor Capelli extrajo una copa más de su bolsa y la colocó en la mesita. Descorchó.

—Es de los viñedos de don Vittorio, el hermano de don Agostino, en Napa, California. Es de la cosecha de 1906. Muchas compañías que hacían vino en la región quedaron hechas ruinas por el terremoto y se fueron a la bancarrota, pero don Vittorio no se dio por vencido. Decidió seguir adelante, comenzar de nuevo. Yo estaba ahí. Laboraba en sus viñedos y lo vi todo con los míos ojos. Laboramos de sol a sol para rescatar la uva. La juntamos en un galpón improvisado que construimos para reemplazar a las bodegas destruidas. Pero don Vittorio no puso la cosecha a la venta. Nos regaló el vino a los trabajadores. Es para ustedes, nos dijo. Bébanlo en una ocasión que lo amerite.

El señor Capelli sirvió las tres copas con expresión concentrada, solemne. Le alcanzó una a Don Belisario y otra a Shito. Carraspeó.

—Permítame hacer el brindis, Don Belisario. Por los buenos amigos. Como decía don Agostino, *oggi a te, domani chi lo sa*. Hoy por ti, mañana quién sabe.

Bebieron. A Shito sus compañeros del San Ramón le habían hecho probar chicha en una de las chicherías malandras que pululaban por los extramuros de la ciudad, y le había caído tan mal que se había prometido a sí mismo no volver a tocar ningún brebaje con alcohol. Pero al invitado no podía despreciarle. El denso olor frutal trepó a sus sienes de inmediato y un súbito vahído lo hizo trastabillar. El novedoso sabor ácido y dulzón estalló en su lengua. Cerró instintivamente los ojos durante algunos segundos para recuperar el equilibrio. Al abrirlos se topó con un espectáculo obsceno. Don Belisario tenía un ataque de hipo, un hipo hondo y grotesco que duró solo unos instantes, pero que asustó a Shito hasta las entrañas: el coronel sobreviviente de San Juan y Chorrillos y vencedor de San Pablo había roto a llorar. La columna fundacional en que reposaba la casa familiar mostraba grietas profundas. Si se quebraba, la casa se iría abajo. Y Shito con ella.

—Cuénteme cómo lo conoció —dijo el Tío Belisario, secándose discretamente las lágrimas con los nudillos.

El señor Capelli —llámeme Carlo, o mejor, Carlos, por favor— debía su vida misma en Cajamarca al señor Sattui. Había llegado aquí en 1907 cuando don Agostino aceptó recibirlo. Los depósitos de la compañía de don Vittorio habían quedado completamente destruidos por el terremoto del año anterior, y después de embotellar la cosecha sobreviviente los trabajadores se quedaron sin empleo. Algunos se hicieron enganchar en las compañías mineras que aún sobrevivían después de la fiebre del oro. Otros se fueron a probar suerte como meseros o cocineros en los restaurantes italianos que brotaban como hongos en San Francisco. Los que tenían familia decidieron participar de cuerpo y alma en la reconstrucción de la empresa de don Vittorio, a quien le ofrecieron trabajar gratis hasta que la empresa se hubiera vuelto a levantar.

Carlo no podía darse ese lujo. Había nacido en Napa y crecido en San Francisco, pero había pasado su adolescencia y juventud en Turín, donde sus padres lo enviaron para que estudiara administración. Allí no solo se formó como contador. La curiosidad y las nuevas ideas lo habían ganado y tomó clases con el mismísimo Juan Bosco, un sacerdote que había revolucionado los métodos educativos y propugnaba el acceso de la educación a los más pobres, la única arma, para él, de que salieran de la pobreza de manera permanente. Coqueteó, además, con los seguidores de Garibaldi, quien había abogado por la necesidad de unificar en una sola nación a la fragmentada Italia. Cuando regresó a San Francisco, los roces con sus padres fueron inevitables. Eran católicos fervientes y les escandalizaban las ideas liberales que había adquirido en la Madre Patria su caro Carlo, quien incluso simpatizaba con el revoltoso nacionalista ateo que quería expropiarle sus propiedades a la Iglesia. Los roces llegaron a veces a las manos y terminaron con Carlo expulsado de su casa.

Por eso, cuando se quedó sin trabajo remunerado, Carlo, que era muy orgulloso, no acudió a su familia en busca de ayuda y decidió más bien estrechar la mano generosa que, desde América del Sur, le tendía el hermano de don Vittorio. Don Vittorio mismo le escribió la carta de recomendación, que aludía con encomio a su honestidad, su buen talante y sus estudios de contabilidad en Italia, en que había sacado las más altas calificaciones. Después de breves escalas en Tacna y en el puerto de Pacasmayo, Carlo tomó el tren que pasaba por la ruta comercial que iba desde Jequetepeque hasta Chilete, donde don Agostino mismo lo recibió en la estación, con un largo y sentido abrazo. Carlo le entregó el sobre sellado que contenía la carta de don Vittorio y su título de contador. Empezó a trabajar en Casa Sattui al día siguiente. Comenzó como dependiente hasta que, cuando se había familiarizado con el negocio, don Agostino le delegó también los libros de contabilidad.

—Como un año después de estar trabajando para don Agostino, encontré de casualidad en un cajón del mostrador el sobre que le di cuando llegué a Cajamarca. Seguía sin abrir.

Cuando a don Agostino le dio su primer ataque al corazón, en enero del año desgraciado de 1914, le pidió a don Carlos que, si algo le pasaba, se encargara de todos los negocios de la familia, incluyendo la hacienda de los Sattui en Ascope. Hasta que alguno de mis retoños esté en capacidad de tomar las riendas, le dijo. Le confió además el cuidado del bienestar de su primera y segunda esposas y de sus ocho hijos, que todavía eran pequeños. Poco antes de que le diera su segundo ataque, el definitivo, le pidió, además, que no descuidara los lazos de amistad que había tejido durante toda su vida en Cajamarca. Le habló largo y tendido del más caro amigo que había tenido desde que pisara la ciudad por primera vez. Un hombre noble con quien compartía ideas, pasiones y aficiones, que había estado a su lado en las buenas y en las malas, y a quien consideraba un miembro más de su familia. Prométeme, Carlo, que acudirás donde Don Belisario Ravines cuando te haga falta algo que no puedas conseguir solo. Prométeme por lo más sagrado que irás a verlo cuando él esté pasando por alguna necesidad.

Se detuvo. El Tío Belisario y el señor Capelli cruzaron miradas fugazmente. Don Carlos apuró despacio un trago de su copa vacía.

—Pues, yo estoy muy bien —dijo súbitamente el Tío, con el ceño adusto—. No necesito nada.

Se hizo un silencio incómodo.

—Disculpe, Don Belisario —dijo abruptamente el señor Capelli, con rubor en las mejillas—. Por supuesto que no. Usted no necesita nada. Disculpe la mía torpeza. Mil perdones. No quería ofenderlo.

—No me ofende. Yo solo pensaba que, inspirado por el espíritu de don Agostino, había venido a verme porque el que necesitaba ayuda era usted.

—¿Yo?

—Quién más. Con ese negocio boyante que tiene, pensé que necesitaba a su lado a un trabajador más. Alguien con buena cabeza. Tiene suerte. Justamente aquí —señaló a Shito— está la persona ideal para darle una mano. Eudocio estudió en el San Ramón, tiene excelente memoria y es bueno con los números.

El señor Capelli sonrió nerviosamente.

—No anda usted descaminado, Don Belisario. Nuestra clientela está creciendo. Pero justo acabo de contratar a un nuevo dependiente, el hijo de un paisano.

—Mejor. Cuatro ojos ven mejor que dos, dicen, ¿verdad?

—Pues sí, eso es lo que dicen. Pero...

—Nada de peros. Este vinito está bastante bien.

El Tío Belisario tomó la botella. Sirvió lentamente las tres copas. Entre las cejas del señor Capelli se iba formando una pequeña cornisa.

—Vamos, don Carlos. Dele una oportunidad a un joven inteligente y bien formado, pero sin fortuna. ¿O ya se olvidó la vaca de cuando fue ternera?

Apareció un nudo en la garganta del señor Capelli. El Tío Belisario chocó copas con él. Luego con Shito.

—Salud. Por don Agostino.

—Por don Agostino —dijo Shito.

Tío Belisario y Shito bebieron. El señor Capelli permaneció un buen rato en silencio.

—Don Juan Bosco tenía un dicho —dijo de pronto—. A un muchacho nunca des dinero, dale educación. Trabajar en Casa Sattui será para el joven mejor que sacarse la lotería —levantó su copa—. Por don Agostino. Y don Juan.

Bebió.

—Yo me porto como garante —dijo el Tío—. En la familia también tenemos un dicho. Trabajo dame, caridad jamás —se volvió a Shito. Lo miró con severa intensidad—. Yo voy a ir personalmente a la tienda todas las semanas para cerciorarme de que el muchacho cumpla con las expectativas del puesto. Y si no está a la altura, despídalo sin asco. Por mí no se preocupe, que no me voy a resentir —su mirada abarcó también al señor Capelli—. ¿Seco y volteado?

Todos bebieron hasta vaciar sus copas.

Shito empezó a trabajar en Casa Sattui el lunes siguiente. No tardó en aprender los vericuetos del trabajo del almacén, que se le hacía bastante fácil. Con cada nueva venta memorizaba dónde estaba cada producto y, por si acaso, también los precios y las unidades de medida, aunque estuvieran anunciados en los cartelitos o las etiquetas.

Congenió de inmediato con Benito, su nuevo compañero. Pero ¿quién no congeniaba con Benito? El hijo de don Emanuele Rossi era muy simpático y extrovertido y, aunque no tenía ni un mes despachando, se movía como pez en el agua con la clientela, compuesta de gentes que el Tío Belisario llamaba, con filo, la crema y nata de la sociedad cajamarquina.

—La crema y la nata son las partes de la leche que me caen pesadas. Antes me las comía, pero ahora me hacen vomitar.

Cuando un cliente posible entraba a la tienda, Benito lo abordaba de inmediato con un talante confianzudo que se acercaba peligrosamente al desparpajo. Aunque la dama vistiera visón y alhajas o el caballero llevara chistera, monóculo, chaleco y leontina de oro, los trataba de tú, lo que, para sorpresa de Shito, no los ofendía, más bien los divertía e incluso parecía halagarlos. Antes o después de resolver la compra, siempre de manera expeditiva, Benito les preguntaba con expresión de interés por la esposa, el marido, los hijos o la abuelita delicada de salud, y ellos le respondían, prodigándose en un rosario de detalles que Benito invocaba milagrosamente sin errores ni confusiones la siguiente vez que venían a la tienda. Cuando Shito trató de hacer lo mismo, se estrelló contra un mutismo desconfiado que conocía demasiado bien: quién se ha creído este renacuajo mostrenco para tutearme y meterse en mis intimidades. Con solo una mirada o un mohín, lo conminaban a centrarse en la transacción, aunque se tratara de una simple y llana baratija. Él callaba y despachaba soportando el silencio hostil, que se le hacía interminable, insoportable. Fue para llenarlo con algo que decir que empezó a informarse lo mejor que podía sobre cada producto, ya fuera leyendo el catálogo, la *Enciclopedia Espasa-Calpe* de la biblioteca de los franciscanos o preguntándole directamente al señor Capelli, que estaba haciendo cuentas o leyendo en la oficina, y se preciaba de conocer lo que vendía. En sus nuevas interacciones con los clientes les soltaba como quien no quería la cosa algún dato, siempre rebuscado, sobre el origen, la procedencia o la historia del producto, que acompañaba con una descripción de sus características más saltantes y menos visibles, presentadas a la mejor luz posible. En un principio los clientes se quedaban observándolo como quien ve caer una pera de un olmo muy despacio, pero no lo interrumpían. Al poco tiempo empezaban a tratarlo distinto, con la atención y el respeto que reservaban a los adultos. A los adultos con conocimiento. Con tamaño. Con autoridad.

—Tienes labia —dijo Benito, que fue testigo del cambio de trato—. Úsala.

Shito comenzó a darles a los clientes recomendaciones de qué otros productos o aditamentos comprar, muchos de los cuales se encontraban, qué casualidad, en el catálogo de Casa Sattui, la tienda mejor surtida de Cajamarca, donde justamente estaban de oferta ahora mismo, aproveche. Sus ventas subieron considerablemente. Los clientes le hacían caso, con una dócil credulidad que a Shito nunca terminaba de sorprender y albergaba un potencial enorme.

Un día entró a la tienda don Jaime Chávarry, el dueño del bar de la plaza, antiguo habitué de las verbenas en casa del Tío y uno de los primeros que le dio la espalda cuando las papas empezaron a quemar. No reconoció —¿o no quiso reconocer?— en el nuevo vendedor canijo y con mandil que despachaba en Casa Sattui al mocoso que, años ha, recitaba como una cotorra capítulos enteros de la Biblia en la terraza del patio del coronel. Don Jaime había venido solo por un carrete de tinta para su máquina registradora del bar, pero terminó comprando una flamantísima máquina Olivetti, la más cara del catálogo pero tan eficiente, original y novedosa —le aseguró el dependiente— que estaba revolucionando las contadurías y los grandes almacenes en toda Europa.

—Bravo —dijo aplaudiendo un sonriente Benito, cuando don Jaime salió de la tienda. Le hizo una reverencia—. Bravísimo.

Una vez por semana, el Tío pasaba por Casa Sattui. Llegaba poco antes del mediodía y esperaba hojeando alguno de los gigantescos catálogos que reposaban en los atriles de la mesa esquinada en que los clientes mataban el tiempo, esperando sus pedidos. Cuando el reloj de pared daba las doce campanadas, el señor Capelli cerraba la tienda para el almuerzo y mandaba a Benito a su casa. El Tío le preguntaba cómo se iba portando Shito, y don Carlos respondía siempre sin escatimar elogios: no tenía queja alguna del muchacho, que había resultado no solo buen despachador sino también un excelente vendedor, y enseguida empezaba a contarle la última proeza de ventas del sobrino. No había juntado una decena de frases cuando el Tío lo interrumpía para recordarle que doña Orfelinda, la esposa cajamarquina del italiano, ya debía estar aguardándolos con la comida lista. Antes de salir de la tienda, el Tío se acercaba a Shito, le daba unas palmaditas en la espalda y le alcanzaba discretamente unos cobres.

—Para tu merienda.

A Shito le ardían las orejas y se le hundía la mirada en algún punto agrietado del suelo. No solo porque ya contaba con el salario suficiente para pagarse sus propios almuerzos. Mientras se dirigía a alguna de las fondas alrededor de la Plaza de Armas, ordenaba y comía, trataba de concentrarse con todas sus fuerzas en las peripecias de Julián Sorel, Andrés Bolkonski o quien fuera el protagonista de la novela que había sacado de la misteriosamente bien surtida biblioteca de los franciscanos, y que abría frente a sí. No con demasiada esperanza: la memoria de los actos ajenos, por más que provinieran de personajes memorables, no podía competir con la de los propios, que lo chamuscaban con su fuego sordo y continuo. Shito, que ya era descreído, mascullaba sin embargo una letanía protectora, evocando, como amuletos contra la tentación, la templanza de los mártires del cristianismo, y se figuraba a sí mismo bebiendo plomo hirviendo, enfrentándose a los leones, caminando sobre brasas ardientes o dejándose asaetar por flechas de punta salada mientras musitaba conjuros para contrarrestar la acometida del Maligno, de cuya existencia seguía sin tener la más mínima duda. Todo era inútil. Tarde o temprano los encontrones regresaban a su piel, vívidos, y la erizaban, sumiéndolo en la misma abrumadora confusión de cuando habían tenido lugar.

Habían empezado hacía algunos meses y al comienzo Shito no sabía bien qué pensar de los pellizcones en las nalgas que Tía Adela le endilgaba cuando se cruzaban en el pasillo después de almorzar —ella almorzaba temprano— y no había nadie a la vista: el Tío andaba encerrado en la biblioteca, doña Rosario se había ido a la cocina a lavar los platos, las primitas estaban en el colegio y Tía Laura andaba en sus afanes de siempre en la iglesia.

No es que los pellizcones le dolieran, pero le jodía que, siendo ya un manganzón hecho y derecho de casi diecinueve años, Tía Adela aún siguiera tratándolo como a un niño malcriado que se acababa de portar mal. Trataba de evitarla, pero era imposible. Siempre se topaba con ella, que parecía estar al acecho, ya no solo en el pasillo sino también en el corredor principal. Y entonces los pellizcones ya no eran solamente en las nalgas sino también en las tetillas, lo que a Shito lo dejaba con una difusa sensación de desconcierto y asco. Un asco extraño que lo envolvía hasta dejarlo en un estado de desazón que por la noche lo encendía y lo hacía hervir, impeliéndolo a frotarse las vergüenzas dentro del calcetín rojo que le habían tejido las primitas por Navidad.

Dos días antes de la visita del señor Capelli, a la hora de almorzar de Tía Adela, Shito se dejó ver por el pasillo que unía la cocina y el comedor, usualmente desértico a esas horas. Ella lo vio y caminó sin prisa hacia él. Esta vez Shito no hizo el menor intento de escabullirse. Sin decir nada, la Tía le metió la mano por debajo de la camisa, la deslizó por su pecho y le pellizcó suavemente las tetillas, que se estremecieron mientras un latigazo frío le atravesaba la espalda de arriba abajo.

—Espérame arriba —le susurró al oído.

Shito subió los peldaños de las escaleras de dos en dos, pero amortiguando su peso para que no crujieran. Fue a la habitación esquinada que antes fuera de Segundo y ahora le pertenecía. Se sentó en la cama. Esperó con los latidos golpeándole la boca, con las bocanadas de aire inflando el pecho que no lograba contenerlas. Pasaron cinco minutos: nada. Maldijo. Se levantó, fue a la puerta y la abrió. Echó un vistazo al vestíbulo del primer piso.

—¿Tía?

Nadie. Volvió a su habitación, que empezó a recorrer rascando y bufando de un lado a otro como un torito de lidia antes de salir al ruedo. ¿Había oído lo que había oído porque lo deseaba oír o todo había sido una broma de la Tía, que siempre encontraba maneras retorcidas de hacer chanza de la gente?

Unas ligeras pataditas hicieron temblar la parte inferior de la puerta. Fue a abrirla de un salto. Tía Adela tenía las manos ocupadas con la bandeja ancha en que doña Rosario le dejaba al Tío la merienda al borde de la puerta de la biblioteca, y que ahora portaba una palangana llena de agua humeante, dos pomitos y una barra de jabón.

—Siéntate.

Shito se sentó en el lado diestro del camastro, el que prefería para iniciar la jornada: para que nada malo te ocurra en este día, levántate siempre con el pie derecho. Tía Adela colocó la palangana entre los dos pies de Shito. Empezó a desabotonarle la camisa. Shito quiso tomarle el relevo, pero ella no lo dejó y, terminada la tarea, ella misma se la quitó. Destapó uno de los pomitos, que decía «trementina» en aplicada letra manuscrita. Embadurnó las yemas de sus dedos índice y cordial y colocó una buena porción de pomada en el esternón. La esparció con las palmas de las manos por el pecho y la espalda, friccionándolos con vigor. Destapó el otro pomito, del que Shito no alcanzaba a leer el nombre —los senos de Tía Adela se lo impedían—, y repitió la frotación. Shito reconoció el olor del árnica. Sintió una vaharada de calor suave, relajante, que lo devolvió a los tiempos de su niñez en que se caía o daba un golpe. Se detuvo a observar a Tía Adela, que había dejado de friccionar, se había quedado inmóvil y aspiraba y exhalaba profundamente, como si de pronto le faltara el aire, con los ojos cerrados. ¿Le había dado un soponcio? ¿Se había arrepentido de todo y quería dar marcha atrás?

De pronto, la Tía abrió los ojos, grandes y vidriosos, orillados de dos zanjas profundas, y que ahora rodeaban los hilos de vapor que, como jirones de gasas transparentes, ascendían de la jofaina. Shito vio en la mueca triste que se había formado en ese rostro supuestamente familiar una sombría belleza, rezago de la que había trastornado en su tiempo a los señores importantes de su edad, y que lo atravesó como un chicotazo. Aquellos ojos miraban los suyos como buscando en el fondo de ellos a otra persona, extraviada en su interior. Tía Adela suspiró y posó la vista en el suelo: parecía decepcionada. Al cabo de un rato la levantó de nuevo, bañadas las mejillas en una especie de sudor lustroso. ¿Lloraba? Sin mediar respiro, la Tía se alzó hasta que su frente estuvo a la altura de la nariz de Shito y le besó la barbilla. Le apartó los tirantes a uno y otro lado, rozó con sus labios el pecho y el ombligo. Se detuvo al llegar al plexo. Le desabotonó los ojales del pantalón para bajarle mejor las calzas, que cayeron derretidas en el suelo. Haciendo pocillo con las manos, tomó un poco de agua de la palangana, la vertió en las vergüenzas, aún tímidas, y empezó a lavárselas. De cuando en cuando las sobaba con la barra de jabón de glicerina, espumándolas. Las manos se deslizaban por el pellejo de la cría arisca, que no quería dejarse atrapar. Se detuvieron: la cría, acariciada a pelo y contrapelo con destreza, crecía a toda prisa y llegaba sin demora a su máxima adultez.

—No te va a doler.

La enjuagó. Le lamió el ápice con la punta de la lengua. Jugueteó con la cría, como un predador con su presa hipnotizada. Shito dejó escapar un gemido. La boca, surcada de estrías encima de su borde superior, succionaba suave y rítmicamente sin nunca ir más allá de la mitad, como respetando una frontera invisible que, sin embargo, no detenía las olas que se formaban lentamente en su vientre. Las olas se hicieron más altas cuando la boca, de pronto, empezó a cruzar el límite, abarcando más y más superficie en cada chupada, a medida que sus movimientos se fueron haciendo concéntricos. El placer, el más grande que había sentido jamás, lo metía y lo sacaba de su cuerpo al mismo tiempo, al mismo ritmo. Al cabo de ¿segundos?, ¿horas?, ¿años?, la boca ya cubría y descubría a la cría por completo, absorbiéndola, casi masticándola, con una firme delicadeza que no le hacía daño y más bien convocaba aún más la ola que, entre flujos y reflujos, fue ascendiendo a toda velocidad hasta llegar a una altura dolorosa desde la que vio, como un fogonazo, todo un horizonte de sensaciones nuevas del que descendió brusca, verticalmente entre espasmos, antes de estallar con todas sus espumas en la orilla, que le arrancó un prolongado gemido.

El escueto crujido de la puerta cerrándose no lo distrajo. El viento estacional solía hacerle esas pasadas, remeciendo puertas y ventanas, haciendo bailar a su antojo a las bisagras y forzando a Tía Laura y a las primitas a persignarse: en casa penaban almas descarriadas. Pero mientras Tía Adela se lavaba las manos en el agua de la palangana lamiéndose las comisuras agrietadas y él se subía las calzas sin mirarla, Shito reconoció las zancadas que regresaban discretamente por el pasillo, abrían con una llave la puerta de la biblioteca y la cerraban con candado desde adentro.

IX

Cuando Shito cumplió tres meses trabajando, el señor Capelli lo invitó a que viniera a almorzar a su hogar con el Tío, que justo ese día venía a visitar la tienda.

—Ya eres de la casa.

Shito se sintió honrado de que lo invitaran, pero, la verdad fuera dicha, maldijo entre dientes las tres cuadras que separaban a Casa Sattui del caserón de don Carlos, el más hermoso y bien plantado del vecindario. Nadie los saludaba, algunos transeúntes incluso se pasaban a la acera apisonada de enfrente para no tener que cruzarse con ellos. O más bien, para no tener que cruzarse con el Tío Belisario, a quien la calle seguía tratando como a un apestado. Al señor Capelli parecía resbalarle. Cuando doblaron una esquina, se toparon con un cliente habitual de Casa Sattui, que le hizo una amplísima venia, haciendo aspavientos de que estaba dirigida solo a él. Don Carlos lo ignoró. Él y el Tío Belisario continuaron su camino con el porte erguido, dando sus grandes pero parsimoniosas zancadas, que a Shito, canijo como era, le costó seguir.

Doña Orfelinda los recibió con amabilidad en la casa de dos pisos, encalada y pintada con primor. Los guio por el amplio vestíbulo en semicírculo de losetas blancas y negras. Adosadas a las paredes, una ronda de estatuas de mármol que imitaban a esculturas griegas les dio la bienvenida. Exactamente a la mitad se abría un estrecho sendero de piedras lisas que daba a un patio rectangular rodeado de macetas con helechos bien cuidados. Cruzaron el patio e ingresaron al comedor, de techo tan alto que parecía construido para gigantes y del que pendía una enorme araña de cristal. En las paredes, de color ocre, colgaban retratos hechos en acuarela con mucho celeste, rosado y anaranjado. Shito solo reconoció el de Garibaldi (quien, decía algún artículo que leyó en los periódicos, antes de las aventuras revolucionarias que lo hicieron célebre, era un marino mercante que se ganaba la vida llevando culíes al Perú y recogiendo caca de pájaro de las islas guaneras de las costas peruanas). En el medio del comedor, yacía una mesa de caoba maciza, cubierta por un mantel crema con bordados de encaje y servilletas del mismo color. La rodeaban doce sillas de madera labrada con motivos arabescos. Tenían espalda acolchada de cuero tan elevada que parecían tronos. Cuatro tenían cubiertos, perfectamente perpendiculares a la orilla de la mesa.

Se sentaron: don Carlos a la cabeza, su señora a la derecha y el Tío a su izquierda. A Shito le tocó la silla a la izquierda del Tío. Doña Orfelinda rezó una plegaria a la que nadie hizo eco, pero que todos respetaron.

—Sírvanse a su gusto —dijo, señalando la enorme fuente de tallarines en el centro de la mesa.

La que sirvió, sin embargo, fue una indiecita muy joven, que entró furtivamente desde la cocina pasando por un tabique giratorio. Con un trinche en miniatura ensartaba ovillos de pasta que iba colocando hábilmente en el plato de cada comensal hasta que él o ella le mostrara la palma de la mano, indicando que era suficiente. Comieron en silencio, rociando de cuando en cuando sus porciones con la salsa de hongos de las jarritas de cerámica estampada que descansaban enfrente de cada plato. Tenían motivos campestres seguramente italianos, que transportaron a Shito a una Italia bucólica e intemporal que era el tema de muchos grabados que se vendían con éxito en Casa Sattui.

El Tío terminó en un santiamén: se había hecho servir apenas un ovillo, del cual no había dejado ni siquiera un fideo. Mientras los demás seguían comiendo, sacó el lápiz y la libreta que siempre tenía a mano en el bolsillo del uniforme y se puso a dibujar. El carboncillo rasgando la hoja de papel jugaba sin querer con el ruido de los cubiertos chocando alevosamente contra la vajilla. Al cabo de un rato, empezó a surgir una forma definida pero que Shito no lograba identificar: la de un hombre con caparazón de escarabajo y ojos y trompa de mosca. Quedarse callado lo protegía del ridículo, pero más pudo la curiosidad.

—¿Qué es, Tío? —preguntó tímidamente.

—Un arma nueva de cobardes que ahora usan en la gran conflagración universal.

El Tío describió fríamente cómo funcionaba el arma novedosa, que lanzaba llamas al enemigo a la distancia para evitar el combate cuerpo a cuerpo, a bayoneta limpia, como los hombres. Shito lo había visto mencionado en letra de molde en los informes de la Gran Guerra de *El Comercio*, pero nunca dibujado.

—Es imposible reconocer a los cadáveres de las víctimas. Quedan completamente carbonizados. También darles honrosa sepultura. Casi siempre mueren pegados unos a otros y no se puede separarlos.

—¿Alguien quiere hierbaluisa?

El Tío Belisario no oyó a doña Orfelinda, o no le hizo caso. La escala de la matanza que ocurría en la Gran Guerra no tenía precedentes y en ella usaban todo un nuevo arsenal de armas inventadas por orates que parecían disfrutar el ensañamiento con el enemigo. Los gases tóxicos atacaban al soldado con insidiosa perfidia. Muchas veces el soldado ni siquiera tenía tiempo de enterarse de que había sido atacado y, cuando sonaban las alarmas anunciando la presencia de las emanaciones, ya era demasiado tarde para ponerse la máscara de protección —dio un breve vistazo al dibujo en su libreta— y el desgraciado moría ahogado en su propio vómito.

Lo que el Tío contaba no era nuevo para Shito, que leía los reportes cotidianos sobre la guerra de guerras. Pero en los labios ofuscados del Tío el conflicto adquiría una cercanía peligrosa. Como si la gran conflagración estuviera teniendo lugar en las sierras de al lado y no a miles de kilómetros de distancia, en países que no por mentados en las noticias dejaban de ser irreales. Como si los que peleaban en ella no fueran extranjeros anónimos sino montoneros conocidos suyos.

Los obuses eran vomitados por cañones descomunales por días enteros, despedazando al enemigo, si antes no lo volvía sordo o loco. El Tío enumeró los diferentes tipos de granadas de fragmentación que, no contentas con acabar con la vida de las personas en el sitio en que estallaban, arrojaban esquirlas giratorias que trozaban la carne y el hueso a su paso, a veces a cientos de metros de distancia, no solo matando sino también lisiando y mutilando. Habló de las ametralladoras de nuevo tipo, que mataban en menos de un minuto de refriega más enemigos que un destacamento de valientes con buena puntería en toda una batalla, y podían ser manipuladas por un tunante cualquiera con los ojos vendados.

—En la batalla de San Juan de Miraflores tuvimos nueve de esas. Pero todavía estaban en estado primitivo y se atascaban todo el tiempo. Igual evitábamos usarlas porque nos parecían armas deshonrosas.

Pidió una taza de café.

Doña Orfelinda le hizo señas discretas al señor Capelli. Este no se dio cuenta, o se hizo el desentendido.

—¿No querrá una hierbaluisita más bien, coronel?

—No, Orfelinda. Café negro como la noche, si me hace el favor. Si no, no es café —en el rostro de doña Orfelinda apareció una expresión de alarma—. No se apene, Orfelinda. Lo de la vez pasada no fue el café. Fue la leche cortada que había tomado en el desayuno.

Doña Orfelinda suspiró.

—Grimanesa, ya escuchaste —dijo en voz alta—. Un café bien negro para el coronel.

Que no lo malentendieran, continuó el Tío. Él no era un enemigo de lo nuevo. Alabó la belleza de los aeroplanos, esas libélulas gigantescas que parecían venidas de tiempos del origen y que deseaba ver en acción con sus propios ojos. De los zepelines, esos supraglobos que navegaban por el aire como enormes lenguados en el agua, e incluso de los submarinos, esos extraños artefactos que había visto en dibujos de *El Comercio* y le intrigaban muchísimo (¿cómo hacían sus tripulantes para respirar?). Lamentaba, eso sí, la ausencia de la caballería después de un inicio en que había sido inocente carne de cañón, pero comprendía que la nobleza del caballo había dejado de ser relevante en las guerras del nuevo siglo. Sin embargo, no podía entender la terca insistencia de los generales en mandar construir trincheras profundas, que condenaban al soldado a pasar la mayor parte del tiempo cavándolas, acondicionándolas para volverlas habitables, y luego manteniéndolas en buen estado, mientras esperaban el siguiente pitazo para salir a atacar o defender.

—Eso va en contra de la moral del combatiente. Lo sabe cualquier militar con o sin galones y dos dedos de frente, que son los que faltan por esos lares. La trinchera nunca debe ser honda. Nunca debe ser, con perdón —hizo una leve venia a doña Orfelinda—, como el vientre protector de una madre. O más bien sí. Porque uno debe salir de ahí para no regresar jamás.

Grimanesa entró con una bandeja con una jarrita de vidrio llena de café humeante y un tazón de porcelana sin asas encima de un platito, un azucarero de latón esmaltado y una cucharita de plata. Las facciones del Tío se iluminaron.

—Yo me sirvo.

Puso tres cucharaditas de azúcar, que hicieron montar el líquido hasta los bordes. Removió con la cucharita muy despacio: ninguna gota se desbordó en el platito. Alzó el tazón con las dos manos. Cerró los ojos y bebió, evocando fugazmente la expresión de Tía Adela ante la palangana durante su último encontrón, que Shito trató de apartar de su memoria, sin éxito.

—Al café negro le debo el único amigo que me queda —dijo el Tío Belisario, volviéndose hacia don Carlos, quien bajó la mirada—. Y la amistad más grande que tuve.

Corría el año de nuestro Señor de 1896. El coronel estaba de vuelta en Cajamarca después de haberse pasado un año peleando en las montoneras, y le costaba acostumbrarse de nuevo a la vida de civil. No podía estarse quieto y no le iba quedarse en el caserón con las mujeres, pero tampoco irse de chichas, como muchos que habían regresado de las montoneras con sus pocas luces trastornadas. Un día oyó que la antigua casa comercial mayorista de don Ítalo Bonaspetti había sido traspasada a un nuevo dueño, que entre sus gracias les servía café negro a los clientes. Fue a verla, entre deseoso de salir de sus predios y airearse un poco, ganoso de probar el café, del que hablaban maravillas, y curioso de conocer al nuevo propietario, del que todos decían que era un hombre simpático. Cuando llegó era muy temprano en la mañana y solo había una clienta, atendida por un gordito con mandil. Tenía mediana altura, ojos negros vivarachos, pelo negro azabache con entradas profundas, y rulos rebeldes y plateados en las patillas espesas, que parecían laciarse cada vez que el hombre sonreía, lo que era todo el tiempo.

El señor Capelli asintió con melancolía. El Tío bebió un largo sorbo de café.

El nuevo dueño de la tienda tenía una barriga prominente, en que tamborileaba con las manos cuando la clienta le hablaba. El coronel notó que había pintado el local y renovado el mobiliario. Había puesto además la larguísima mesa de roble pegada a la pared que da a las ventanas, y que por entonces no tenía tres sillas labradas y tres atriles de madera, como ahora, sino una sola, bien iluminada con un farol, eso sí, y con un libro enorme abierto enfrente. Por hacer algo mientras esperaba a ser atendido, se sentó en una de las sillas, abrió el libro y hojeó sus páginas. Era un catálogo. Por aquellos tiempos ya eran populares en las casas comerciales de Lima, pero recién llegaban a Cajamarca, donde eran toda una novedad, y la gente hacía cola para leer y fingir que comprendía las descripciones de los productos, que estaban en inglés, italiano y alemán. ¿No deseas cafecito?, lo tuteó el gordito cuando la clienta salió de la tienda, y le llamó la atención: Don Belisario no recordaba la última vez en que alguien lo había tuteado y menos en una potente voz de barítono. No se hizo de rogar y le aceptó. Mi nombre es Agostino Sattui, para servirte. No, no te levantes, sigue leyendo tranquilo. Y el gordito se puso a moler el café en un aparatito que parecía un tajador gigante. Esto ya no es una pulpería, ya no vendemos solo productos al por mayor, me dijo. Ahora también aceptamos encargos y hacemos pedidos individuales de las más grandes tiendas comerciales del mundo. ¡Cajamarca no tiene nada que envidiar a las ciudades más importantes de Europa! Y llenó de café molido la vasijita de una bellísima cafetera de metal que parecía una fortaleza de juguete, puso agua en la parte inferior del cilindro y la encendió en una hornillita, detrás del mostrador. Solo pedimos el pago anticipado del veinticinco por ciento del importe del producto a cuenta de la compra. Y el producto que encargues te llega entre cuatro y seis semanas después de que lo pediste. Si se demora más... (el Tío y el señor Capelli hablaron al unísono) ¡te devuelvo tu plata!

Rieron a carcajada limpia. El Tío bebió un sorbo de su café.

Le preguntó cómo así había recalado en esta tierra perdida del Señor. Vine huyendo de Chile, respondió don Agostino. Había estado viviendo varios años en Tacna, donde trabajaba para una flota comercial de unos compatriotas suyos, que transportaba carnes y aguardientes entre Iquique y Arica. Después de la batalla del Alto de la Alianza, las tropas chilenas invadieron y saquearon la ciudad. Don Raffaele Rossi, su vecino, protestó airadamente cuando entraron a su pulpería y lo asesinaron sin pestañear. Cuando don Agostino fue a presentar la denuncia a nombre de la familia, casi lo detienen y meten preso. Ahí decidí emigrar, me dijo. Pero no se fue a Italia, como los dueños de la flota, que decidieron regresar a su país hasta que las cosas se calmaran, sino a Cajamarca donde, le dijeron, vivían varios familiares ya instalados. Fue en ese momento, el Tío lo recordaba como si fuera ayer mismito, que sonó el pitido de su cafetera italiana, que era como el de un trencito de vapor en miniatura que parecía celebrar el acontecimiento. Y los dos nos reímos. ¿Azúcar?, preguntó don Agostino. No, gracias, le respondió el Tío. Y el aroma del café fresco empezó a pasearse por toda la tienda. Y le sirvió (el Tío hizo una leve venia dirigida a doña Orfelinda), sin ofender a la dueña de la casa, el mejor café que él había probado jamás, aunque este (señaló la taza con la nariz) se defendía bastante bien. Don Agostino observó con atención el uniforme del coronel mientras colocaba uno por uno los terrones de azúcar en la taza, e indicó con un gesto vago las medallas que el Tío llevaba en la solapa. ¿Eres soldado?, le preguntó.

—La verdad sea dicha, me hizo mucha gracia encontrarme con alguien que no sabía quién era yo —su tono, burlón, alojaba un resabio ácido y amargo que se fue acentuando conforme enumeraba—. El héroe de las batallas de San Juan y Miraflores. El prohombre victorioso de la batalla de San Pablo en Cajamarca. El honorable prefecto de Amazonas. El valiente montonero que desalojó de palacio al usurpador Andrés Avelino Cáceres y fue premiado por eso por el nuevo gobierno con la prefectura de Cajamarca...

Vació de un último sorbo su taza de café.

—Peleé en la guerra con Chile, le dije. Di todo lo que pude en tres batallas. En una de ellas logré vindicar el pabellón nacional del ultraje que recibió por obra del invasor. En otra perdí a un hijo de mi padre y de mi madre. Pero cuando fue claro que la desidia de un gran número de mis compatriotas de alma blanda no nos permitía continuar con la lucha y solo prolongaba una agonía innecesaria, estuve de acuerdo con la capitulación, que apoyé y defendí. La derrota es preferible a la resistencia irracional que algunos realizaron, poniendo su soberbia por encima del interés de la Nación, como el usurpador que luego se convertiría en presidente. Cuando son los inocentes los que pagan el precio, el que se rinde es más corajudo que el que sigue en la brega. Las heridas de un pueblo solo cicatrizan con la paz, ¿sabe usted? Una paz que a veces cuesta carísimo, pero que no por eso debemos perturbar. Una paz en que hay que meditar sobre los errores del pasado para no volverlos a cometer. Y pedir perdón —tragó saliva—. Pedir disculpas al que quiera escucharlas. Solo en paz avanzan los pueblos. Solo en paz se encuentran a sí mismos, se perdonan y son perdonados.

—Coronel, ¿se siente bien?

—No es nada, muchacho.

Pero el rictus se le había congelado en las comisuras, mientras la mano derecha se deslizaba lentamente a la altura del estómago. El señor Capelli se levantó súbitamente de su silla. Hizo el gesto de querer acercarse al Tío Belisario, pero este lo disuadió con un ademán suave pero conminatorio. Trató de alcanzar la libreta, que seguía abierta en la página del dibujo del hombre insecto y su lanzallamas, que apuntaba hacia el pecho del Tío. El movimiento lo dobló en dos, formando en su rostro un gesto ahora sí inocultable de dolor.

—¡Grimanesa! —gritó doña Orfelinda.

Grimanesa entró a toda prisa con una bacinica de plata. El señor Capelli la tomó velozmente y la escondió detrás de su pierna derecha. La indiecita se fue corriendo a la cocina.

—Venga conmigo.

Ayudó al Tío, súbitamente pálido, a incorporarse. Juntos salieron del comedor en dirección a un pasillo enlosetado que daba al interior de la casa, el Tío apoyándose en el hombro del señor Capelli.

—Yo le dije —dijo doña Orfelinda en voz baja, en tono de reproche—. Le dije y le repetí.

Pareció recordar de pronto la presencia de Shito. Una sonrisa postiza se alojó de inmediato en su rostro.

—¿Todo bien?

—Sí, doña Orfelinda.

—¿Estás contento con el trabajo?

—Sí, doña Orfelinda.

—Qué bien. Carlos está muy contento contigo.

—Gracias, doña Orfelinda.

Doña Orfelinda cabeceó, con la mirada distraída. Se produjo un largo silencio. La sonrisa desapareció como por encanto.

—¿Sabes si ya ha ido al doctor?

—¿Quién?

—El coronel.

—Sí... No... No sé, doña Orfelinda.

—Ah. ¿Y no sabes si ha tenido algún otro... incidente?

—¿Incidente? No. No creo. No sé.

Doña Orfelinda contempló a Shito como a alguien que hubiera permanecido largo rato en la luna de Paita y, a decir de la mirada, donde seguía residiendo. La falsa sonrisa volvió fugazmente, con los dientes más apretados que nunca, para esfumarse de nuevo. ¿De qué incidente hablaba? No tenía la menor idea. Al Tío ya solo lo veía durante sus fugaces apariciones en la tienda una vez por semana, en las que se iba de inmediato a almorzar con el señor Capelli. Al comedor ya no bajaba ni siquiera para desayunar. Se hacía subir el sango a la biblioteca y ahí se quedaba todo el santo día. Shito partía de la casa al trabajo sin despedirse de él y el Tío no parecía resentirlo. Después de la merienda matutina, iba a Casa Sattui, trabajaba de sol a sol y almorzaba en alguna de las fondas alrededor de la plaza. Por las tardes pasaba el poco tiempo libre que le quedaba en la biblioteca de los franciscanos. O con Cuchita, la chica con cara de vaca y cuerpo escultural que venía a la tienda a visitarlo desde hacía dos semanas, y con quien empezaban a salir.

La arcada que le vino fue tan violenta que no pudo disimular. Dio un vistazo ladeado a doña Orfelinda para ver si ella había olido lo mismo que él. Ella miró de reojo hacia la cocina, luego hacia Shito. Asomó otra vez su escueta sonrisa falsa de dientes apretados. Con disimulo, se levantó suavemente de la mesa. Fue de puntillas hacia la puerta por la que habían salido el señor Capelli y el Tío Belisario, que estaba abierta. La cerró.

Demasiado tarde: el ataque había empezado sin avisar. Una fetidez de cloaca primigenia, de excremento original extraído de lo más profundo de las entrañas de la Tierra ya marcaba territorio por el pasillo, señoreaba en el comedor, penetraba con saña todo intersticio que se le pusiera delante, asfixiando a todo ser viviente de la casa.

Shito miró fugazmente la máscara de protección que yacía dibujada en la página abierta en medio del mantel, que no había logrado ponerse a tiempo y sin la cual moriría ahogado entre espumarajos, asesinado por la pestilencia que un universo enemigo y sin dios desplegaba sin asco contra él.

—Señor Capelli, dichosos los ojos —saludó Tía Adela con ostensible coquetería—. ¿A qué debemos el gusto de tenerlo por acá?

Ella misma debió de haberse respondido: la cara se le desencajó apenas vio al Tío, que no podía esconder la cara de vergüenza.

—Don Carlos ha tenido la gentileza de acompañarnos

—dijo el Tío—. No ha querido que nos dejemos llevar por las tentaciones del camino y nos perdamos por ahí.

La sonrisa trató de ser campechana; el tono de voz, jovial. Pero Tía Adela no se chupaba el dedo.

—¿Qué te cayó mal ahora?

—Creo que fue el café negro, Doña Adela —terció el señor Capelli con expresión contrita.

—¡¿Café?! —se llevó las manos a los rulos canosos de la nuca, como si fuera a arrancárselos—. ¡¿Después de lo que te dijo el doctor Colina?!

—Los médicos no saben nada de los hombres de montonera —el Tío alzó la voz, ronca de súbito—. Yo siempre he ancheado de todo. Hasta piedras he comido y no me ha pasado nada.

—Fue la mía culpa —dijo el señor Capelli—. Le he insistido y el coronel, que es un caballero, no ha querido despreciarme.

—Don Carlos. No lo cubra, que a mi hermano lo conozco como si lo hubiera parido y sé por dónde le pican los desmanes —al Tío—. ¿Y? ¿Cómo te ha salido la caca? ¿Con sangre de nuevo?

Un rubor atravesó el rostro del Tío como un latigazo, rejuveneciéndolo.

—Adela. Por favor.

—¿Por favor qué? El señor Capelli es de confianza. ¿O no, don Carlos?

—Me honra usted, Doña Adela —buscó un lugar incierto en el suelo: trágame, tierra—. *Ma* no quisiera incomodar con mi presencia. Además, tengo que retornar para abrir la tienda. Si me permite, yo me retiro.

—No se vaya —la garra, de un ave de presa, se prendió de la manga del sobretodo—. Usted es el único amigo que le queda. Lo sabe ¿verdad? Todos los demás lo han abandonado.

—Adela, estás importunando a la visita.

—Don Carlos no es visita. Es familia. ¿O no, señor Capelli?

—Yo...

—Háblele, que a usted sí le escucha. No está siguiendo la dieta que le ordenó el doctor. No está yendo a sus citas para ver cómo avanza la dolencia. Porque tiene una dolencia y no lo quiere reconocer.

—¡Adela!

—Y no sale a ninguna parte. Además de las salidas a su tienda para almorzar con usted y su señora esposa, se queda encerrado en la biblioteca o su escritorio. Ni siquiera baja al comedor para merendar como la gente. Manda a que le suban la comida y se la pasa el día leyendo periódicos o rumiando el pasado —al Tío—. Aunque el pasado sea el pasado y nadie pueda cambiarlo.

—¡Suficiente! —al señor Capelli—. Muchas gracias por la escolta, don Carlos, pero no debió haberse molestado.

—No diga eso. Aquí estamos para servirle, coronel.

—Permítame que lo acompañe a la puerta.

—Me honra usted.

—Hasta el próximo miércoles.

—Hasta el miércoles, coronel.

—A las doce, como siempre.

—Como siempre.

Shito miró de reojo a Tía Adela, aprovechando que todos estaban distraídos, para robarle aunque fuera un cruce de miradas. Ella no le hizo caso. Más bien veía (¿o fingía ver?) a través de él hacia el portón con expresión preocupada, como si Shito fuera transparente. Desde que Shito había empezado a trabajar en Casa Sattui y ya no venía a almorzar a la casa, no solo los encontrones habían cesado; era como si para ella él hubiera dejado de existir. Shito, que no sabía resistirse a sus embates de antes, recibió con alivio el flamante desinterés de la Tía al principio, pero muy pronto no supo qué hacer con las calenturas que ella había encendido en su cuerpo y que hervían en sus noches hasta hacerlo erupcionar. Felizmente, la llegada de Cuchita a su vida trajo promesas que le hicieron olvidar los encontrones, especialmente el último, que lo tuvo trastornado los primeros días de faena en Casa Sattui. A veces, sin embargo, la nueva actitud indiferente de la Tía le picaba el orgullo, como ahora, y pugnaba porque ella reconociera su presencia.

Le hizo un gesto sutil, que ella seguramente advirtió: sus ojos y boca se abrieron.

—¡Belisario!

Sonó un golpe seco en el suelo del patio apisonado de la entrada, frente al portón. Tía Adela partió corriendo hacia el lugar en el suelo en que yacía el tío, desmayado.

—¡Coronel! —dijo el señor Capelli—. ¡¿Se encuentra bien?!

Tía Adela se arrodilló a su lado y le apartó los mechones del rostro. Se lamió el dedo cordial derecho y colocó delante de las narices del Tío. Alejó de un manotazo las medallas, que arañaron el suelo con un ruido agudo y metálico. Puso la oreja en el pecho y escuchó. Al cabo de unos segundos, suspiró.

—Al segundo piso.

De un solo impulso y con sorprendente facilidad, don Carlos cargó al Tío. Siguió a Tía Adela, que pasó a toda prisa frente a Shito en dirección al vestíbulo. Se topó con doña Rosario, que venía a la entrada con un azafate con refrescos.

—Mazamorra de chuño para el señor —dijo Tía Adela con voz resuelta—. La subes cuando esté lista, Rosarito.

—Sí, señora.

Una expresión de espanto surgió en el rostro de doña Rosario cuando vio a Don Belisario inconsciente en brazos del señor Capelli, pero imitó el aplomo de Tía Adela y se volvió hacia la cocina sin que le temblara el azafate. Tía Adela cruzó el vestíbulo y llegó a paso firme al pie de la escalera. El señor Capelli, con el Tío a cuestas, no iba muy detrás y no tardó en alcanzarla, seguido de Shito. En ese orden, empezaron a subir los peldaños en fila india, don Carlos acomodándose el peso de cuando en cuando para evitar que el Tío se golpee la cabeza con la pared. En el pasillo del segundo piso se detuvieron frente a la puerta de la biblioteca, cerrada como siempre. Tía Adela sacó su manojo de llaves de un bolsillo escondido en el interior de la blusa, eligió la más grande y la introdujo en el candado. Los goznes chirriaron y la puerta se abrió.

—*Madonna santa.*

Las paredes de la biblioteca estaban desnudas. Todas las armas de la colección habían sido descolgadas y yacían en diferentes lugares del suelo. Parecían animales con las vísceras al aire libre en medio de intervenciones quirúrgicas delicadas, con botellas de petróleo al lado y trapos manchados de negro, ocre o amarillo. Otras bruñían de aceite fresco bien frotado y parecían nuevas. Otras estaban intactas y sin desmontar, pero las rodeaban alicates, punzones, afiladores o pulidores, de diferentes tamaños y formas, en lo que aparentaba ser un ritual bizarro de herramientas que invocaban, en vano, fuerzas misteriosas de ultratumba. Potencias que no lograrían restaurar el alma oxidada de las armas blancas. Salvar el alma corrompida de las de fuego.

—Vamos al cuarto de al fondo, mejor —ordenó Tía Adela.

Cerró la puerta y le puso el candado. El señor Capelli se acomodó en los brazos el peso inerte del Tío, tomó viada y comenzó el nuevo desplazamiento en dirección a la habitación que había sido de Segundo y ahora le pertenecía.

No dijo nada, pero supo oscuramente que sus días en ese dormitorio —en esa casa— llegaban a su fin.

OhJesúsperdónanosnuéstrospecadossálvanosdelfuégo delinfiérnoyguíatódaslasálmasalciéloespeciálménteaquéllas quenecesítanmásdetumisericórdia.

Con las rodillas desnudas sobre el suelo y rosario en mano, la mujer que es su madre y Tía Laura rezan sin prisa y sin pausa la jaculatoria del quinto y último misterio gozoso: la pérdida del niño Jesús y su hallazgo en el templo.

En la cama yace el Tío, que casi no se ha movido durante los rezos, aunque de vez en cuando parece despertar: entreabre los ojos y masculla retazos de frases inconexas sin destinatario conocido. Sus dientes amarillos se han vuelto grises. Sus barbas, siempre recortadas hasta hace solo unas semanas, hoy están completamente en barbecho. Los pómulos llenos de ayer, que le daban una regia dignidad, hoy son pellejo desinflado y anguloso, agrietado como pergamino viejo. No hay rastro del uniforme militar que el Tío llevaba hasta para hacer la siesta, y que ha cedido su lugar a un camisón de pana deshilachado y a un bonete ridículo y sucio que nadie se atreve a quitarle de la cabeza.

Shito aún no termina de creer lo rápido de su deterioro desde el «incidente», que forzó a don Carlos a conminar al Tío a que asistiera a su próxima cita con el doctor Colina. Por una vez, el Tío hizo caso. El diagnóstico fue inapelable: tenía un cancro en el vientre que extendía con saña sus tenazas por otras partes del cuerpo. No había nada por hacer. Tío Belisario tomó la noticia sin mostrar sorpresa, con la serenidad de quien recibe un castigo merecido largamente postergado. Convocó a los adultos de la casa, incluyendo a doña Rosario, les informó de los hechos y, sin que le cambiara el tono, enumeró fríamente las rentas que sostendrían a la familia cuando él ya no estuviera. Tía Laura, en medio del llanto, se negó a aceptar el dictamen médico. Belisario seguramente había recibido maleficio y lo mejor sería que pagara unas misas de salud en la iglesia, concertara rezos para rescatar a su alma capturada y fuera a confesarse con el padre Arcelai. El Tío se negó: no era con Dios con quien tenía que hablar de sus pecados sino con su conciencia, que, además, estaba completamente limpia. Y se defendió ferozmente ante acusaciones que nadie había blandido contra él, mascullando acciones oscuras en la guerra con Chile que se le habían ido de las manos, alguna ejecución clandestina que tuvo que ordenar durante la montonera de don Nicolás de Piérola, los imponderables que se le atravesaron en los «sucesos de Llaucán», que no le suscitaban, insistió, el menor remordimiento.

Al «incidente» siguieron muy pronto otros más. Los delataba el invariable vaho pútrido que acosaba las narices de Shito cuando llegaba del trabajo, y que el inútil perfume de lavanda y eucalipto vertido copiosamente en el primer y el segundo piso trataba de disimular. Esas noches cundían los quejidos lastimeros, cada vez más prolongados, provenientes de la habitación esquinada del segundo piso, adonde el Tío se mudó para no perturbar el sueño de Tía Laura ni de las primitas, y en que Tía Adela se pasaba las noches atendiéndolo. Pues era ella quien se ocupaba de él ahora a tiempo completo.

Shito la observa de reojo. En la mecedora al lado de la cama, Tía Adela dormita ahora con el fuete en el regazo soltando de cuando en cuando un breve ronquido.

Evoca la mirada turbia de deseo de Don Eleodoro Benel al dirigirse a ella durante la verbena a la que vino sin ser invitado, en los tiempos tan recientes e inverosímiles de antes de Llaucán. Compara al animal huraño, feo y envejecido en que se ha convertido su Tía con aquella mujer madura pero apetecible que irradiaba poderosos destellos de belleza hace tan solo un par de meses. A pesar de sí mismo, le afloran de nuevo sus propios escalofríos cuando, durante el que sería su último encontrón, miró furtivamente esos ojos expresivos de diosa antigua abandonada por sus fieles, viejos o muertos.

Tía Adela abre súbitamente los ojos, como si supiera que está siendo contemplada.

—*DiostesálveMaríallenaéresdegráciaelseñórescontígo...*

Sin apartar los ojos de su hermana y su cuñada, da un largo bostezo y se latiguea suavemente la palma izquierda con la mano derecha. Su mirada se posa en la de Shito: sopesa furtivamente algo, que termina por descartar. Suspira. Tomando impulso con dificultad, se levanta, deja el fuete apoyado en el respaldo de la mecedora, coge la bacinica de metal vacía que se halla al lado de la cama y sale de la habitación. El eco de su paso cansino por el pasillo y bajando por los escalones se aleja.

Tía Laura deja de rezar y se incorpora lentamente y sin hacer ruido. Se limpia las rodillas. Leonor saca del bolso que lleva ladeado una pequeña cartuchera de cuero. Se la alcanza.

—Avísame —dice Tía Laura.

Shito tarda en entender que la frase va dirigida a él y se refiere a Tía Adela. Se hace el que no ha entendido y Tía Laura repite la orden. Shito no tiene más remedio que obedecer y se dirige al umbral de la puerta, desde donde finge vigilar el pasillo. Tía Laura se acerca al camastro, aligerando los pasos para que el suelo no cruja. Se sienta en el borde metálico de la armadura, que asoma por debajo del jergón. El camastro rechina. Tía Laura aprieta los dientes y deja pasar unos segundos de silencio. Desabrocha la cartuchera y saca un crucifijo de metal gris, posiblemente de plata, con un rubí engastado en el medio. Lo coloca suavemente en el pecho de Tío Belisario. Ella y Leonor se persignan. Tía Laura extrae de la cartuchera un pomito con un líquido transparente. Abre la tapa. Esparce unas gotitas en cada uno de los hombros del Tío, musitando palabras que Shito no logra comprender. El Tío Belisario abre los ojos.

—¿Qué estás haciendo?

—Es solo un poquito de agua —el temblor en la voz es inocultable—. Para que te refresques.

Tío Belisario se apoya sobre sus dos brazos para intentar levantarse. El crucifijo cae de su pecho a su falda. Lo toma y observa. Lo lanza violentamente contra la pared. Tía Laura y Leonor sueltan una espantada exhalación.

—¡Demonio! —grita Tía Laura—. ¡Abandona el cuerpo de este hombre!

—¡Insana de mierda!

De un salto, Tío Belisario se levanta de la cama, toma el fuete de la mecedora.

—¡Belisario ya no tiene redención! ¿No entiendes? —grita el Tío.

Agarra a latigazos a su esposa, que entre quejidos de dolor y a duras penas logra escabullirse de la habitación, seguida de Leonor. Tío Belisario resuella largo rato soltando baba por la boca, una baba densa y espumosa que se va volviendo roja y que empieza a gotearle profusamente en el camisón, a la altura del pecho. Shito le alcanza la servilleta que yace en el azafate en que doña Rosario le trajo el menestrón suave de anteayer. El Tío Belisario se limpia meticulosamente el lamparón de sangre que se le forma en el pecho, contemplándolo como si fuera ajeno. Se vuelve a Shito y cruzan miradas. Aparece en su rostro una sonrisa de oreja a oreja.

—Eudocio, ¿eres tú?

—Sí, Tío —responde Shito, sorprendido de que el Tío lo llame por su nombre de pila.

—¿Estás bien?

—Sí, Tío.

El Tío lo abraza. Shito siente la humedad pegajosa del camisón adhiriéndosele al pecho. No se atreve, sin embargo, a hacer el más mínimo movimiento para separarse. Es el Tío quien lo aparta y observa con alarma la camisa manchada del sobrino.

—¿Estás herido?

Sin darle tiempo a responder, el Tío lo vuelve a abrazar, esta vez con efusión dolida, honda, entrañable.

—No te preocupes, hermano. Todo va a salir bien —solloza—. Todo va a salir bien. Voy a sacarte de aquí.

X

Belisario está en el refugio de una trinchera, a cientos de metros de profundidad, en medio de la batalla del Somme. Un puño metálico y gigantesco machaca la tierra sin parar. Es un sonido remoto, opaco, que llega desde la superficie como un grito ahogado sostenido, y ya pasa por silencio.

El refugio es la biblioteca de la casona, con sus estantes llenos de libros hasta el techo. Los libros están dispuestos en perfecto orden, como a él le gusta. De vez en cuando, un ligero estremecimiento sacude la tierra, que expele espesas nubecitas de polvo. Don Agostino, a su lado, bebe en silencio una taza de café negro mientras observa las paredes frente a los estantes, que muestran grietas que parecen heridas abiertas, y donde están, aceitadas y colocadas en su sitio, las armas de la colección. Se vuelve a Belisario, sonríe con complicidad. Belisario sabe que está pensando, como él, en el secreto que comparten y juraron mantener hasta la tumba. Juntos miran con orgullo la carabina Martini-Henry que don Agostino encontró en un depósito de armamento obsoleto de Tacna. El fusil Comblain con bayoneta que birló en uno de sus viajes al país del sur y que le mandó clandestinamente desde Arica. La cimitarra y el mosquete, que hurtó en un museo de Valparaíso, que no podía conservar en su casa de Cajamarca sin tener que dar explicaciones, y que dio inicio a la idea de la colección. Su colección de armas chilenas requisadas, recuperadas, robadas, jamás compradas, pues la idea era conseguirlas sin pagar por ellas ni un solo centavo. Armas del pasado, del presente y quizá del futuro, que serían su modesto botín, su discreta represalia privada e inútil. Por los compatriotas y familiares muertos.

Don Agostino habla sin abrir la boca: *vete tranquilo, coronel, yo me encargo de cuidarlas durante tu ausencia.* Le muestra una llave minúscula de plata, con las iniciales «B. R.» en el dorso. *A ella también.* Le arregla las medallas en el pecho. Le señala la salida del refugio.

Belisario está con la bayoneta en ristre avanzando por territorio enemigo. De vez en cuando se oye el silbido agudo de un proyectil lejano ascendiendo, cayendo en arco y explotando. Por todos lados hay conos invertidos de tierra removida, humeante, cadáveres pegados unos a otros. A pesar de que están casi completamente carbonizados, reconoce a algunos (¿de dónde?).

No sabe cuál es su misión.

A lo lejos, en medio de la neblina, un grupo compacto de potenciales enemigos. Acercándose. No tienen armas ni uniforme, solo trinches y garrotes improvisados. Declaman largo rato una letanía repetitiva y monótona. Destacan voces femeninas agudas, chillonas. ¿Una procesión aquí, en medio de la batalla, de las trincheras del Somme?

Belisario levanta su fusil-bayoneta para dispararles, pero algunos de los rostros se le hacen familiares. Aguza la vista. Son los delegados de los arrendatarios de la hacienda de Llaucán, con quienes se pasó días discutiendo los términos de la negociación para encontrar una salida pacífica. La niebla se ha disipado: al fondo pueden verse los bordes de la casa principal de la hacienda ocupada por ellos.

Alto, les pide, si se acercan más no responde de lo que es capaz. Ya ha vivido esto que están viviendo, les dice, y va a terminar mal. Sabe que no son responsables de los delitos que les atribuyen los periódicos, bien cebados de las mentiras urdidas por los escribientes de Don Eleodoro. Y él tampoco está de acuerdo con el aumento abusivo de los arriendos. Pero su rol de prefecto es hacer obedecer la ley. Aunque la hayan hecho los patrones, aunque sea injusta.

Ellos siguen avanzando hacia él.

Hace voto de enmienda. Esta vez, si desalojan los predios sin hacer problemas, va a apoyarlos en su denuncia contra Don Eleodoro. No solo eso. Va a conseguirles un abogado de Lima para que puedan defenderse de sus abusos y de los ataques constantes de sus guapos. Palabra de montonero.

La arrendataria Casimira Huamán se detiene a tres metros de distancia. Lleva una falda larga y ancha, como una pollera. Los otros arrendatarios se detienen también, algunos pasos detrás de ella. Han dejado de recitar. Casimira pliega el chicote de tres puntas que lleva en la mano y lo guarda en el bolsillo delantero del mandil. Una mueca inofensiva aparece en sus labios, una sonrisa quizá.

Belisario baja su arma.

Silencio de viento gélido, limpio: el bombardeo ha cesado.

Casimira da varios pasos hacia él, para abrazarlo o agarrarlo a chicotazos. Que sea lo que corresponda, lo que Belisario se tiene merecido. No tiene miedo: está listo para recibir el premio o el castigo. Un inmenso alivio invade su cuerpo, adormece sus sentidos.

Un estallido de fusil revienta el silencio cuando Casimira está a distancia de abrazo. Sus faldas superpuestas flotan en el aire y Casimira cae de espaldas, con el pecho abierto como una fruta madura.

Belisario se vuelve hacia atrás, de donde vino el disparo. A cincuenta metros está Segundo, montado en su macho moro, vestido con el poncho gris de lana basta de los bandoleros de Don Eleodoro, con un máuser apuntando hacia los delegados. O hacia él.

¿Resondrarle o darle las gracias? El dilema no ha terminado de asentarse, pero una masa humana aullante de dolor ya se ha desplazado donde está su hijo descarriado de raza modesta. Los delegados lo bajan violentamente del caballo. Lo muelen a garrotazos y lo hincan con saña con sus trinches, cubriéndolo de insultos. Belisario corre a rescatar al hijo pródigo. Se abre paso a empujones, culatazos e hincones de bayoneta. Llega donde está el cuerpo tendido boca abajo de Segundo. Lo voltea.

No es Segundo sino Eudocio. Yace en el suelo, arropado a medias por una bandera del Perú. Entre su cabeza y su hombro izquierdo, hay un pequeño charco de sangre.

Belisario se vuelve hacia los delegados: han desaparecido. Cae en la cuenta: *esta es mi verdadera misión.*

Apoya el oído en el pecho de su hermano, pero una humedad aceitosa carmesí se le pega en la oreja y Belisario se aparta sin haber escuchado los latidos.

Vete, Belisario, mascula Eudocio.

Estás vivo. Otra vez. Todavía.

Ya vienen refuerzos, le dice Belisario en voz baja.

Pero no ve a ninguno de sus compañeros del Batallón Vengadores de Cajamarca, que debían estar a su lado. Un cardumen de mosquitos gigantes pasa rasante a su lado y se estrella en la tierra removida a dos brazadas de distancia. Belisario intenta hacerse uno con el terreno: desde algún lugar lejano a la derecha han empezado a dispararle, a dispararles. Usa su espejito de campaña para ubicar al enemigo. Está escondido detrás de unos parapetos construidos en las afueras de la guarnición improvisada en las faldas del cerro El Montón, en el pueblo de San Pablo. Son granaderos chilenos: llevan dolmanes azules, quepís de banda roja y azul; y el brillo intermitente de sus fusiles nuevos contrasta con la oxidada opacidad de las armas peruanas en esta, la campaña de la Breña.

Recuerda de dónde conocía a los cadáveres carbonizados del inicio de este sueño. Eran Gregorio Pita y Enrique Villanueva, imberbes estudiantes del colegio San Ramón, que se presentaron como voluntarios y fueron arrasados por los chilenos en su primer ataque de la batalla de San Pablo.

Vete, Belisario.

Esta vez quien dice esto es él mismo, sin abrir los labios. Contempla el rostro sereno, casi risueño del hermano menor tendido sobre la tierra. Del hermano que nunca se quejaba, ni siquiera en los juegos bruscos infantiles en que siempre terminaba rasmillado, golpeado. Del hermano de contextura femenil al que todos le molían a coces el sopino y le sacaban la chochoca en las peleas de los pampones adyacentes al San Ramón; y sin que Belisario interviniera para defenderlo, para que Eudocio aprendiera a ser macho de una buena vez. Que lo seguía a todas partes, por más que Belisario le advirtiera: *no te metas en cosas de hombres.* Que ingresó al ejército imitando a su hermano mayor, y fue subiendo el escalafón al mismo tiempo que él, aunque siempre uno o dos grados por detrás. Que, cuando empezaron a quemar las papas de la guerra, fue destacado a Lima, como él, y peleó a su lado con valentía en Chorrillos. Una bravura que muchas veces lindaba con la temeridad, que le había valido reproches y reconvenciones de los jefes militares: Eudocio no obedecía cuando llegaban órdenes de retroceder o esconderse. Que, en uno de esos arrebatos imprudentes, había sido herido en el hombro por un francotirador y, a pesar de ello, marchó a cabalgatas forzadas, con cabestrillo y todo, desde el Morro Solar hasta Cajamarca, para acompañar a Belisario en su periplo y resistir juntos al invasor. Del hermano de alma pura pero insensata que, en otro de sus raptos insensatos de valor, abandonó su puesto de defensa y corrió a arrancharle la bandera a un granadero chileno que la había recogido en su avance en San Pablo. El chileno, pensando seguro que la de Eudocio era la punta de lanza de una carga colectiva, fue a ponerse a cubierto, dejando a Eudocio a merced de las balas enemigas, que arreciaron sin asco. *Y no quitaste el pecho, como yo, el fantoche de medallas tintineantes en la solapa que se mezquinó del peligro en el momento crucial de la guerra y te dejó solo, el comodín que agachó la cerviz en la derrota y acogió los homenajes de los políticos de sangre liviana que premiaron su liviandad con cargos cada vez más altos, que recibió callado las atenciones de las hembras deslumbradas por su heroísmo de segunda, que bajaban la guardia ante sus avances y se le entregaban sin chistar, ignorantes de que sus honores te correspondían a ti, hermano, no a las manos corrompidas que tocaban sus turgencias.*

Un racimo de balazos cae a palmos, a pulgadas. Instintivamente, Belisario se contrae y se arrastra como zapador hasta llegar detrás de unas rocas, donde se esconde justo a tiempo para evitar la ráfaga que se ensaña con el cuerpo exánime del hermano herido. Aplasta el pómulo contra el terreno, mirando de lado a Eudocio, echado a su lado, con el cielo a la izquierda y tierra firme a la derecha, y cuyas laceraciones exudan ahora un líquido negro, espeso, viscoso, que tiñe la bandera.

Lágrimas ardientes se deslizan a su sien y le nublan la vista. Sabe que es inútil, pero grita pidiendo refuerzos. Es demasiado tarde: no podré salvarte, no podré salvarme. En vez de ello, seguir tu ejemplo señero. Morir como un soldado. Ser un héroe yo también.

Reúne el coraje suficiente. Desafiando los riesgos, se acerca al cadáver de Eudocio, desenrolla la bandera que lleva bajo el brazo y parece servirle de mortaja y se la coloca en el cuello como si fuera una mantilla gigantesca y, en medio de la granizada de descargas, se yergue, levanta el arma, apunta y dispara. A un chileno le da en la polaina. A otro en la bandolera. A otro justo en medio de la pelliza, a la altura del corazón. Los granaderos se repliegan, pero al cabo de un rato vuelven a asomar la cabeza por encima de sus parapetos. Algunos se atreven a devolverle fuego de cobertura. Otros incluso a salir y desplazarse en zigzag, yendo del parapeto a alguna de las barricadas, desde donde le disparan cada vez con mejor puntería, y cerrándole el ángulo de la posible escapatoria.

De pronto, a su lado hay un caballo con la silla de montar lista: el macho moro de Segundo. El mejor entre nosotros ha partido de este mundo y Belisario ya no tiene nada que perder. Se incorpora, desplaza el fusil a la espalda de un solo movimiento y monta, con la energía motriz de un hombre joven que creía olvidada para siempre. ¡Viva el Perú, jijuna parimpamputa!, grita con furia guerrera, hinca con todas sus fuerzas las espuelas en los ijares, desenvaina el sable de su biricú y cabalga a rompecincha hacia las barricadas, traspasando y tajando torsos y miembros enemigos por aquí, descabezando por allá, moviéndose con rapidez para evitar las balas enemigas mientras escucha la letanía religiosa que unas mujeres invisibles han reanudado no sabe cuándo y que le sirve de música de fondo. Los chilenos empiezan a perseguirlo y Belisario sale del descampado y cabalga lo más rápido que puede hacia una pequeña arboleda, sacándoles más y más distancia hasta que una rama baja que no advirtió a tiempo lo golpea en el pecho y lo tumba del caballo, que se pierde en medio de la floresta siguiendo su rumbo desbocado.

Belisario está finalmente horizontal, en el suelo, mirando las copas de los árboles. Acogen una muchedumbre de pájaros que pía tranquila en medio del sonido de la brisa, una brisa sorda de tiempos de paz. Le duele la cabeza, pero la letanía ha cesado por fin. Cierra los ojos. Sonríe: está listo para entregar su alma y compartir la gloria eterna con Eudocio.

Alguien se sienta a su lado. Belisario siente unas gotitas de agua en el hombro derecho. Otras tantas en el izquierdo. Abre los ojos. A su lado, está la delegada Casimira Huamán, viva de nuevo, mirándolo a los ojos con aprensión.

Qué estás haciendo, le pregunta Belisario.

Es solo un poquito de agua, le dice ella tratando de esconder el frasquito que lleva entre las manos. *Para que te refresques.*

Pero a Belisario no le cuentan cuentos: es agua bendita, que empieza a quemarle los hombros, el torso, el vientre. Intenta apoyarse sobre sus dos brazos para levantarse. Un crucifijo acusador cae de su pecho. Belisario mira a su alrededor. Los campos aledaños están regados de cientos de cadáveres pasados a cuchillo. No, no son los chilenos de la batalla de San Pablo. Son los delegados y campesinos de los eventos de Llaucán. De la *masacre* de Llaucán liderada por él.

Mira el crucifijo. El diminuto Jesucristo le devuelve la mirada con una mueca en las comisuras.

Qué has hecho, Belisario, le pregunta el Salvador.

¿Y qué querías que hiciera?

Belisario lo arroja lo más lejos que puede.

Demonio, grita Casimira, *abandona el cuerpo de este hombre.*

Se equivoca. No es el demonio quien habita a Belisario. Es Dios mismo.

Insana de mierda.

De un salto, Belisario se levanta de su lecho de tierra y le arranca el fuete de tres puntas que lleva sobre la falda.

Belisario ya no tiene redención. ¿No entiendes?

Agarra a latigazos a Casimira, que entre quejidos de dolor se escabulle del bosque y vuelve al campo de batalla. Belisario la persigue a través de los montículos de muertos esparcidos en el campo. Cada vez que está a punto de alcanzarla, ella logra sembrar más distancia entre los dos hasta que logra dejarlo atrás, resoplando para recuperar el aire que insiste en huir de su pecho sin retorno. De pronto, un ardor punzante empieza a calcinarle la barriga: la guerra también se libra en sus intestinos. Siente cómo una ola de espuma asciende por sus entrañas, le llega hasta la boca y sale de esta sin que él pueda impedirlo. La saliva incontenible tiñe su camisón de un rojo granate inverosímil que jamás ha visto manar de su propio cuerpo.

Alguien le alcanza una servilleta de lino. Busca con la mirada la merienda a que lo están invitando, sin encontrarla. Levanta la vista para preguntarle a la presencia que se la extendió.

¿Eudocio?, ¿eres tú?

No puede ser otro que él. No solo tiene la misma cara de pregunta perpetua. Es igual de canijo, de enclenque. Pero es ahora muchísimo más joven. Y está sorprendentemente lozano, sorprendentemente ileso.

¿Estás bien?

Lo abraza con alivio. El hermano que creía muerto se ha salvado de milagro. Su camisa, sin embargo, está bañada de sangre.

¿Estás herido?

Curarlo. ¿Dónde?

No te preocupes, hermano. Todo va a salir bien. Todo va a salir bien.

Su misión todavía no termina.

Voy a sacarte de aquí.

Subirlo a sus espaldas, como cuando lo hirieron en el hombro en Chorrillos y hubo que sacarlo cargado del campo de batalla, extraerle la bala con un cuchillo de campaña con el filo mojado en sal y aguardiente antes de ponerle cabestrillo. Pero el hermano pródigo es demasiado pesado. Y se resiste.

Tío, soy yo. Shito.

¿Quién?

Shito. Tu sobrino.

Mira a su alrededor, donde se han alzado cuatro paredes. El aire se ha refinado de las trazas de humo. Todo da vueltas: desfallece. Para no perder el equilibrio, se apoya en el borde del camastro, que adquiere súbitamente grisura y textura áspera y metálica, fría al tacto. Apenas logra soportar su propio peso; el brazo le comienza a temblar. La presencia que no es Eudocio lo ayuda a mantenerse en pie. El hermano pródigo ya no está: se ha ido sin despedirse.

Su misión ha terminado.

La laguna densa y opaca en los ojos del Tío se despeja. Poco a poco, empieza a reflejar el reconocimiento.

—¿Qué te pasó? —sus ojos están fijos en las manchas en la ropa del sobrino.

Es tu sangre, no la mía, está Shito a punto de decirle. Pero se muerde la lengua justo a tiempo. Como si le hubiera leído el pensamiento, la mirada del Tío se posa en su propia camisola rojiza, que evoca el mandil de un carnicero.

—¿Qué me pasó a mí?

Se escuchan gritos femeninos procedentes del primer piso: la entrada del vestíbulo o la orilla de la escalera.

—¡Tú no vas a ninguna parte, Rosarito! —dice Tía Adela.

—Pero Ña Laura ha dicho que...

—¡Ña Laura nada! ¡A mi casa no entra ningún cura sin mi consentimiento!

—¡Yo también tengo voz! —dice Tía Laura—. ¡Yo también moro en esta casa!

—¡Paga los jornales de la servidumbre con tu plata y entonces ordena todo lo que quieras!

La trifulca continúa, pero Tío Belisario no parece estar escuchando. O más bien, parece oír algo en su fuero interno que lo distrae de los ruidos exteriores. De pronto, haciendo un esfuerzo visiblemente doloroso, mete la mano en un bolsillo pequeño en el interior de la camisola, ajada y llena de lamparones. Saca una minúscula llavecita plateada. Se la tiende a Shito.

—Es del primer cajón del escritorio. En mi oficina.

Shito la acoge. Es pesada para su tamaño y lleva un dibujo en alto relieve. No, son dos letras en estilo arabesco que se abrazan como si fueran dos ramas de una enredadera trepando hacia el cielo, y que tarda en descifrar: una B y una R.

—Tráemela.

Que le traiga qué. Pero no se atreve a preguntar. Sale de la habitación y se desliza por el pasillo tratando de no interrumpir la discusión que prosigue a la orilla de la escalera.

—Está endemoniado, Adela. Se puso como loco cuando le echamos agua bendita.

—Botó espuma por la boca, como los poseídos.

234

—Y cuando vio la cruz, nos sacó del cuarto a puro chicotazo. Tienes que dejar que venga el señor obispo, que sabe de exorcismos.

Carcajada de Tía Adela.

—No sé qué te hace tanta gracia —dice Tía Laura—. Está en juego la salud eterna de su alma.

—Su alma goza de buena salud, cuñadita —ríe—. Míralo. Con cancro y todo, Belisario sigue siendo Belisario.

Shito abre la puerta de la oficina, en que no ha entrado desde antes de los sucesos de Llaucán, mientras en las paredes del primer piso todavía resuena la nueva carcajada de Tía Adela. Un fuerte olor ácido a ropa guardada le asalta las narices. Conteniendo la respiración, atraviesa la zona de los felpudos, pero no puede evitar detenerse ante las paredes cubiertas de planos de Europa sembrados de chinchetas alineadas. Hincan los nombres de los pueblos y ciudades del frente en la batalla del Somme, que *El Comercio* cubrió día a día y terminó en armisticio en noviembre del año pasado, hace ya dos meses. No puede detenerse a examinarlo, como manda la curiosidad: el aire se le acabó. Toma una nueva bocanada y, como quien bucea en un mar cenagoso, sortea las rumas de periódicos amarillentos desperdigados en el suelo hasta llegar al escritorio. Introduce la llavecita en la ranura del cerrojo del primer cajón. Sus entrañas oxidadas se resisten, pero con unos cuantos giros a la izquierda y la derecha termina por ceder.

Es un paño. Si no es por los bordes del escudo nacional, que dejan entrever las monedas que salen de la cornucopia, Shito pensaría que es un delantal sucio. Pero ha sido doblado con amoroso cuidado, lo que no deja lugar a dudas. Shito saca del cajón la bandera rojiblanca, en que se notan manchones parduzcos y negros de antigua factura, y la coloca en el centro de la palma de su mano izquierda, evitando asirla con los dedos: aunque, por la textura, la tela parece bastante sólida, lo asedia de pronto el miedo de que se haga trizas, de que se pulverice. Regresa sobre sus pasos hacia la entrada. Con la espalda, empuja suavemente la puerta de la oficina, que cierra con un leve toque del talón. Sosteniendo la bandera con la palma abierta, camina despacio por el pasillo, sin hacer caso de los gritos y las invectivas mutuas que se han intensificado en el primer piso.

—¡Por tu culpa se va a ir al infierno!

—¡En el infierno ya está, cuñadita, con el cancro encima y teniendo que soportar a chupacirios como ustedes!

—¡Pecadora! ¡Tú también te vas a ir a las tinieblas! ¡¿O crees que una es ciega y no sigue tus andanzas de lujuria que no respetan ni a los de tu propia sangre?!

—¡Qué sabrás tú por donde ando, cucufata!

—¡Lúbrica!

—¡Analfabeta!

—¡Meretriz!

Una de las tablas del suelo del pasillo cruje bajo una pisada de Shito. De inmediato, se hace un silencio sepulcral. Shito continúa avanzando sin volverse, pero siente las miradas que se han posado sobre él y siguen su trayecto hacia la puerta de la habitación del Tío, que dejó ligeramente entreabierta. Tío Belisario está de pie al lado del camastro, sosteniendo a duras penas una absurda posición de firmes y haciendo un saludo militar con la mano derecha en la sien. La mano izquierda con que se agarra de la baranda de la cama le tiembla como afectada por el mal de San Vito, pero sus ojos están encendidos como antorchas.

—Tío, ¿qué hace usted levantado?

Tío Belisario no contesta: está mirando fijamente el paño doblado. Sus ojos vidriosos se alzan y zambullen en los del sobrino. Rebosan lucidez.

—Gracias, Eudocio.

Suelta la baranda del camastro y acoge la bandera en las dos palmas de sus manos. Sus rodillas empiezan a flaquear: parece que fuera a doblarse, a quebrarse. Tía

236

Adela, que ha entrado a la habitación sin hacer ruido, se acerca como una tromba, se pone de inmediato a su lado y lo ayuda a mantenerse en pie.

—Belisario. Tienes que regresar a la cama.

Tía Adela mira con intensidad el paño plegado; lo toma con delicadeza. Da una larga mirada a su hermano, invocando un pacto atávico que quizá él ha olvidado. Belisario asiente: aún se acuerda y el pacto sigue en pie. Levanta lentamente los dos brazos con docilidad infantil. Tía Adela desdobla la bandera. Con mucho cuidado envuelve con ella el torso de su hermano, que se mantiene de pie poniendo las manos sobre los hombros fraternales.

—¿No quieres que te traiga tu uniforme?

—No.

—¿Y tus medallas?

—Tampoco.

Tía Adela aparta las sábanas y las frazadas y lo ayuda a sentarse en su cama y cubrirse las piernas. Tío Belisario se deja hacer.

—Llama a Laura. También a Leonor.

Una expresión de duda —¿Belisario está en su sano juicio?— aflora en el semblante de Tía Adela. Pero sale de la habitación sin decir nada.

—Ven.

Azorado, Shito se aproxima al lecho del Tío, aguantando el olor a amoníaco, que se vuelve más intenso cuanto más se acerca. Se sienta en el agarradero de la cama. Tío Belisario toma al sobrino del cogote con la manaza derecha. Acerca su cabeza a la suya.

—Eudocio, ¿crees en Dios? —advierte algo en la mirada de Shito. Le asoman grietas en las orillas de los ojos. Ríe lánguidamente—. No te asustes, no te estoy confundiendo. Eres el hijo de Víctor. Tu padre te puso tu nombre por tu tío, nuestro hermano caído en San Pablo —las grietas desaparecen—. El verdadero héroe de la familia.

—No creo en Dios, Tío.

—Yo tampoco. Pero creo en los pecados. Los que empozan el alma y la ensucian para siempre.

Tío Belisario palpa con fervor la bandera manchada. Shito piensa en el paño con que Verónica enjugó el sudor del rostro de Cristo. Cae en la cuenta: los lamparones son manchas de sangre maceradas en la tela durante años, quizá décadas.

—Esta casa necesita sangre nueva, sangre limpia, ¿no crees, Eudocio?

—Sí, Tío.

—Tarde o temprano llega un momento en la vida de un hombre en que debe ponerse a la altura de los talentos que recibió. Tomar las riendas del destino que le tocó en suerte.

Tía Adela entra a la habitación. La siguen de cerca Tía Laura y, un poco más atrás, la mujer que es su madre, con surcos de lágrimas en las mejillas y la mirada contrita hundida en el suelo. Shito trata de apartarse del Tío y volver a su sitio, pero el Tío lo retiene por el cuello.

—Todo está consumado —dice a todos con voz serena.

Sollozos de tía Laura y Leonor. El Tío hace un gesto suave pero conminatorio y los sollozos cesan. El semblante cenceño del Tío trasluce de pronto una postrera clarividencia. El licenciado Silva Santisteban tiene en su poder su testamento, anuncia, y será el encargado de hacerlo cumplir cuando él ya no esté. En esta casa podrán vivir su esposa y su hermana hasta el fin de sus días, pero estará a nombre de Laurita, su hija mayor, y será ella quien la herede. Los otros bienes inmuebles pasarán a nombre de cada una de sus otras hijas.

Tía Adela y Tía Laura se miran fugazmente, sin expresión discernible.

—El licenciado Silva Santisteban estará mandando el importe de los arriendos de las propiedades a fines de enero, para que se hagan los pagos de la casa correspondientes a febrero. Pero a partir de esa fecha, y hasta que Laurita cumpla veintiún años, será el nuevo administrador quien recogerá y administrará los dineros según su criterio. Nadie mejor que él. Es de la familia, es de confianza... y sabe mucho de números.

El Tío Belisario palmea la espalda del sobrino.

—Eudocio será el administrador de mis bienes. Para todos los asuntos de plata y las decisiones importantes hablen con él.

XI

De las bancas y los pasillos atiborrados de feligreses surge un bisbiseo monótono e ininterrumpido. Desde hace más de hora y media, cientos han estado haciendo cola para presentar respetos al finado, que yace en el ataúd a medias descubierto. Tiene las cejas delineadas y lleva afeites en los pómulos, pero el macilento rostro de Tío Belisario traiciona su textura apergaminada de cadáver. Su ceño sigue extrañamente fruncido, como si, a pesar de la huida de las turbulencias del espíritu que lo hostigaron en vida, el cuerpo exánime no lograra descansar en paz. El uniforme que no se quitaba jamás antes de la llegada de la enfermedad porta amortajada la bandera manchada del Perú que Eudocio le entregó y el coronel vistió durante su agonía.

A la Catedral ha venido gente de toda condición, desde la indigesta crema y nata de Cajamarca hasta personas humildes, que son las que lo lloran más. Poco antes de comenzar la misa de cuerpo presente, se produce un escándalo. Tía Laura, que ha estado esperando frente a una de las columnas del pórtico principal de la entrada, pecha a doña Noemí Villacorta, la última amante establece conocida de Don Belisario, quien llegó con los tres hijos pequeños que tuvo con él, y cuyas curvas jugosas son contempladas de reojo por los varones presentes, que se hacen los cojudos. Qué te has creído, ramera, que puedes venir a este santo lugar con el fruto de tus pecados, le espeta una engallada Tía Laura, mientras le impide la entrada. Nadie sale en defensa de la infeliz, que tiene que regresarse por donde vino con la cola entre las patas, ocurrencia con que pintan lo ocurrido algunas parroquianas deslenguadas que la tratan entre susurros de zorra bien sabida. Acabada la faena, Tía Laura se dirige a la banca delantera, donde la esperan Laurita, María Zoraida, Rosa Inés y Amparito, que, revestidas de luto riguroso, rezan arrodilladas en el reclinatorio.

A su derecha, en el extremo de la banca, está Eudocio sentado, pensando. Contemplando entre padrenuestros y avemarías el espacio en que debía sentarse Tía Adela, que yace, como dicen, lleno de su ausencia.

Tía Adela estuvo todo el tiempo al lado del Tío Belisario desde que su condición empeoró súbitamente, a la mañana siguiente de la convocatoria que hizo a su dormitorio para dictar sus últimas voluntades. Aquel día el Tío Belisario se despertó doblado, sudando y tiritando de pies a cabeza. Se quejaba, como siempre, de los dolores que le calcinaban el vientre y que ninguno de los menjunjes de Tía Adela lograba amainar. El día pasó y, mientras se iba de aguas sin parar, los sollozos iniciales se volvieron gimoteos, los gimoteos lloriqueos y los lloriqueos llantos destemplados que atravesaron las paredes de la casa y la envolvieron de vergüenza cuando el Tío empezó a gritar a voz en cuello la letanía quejumbrosa: no quiero morir, no quiero morir, no quiero morir.

—Quiere hablar contigo —fue a decirle Tía Adela a Shito poco antes del final.

Shito acudió a su llamado a regañadientes. A solas, el Tío Belisario posó su mirada de vidrios opacos sobre la suya. Tomó la muñeca del sobrino.

—Eres un hombre libre, eso jamás lo olvides —le dijo en voz apenas audible—. Las órdenes que recibes del mundo siempre pasan por ti. Si te traicionas a ti mismo al obedecerlas, no tienes pretextos.

Shito no tuvo tiempo de asimilar las frases, que lo perseguirían el resto de su vida. En ese momento solo pensaba en mantenerse a prudente distancia del aliento fétido del hombre de entraña corrompida y subyugada en que su Tío se había convertido. Un ser despreciable que no sabía estar a la altura de sus potencias de hombre superior en la hora suprema, y que se despedía de la vida desahuciando su último vestigio de dignidad.

Cuando expiró, Tía Adela no permitió que nadie lo tocara, ni Tía Laura, ni los arregladores de la funeraria. Con ayuda de doña Rosario, lo desnudó, le quitó el pañal, lavó de pies a cabeza su cadáver con agua de lavanda y lo arropó. Le acicaló y empolvó el semblante y volvió a amortajar su cuerpo con la indumentaria elegida por él para acompañarlo en su nueva y última querencia. Se negó a recibir a los pocos visitantes que vinieron a darle el pésame con excepción del ingeniero encargado de la construcción del mausoleo, a quien le dio disposiciones muy precisas y detalladas que le tomaron casi toda la velada. A la madrugada siguiente, juntó toda la ropa de Belisario en el patio, hizo una ruma con ella, le puso querosene, la encendió en una hoguera y se quedó largo rato viendo cómo las columnas de humo se deshacían en el aire, hasta que solo quedaron las cenizas. Luego se recluyó en sus aposentos del primer piso y solo salió de ellos cuando llegaron los empleados de la compañía funeraria y les delegó formalmente la suerte de los restos mortales de su hermano.

Una campanilla suena y la muchedumbre enmudece. El padre Arcelai y sus acólitos ingresan por una puerta lateral y se dirigen al altar, donde dan inicio a los ritos de la misa de difuntos. Durante la homilía, habla de las dotes morales del recién fallecido, que supo cumplir sus responsabilidades de hombre de familia y cuidar de los suyos y protegerlos de las inclemencias del mundo en que le tocó vivir, y del que ha sido irremplazable protagonista. Rememora su espíritu católico y solidario, que le hizo apoyar cuanta causa fuera emprendida por la Iglesia, casi siempre de manera contante y sonante pues, a diferencia de muchos, donde el coronel ponía la boca ponía el bolsillo.

Por supuesto, evita mencionar que, a pesar de sus cobardías y claudicaciones de última hora, Tío Belisario se negó hasta el final a recibir de él la extremaunción.

—Si alguno de los presentes quisiera decir algo en honor de la memoria del difunto, puede acercarse.

El sonido de algunos carraspeos resuena en las paredes. Al cabo de una buena veintena de segundos, el señor Chávarry se levanta y se dirige hacia el podio que se halla en el rellano entre las dos escaleras delante del altar. El «amigo» que negó tres veces al Tío Belisario, lo evitó y le dio la espalda en los tiempos de tormenta, rememora las mataperradas de sus años mozos que el futuro coronel acaudillaba y ya prefiguraban su vida señera de líder. Despliega como una larga paporreta la lista de logros de siempre: habla largamente de los heroísmos del paladín de San Juan, Chorrillos y San Pablo en la guerra con Chile, del brioso montonero del 95, del eximio político que llegó a ser dos veces prefecto de Cajamarca y una de Amazonas, etcétera. Hace una elegía de las acciones del titán que emprendió las tareas de la paz con el mismo ahínco que las de la guerra y, con realismo, apoyó al general Iglesias, quien gestó la concordia definitiva con el país vecino del sur a costa de ciertas lamentables pero inevitables concesiones de territorio. Gracias a la nueva conciliación, Cajamarca había podido progresar y se había convertido en una boyante ciudad del interior que, a pesar de las violencias y desórdenes de los bandoleros que pululan en el departamento, no tenía nada que envidiarle a la capital. ¿Quién puede imaginar ahora a Cajamarca sin el sistema de alumbrado público con energía eléctrica que surte ahora toda la ciudad, obra promovida por el coronel cuando era alcalde? ¿Sin el Arco del Triunfo construido durante su gestión prefectural, que homenajeaba a los caídos en la victoria de San Pablo? ¿Quién puede olvidar el rol decisivo que cumplió en la Sociedad de Amantes de las Artes, que construyó el hermoso Cine Teatro Cajamarca, que ha proporcionado a la población cajamarquina un necesario lugar de distracción?

—Belisario, hermano. Todos somos pecadores. Algunos como tú reciben el castigo de sus pecados en este valle de lágrimas. Otros hemos sido más afortunados y la vida ha sido generosa con nosotros —su voz se quiebra—. Estés donde estés, pronto nos encontraremos de nuevo, en la Gran Rendición de Cuentas.

Una versión joven del señor Chávarry se le acerca discretamente. Lo ayuda a bajar lentamente las escaleras y regresar a su asiento.

—¿Alguien más quisiera decir unas palabras?

Silencio.

A Eudocio le hierve la sangre. Ha escuchado la perorata y siente, con brutal claridad, lo que muchos están pensando, pero no tienen el cuajo de decir en voz alta. Qué tantas fiestas le hacen al asesino impune de Llaucán, qué tanto le rezan al ignominioso que masacró sin asco a trescientos indios, quiso borrar sus huellas y no dio con sus huesos en la cárcel solo porque tenía amigotes en Lima que le sirvieron de retaguardia. Acabemos de una vez con esta farsa y vámonos de aquí.

Si me lo hubieran pedido, yo mismo les habría escrito la catilinaria solo por el gusto de poder responderles. Les diría: qué tanto se quejan ahora de él, sarta de hipócritas. Cuando quería negociar pacíficamente en Llaucán, le exigían que metiera bala. Cuando hablaba de los límites de la ley, ustedes le decían que con los indios no se negocia, y le exigían que pusiera mano dura. Si les das la mano, te piden el codo y se van hasta el hombro, insistían. Pero cuando hizo lo que ustedes le pedían y pagó las consecuencias, se hicieron los desentendidos. Lo dejaron solo. Si algo hay que reprocharle al coronel Belisario Ravines es haber asumido sin chistar su destino de chivo expiatorio, haber expiado culpas ajenas sin delatar a los verdaderos culpables, que eran ustedes. Haber permitido que ese destino inmerecido le consumiera las entrañas. Porque su peor transgresión fue haberse dejado chantajear el alma por la fácil moralina de los cobardes que juzgan desde arriba a los hombres que mandan a otros hombres. Haberse dejado doblegar por el sentimentalismo llorón de los que nunca tienen que lidiar con las piedras calcinantes, de los que delegan a los otros el uso duro del poder. O sea, ustedes, hombres pequeños pero bulliciosos que se desgarran las vestiduras cuando alguien toma las decisiones difíciles y lo dejan sufrir las consecuencias en la más absoluta soledad. Pues un hombre que guía a multitudes, un hombre que pasa a la Historia es un hombre que sabe que los fines siempre justifican los medios. Es un hombre que se mancha las manos de sangre. Y paga sin regatear y en la más absoluta soledad el precio de ceñirse en cuerpo y alma la única moral que lo hace realmente superior a sus semejantes. La moral del Superhombre.

—¿Nadie más? —pregunta el padre Arcelai.

Nadie más se acerca al podio.

—Una gran pérdida. No solo para ustedes sino para toda Cajamarca. Para todo el país.

—Ya no nacen hombres así en estos tiempos. Va a dejar un vacío muy difícil de llenar.

—En estas épocas de extremismos, tu Tío, con sus pergaminos, experiencia y moderación, hubiera sido un buen presidente del Perú.

En el atrio, donde todos se reúnen después de la misa, Eudocio acepta las condolencias a nombre de la casa, mordiéndose la lengua. Estos son los mismos que hasta hace solo cinco días lo ignoraban o miraban de arriba abajo cuando se cruzaban con él por la calle, los mismos que fingían no reconocerlo cuando inquirían por algún producto nuevo en Casa Sattui. Quién sabe cómo se enteraron de las disposiciones del testamento de Tío Belisario que lo convierten en administrador material de sus bienes, pero ahora tratan a Eudocio con la deferencia debida a un nuevo rico, a un nuevo poderoso. Le dan palmaditas respetuosas en la espalda mientras exhiben carotas compungidas y deslizan por lo bajo alguna mención ladeada a una hija o sobrina casadera.

Felizmente ha venido también el señor Capelli, que ha aceptado su renuncia a Casa Sattui y muestra un pesar genuino, una solidaridad auténtica y fiable.

—Mis condolencias, Eudocio. Y mi deseo de buena fortuna con tus nuevas obligaciones.

—Gracias, Carlos.

—Te presento a un amigo mío —le señala al hombre que lo acompaña, alto, barbudo y de apariencia extranjera, vestido con sombrero y levita caros y elegantes—. Es el señor Albert Ködrich, dueño de la Casa Hilbck, Kuntze y Compañía, hermana limeña de Casa Sattui. Está de paso por Cajamarca.

—Mucho gusto.

—El gusto es mío —dice el señor Ködrich—. Lamento que nos conozcamos en estas circunstancias. No he querido dejar pasar la oportunidad de presentar sus respetos a la memoria del amigo legendario de quien el señor Capelli me ha hablado tanto.

Saca una tarjeta del bolsillo y se la entrega. Eudocio la contempla: lleva un sello de lacre y está enmarcada de bordes dorados que parecen pan de oro.

Seis vecinos prominentes cargan el féretro y lo desplazan a la carroza fúnebre, que acoge suavemente a su huésped en su lecho de terciopelo rojo. Empieza la lenta travesía por la trocha que conduce al Cementerio General, en que los deudos se dividen espontáneamente en pequeños grupos. La mujer que es su madre se atrasa para conversar mejor con amistades a los que no ve hace siglos. Tía Laura sonríe lánguidamente a Eudocio, sin que Eudocio sepa muy bien a cuento de qué. Las primitas la imitan. Eudocio les devuelve la sonrisa, sintiéndose estúpido. La Tía, las primitas y sus crespones y encajes se desvían hacia otro lado para aunarse a sus parientes, el lado materno de la familia. Antes Tía Laura le ponía mala cara por todo y solo lidiaba con él con pucheros y miramientos. Ahora le hace fiestas a cualquier cosa que diga, por lela que sea. Aquí hay gato encerrado, invisible, desplegando sus garras, y Eudocio se aparta para caminar por su lado, solo, siguiendo el paso sosegado de los dos caballos que transportan el carruaje.

Ha dormido poco. Si antes del fallecimiento del Tío era despertado por sus gritos en medio de tinieblas, las noches precedentes ha tenido un sueño extraño que se repite una y otra vez con pocas variaciones, en que una cabeza decapitada le habla. Esta mañana al despertar supo que esa cabeza decapitada era de Juan el Bautista. No entendió lo que decía: hablaba en una jerigonza que sonaba a borborigmo. Pero Eudocio caló que su recado era urgente y estaba dirigido directamente a él.

Halla el origen del sueño: en días recientes se le dio por releer, después de varios años, la *Vida de Jesús* de Renan, que fuera por un buen tiempo su libro de cabecera. Repasó palabra por palabra la parte en que Jesús abandonaba a Juan el Bautista, de quien había sido seguidor, y, después de andar un tiempo escondiéndose, probaba suerte con sus primeras prédicas propias. Eudocio se detuvo largamente en las páginas que narraban el periodo en que, aún inseguro de su mensaje, Jesús hacía milagros como una manera expeditiva de impresionar y atraer la atención de las gentes humildes, un recurso muy usado por los predicadores de su tiempo. Pero Jesús se hartó de esas triquiñuelas y quería encontrar otros medios de llamar la atención, hallar un auditorio nuevo que lo obligara a afinar sus palabras y ponerlas realmente a prueba. A dejar las comodidades de su mundo conocido y viajar a Jerusalén.

Camina por el suelo empedrado imitando la zancada amplia del Tío Belisario, como si andar como él pudiera ayudar a descifrarlo, a descifrarse. Cuando lo felicitan por los vientos propicios que se anuncian para él, le vienen retortijones del estómago que le hacen preguntarse si el cancro es contagioso. No, no es temor a que el rol le quede grande, Eudocio no tiene la menor duda de que está capacitado para desempeñarlo. Pero si le mencionan la prosperidad que se abre en su futuro con su nuevo puesto, se le estrecha la garganta. Cuando le dicen por lo alto o lo bajo que tiene la vida resuelta, se le cierra el pecho y no puede respirar.

¿Qué esperas?, le dice la cabeza decapitada de Juan el Bautista al oído.

Cruza los umbrales del Cementerio General y pasa frente a las tumbas. Se desmarca del carruaje, que sigue adelante, y se detiene a mirar las pocas lápidas circundantes, algunas con fechas de sepultura reciente. El cementerio, construido hace una buena decena de años, no alberga tumbas de los Ravines y los Rabines, que han sido enterrados en el antiguo cementerio de extramuros. El apellido tiene su origen en la palabra «rabino», le contó alguna vez el abuelito José Manuel, pero los que lo llevaban con «b» eran de la rama rica original de la familia y los que lo llevaban con «v», de la pobre. Ahora ya no es así, le dijo entonces con sonrisa de diablillo. Y le contó que todos eran descendientes de un judío comerciante nacido en Sanlúcar de Barrameda y llegado al Callao en 1677, escapado de tierras españolas por acosos que a nadie le había interesado esclarecer.

—De todo hay en la familia, pero fisgones y chismosos no, muchachito.

Le cuesta llegar a la zona del cementerio aledaña a la cripta: hay demasiada gente. Pero los feligreses reconocen al despachador de Casa Sattui que debe de ser familiar del finado, pues anda con ellos, y le ceden el paso en el tramo final. Eudocio logra hacerse de su sitio en la pequeña hilera de sillas alineadas perpendicularmente al mausoleo, en que ya se hallan sentadas mamá Leonor, Tía Laura y las primitas.

La pequeña edificación, de hombre y medio de altura, tiene aún el cemento fresco; en su parte superior hay una lápida de mármol con dibujos alegóricos indescifrables a la distancia que llevan escrito el nombre de Belisario Ravines Perales (5 de marzo de 1851 – 25 de enero de 1917), y en su base la oquedad que lo acogerá.

¿Qué estás esperando? Sal de tu guarida, le dice al oído la cabeza decapitada de Juan el Bautista.

El padre Arcelai, que ha venido en el carruaje, dispone sobre el suelo empedrado una mesita con una voluminosa Biblia de tapas de cuero y un crucifijo grande de metal.

—Escucha, Señor, nuestra súplica y haz que tu siervo Belisario, que ha salido de este mundo, goce junto a ti la vida inmortal y, cuando llegue el gran día de la resurrección y del premio, colócalo entre...

De pronto, enfrente de la cripta se produce una gran agitación. Eudocio presta oído a los cuchicheos, que se propagan como yesca encendida entre los asistentes al sepelio, y mascullan el nombre de Don Eleodoro Benel. Entre la marejada de cabezas descubiertas, ve llegar por el sendero ancho que viene desde la entrada del Cementerio General al terrateniente de andares escurridizos que supuestamente está en Lima por negocios desde inicios de diciembre. Lo siguen varios guapos bien armados, imposible ver cuántos desde aquí, que vigilan con las manos prestas sobre el fusil ladeado en la espalda: los enfrentamientos con la banda de los Ramos y los Alvarado han recrudecido en las últimas semanas, dejando un larguísimo reguero de muertos en Santa Cruz y los pueblos aledaños a El Triunfo. Hay muchos que quieren mal a Don Eleodoro y darían cualquier cosa por hacerse de su piel, hacerse de su alma.

La multitud, pasmada, se abre en dos, y le deja el paso. Don Eleodoro es un Moisés con poncho de lino y sombrero de ala ancha bajo el brazo que parte las aguas del Mar Rojo con su sola presencia. Cuando se halla a quince metros de donde están sentados Eudocio y las primitas, Tía Laura da un respingo. Shito advierte que, a la derecha y ligeramente detrás del hacendado, está Segundo.

Las sangres le huyen de la cara. Siente de pronto que es un impostor que ha usurpado arteramente el lugar de su primo medio indio, le ha arrebatado el rol que le corresponde y que este ha venido a reclamar. Sabe que esto es solo una fantasía desnortada de pariente pobre. Segundo es hijo ilegítimo, sin derecho ni conciencia sobre las herencias de su padre. ¿Por qué le importaría labrarse el destino sedentario del que se consagra a hacerlas fructificar? Después de todo, ya tiene leyenda de hombre temido y temerario, salvaje y despiadado. Y cuenta incluso con copla propia, que circula por toda Cajamarca.

Con corona o sin corona,
con buenos o malos fines,
quien se la hace a Segundo Ravines,
Ravines no le perdona.

El terror empieza a cundir entre los asistentes. Algunos han reconocido al hijo medio indio de Don Belisario y previenen a sus vecinos. Poco a poco, se va alzando una algarada temerosa que ahoga las frases del padre Arcelai, quien se las arregla sin embargo para clausurar con todos sus latines la correcta despedida del difunto. Ha llegado el momento de afincarlo en su última morada.

—Si algún deudo desea decir algo más…

Don Eleodoro carraspea. Se hace silencio a su alrededor, que prolifera como ondas concéntricas de una piedra lanzada en una marisma.

—Vamos a decirle adiós a un hombre excepcional, de esos que ya no existen en el nuevo siglo. A un político probo. A un guerrero valiente. A un ciudadano cabal que siempre cumplió con su deber, pero en lugar de un merecido reconocimiento cosechó la ingratitud del populacho. Ese populacho ignorante que, azuzado por las voces malignas e interesadas de ciertos facinerosos a sueldo de los Ramos y los Alvarado, se alzó en acciones subversivas contra el orden público. Pero el héroe de San Pablo, Chorrillos y San Juan de Miraflores también recibió las mezquindades de otro populacho, bien leído y escribido, que le dio la espalda y lo trató como apestado cuando hizo lo que el pueblo le encomendó, hacer respetar la ley. Unos y otros son responsables del deshonor en que se vio obligado a vivir en sus últimos años. Pero no son los únicos. No debemos olvidar a los periodicuchos que los auparon. A los escribientes sin escrúpulos que, para vender más ejemplares, gestaron y cultivaron la especie de que en el desalojo de Llaucán se produjo una matanza.

Unos susurros afloran entre los asistentes, pero se disuelven con rapidez mientras Don Eleodoro continúa.

—Ellos saben muy bien que, en la represión del bandalaje que ocupó la hacienda, no hubo más de dos decenas de muertos. Saben que no hubo más crueldades malsanas que las que hay siempre en las refriegas. Que, pagados quién sabe por quién, inventaron truculentas vesanias. Que la mayoría de las muertes no fue por disparos de las fuerzas del orden. Fue por explosiones de dinamita y balas de plomo disparadas por los mismos indios, que estaban borrachos de aguardiente. Indios que, condenados por las estrecheces de su raza, dispararon con tan mala puntería que se asesinaron entre ellos.

—Mentiroso.

El murmullo, que proviene de uno o dos metros detrás de Eudocio, ha estado mascullando desde hace un buen rato, pero recién se hace claramente inteligible.

—Eres un mentiroso, Eleodoro Benel. Un soberano mentiroso. Cuéntales tus cuentos a tus amiguitos escribientes a sueldo, aquí no engañas a nadie.

Eudocio reconoce la voz al mismo tiempo que Don Eleodoro, que comienza a buscar con los ojos fieros a la atrevida. Voltea con disimulo. Tía Adela ha venido de luto estricto, con mantilla de encaje y velo fino, que lleva descorrido. Ha alzado el tono, que se ha vuelto casi grito.

—Pobre miserable. ¿Qué te costaba por una vez en tu vida dejar de lado tu avaricia maldita? ¿Qué te costaba cobrarles a tus arrendatarios un alquiler justo? Vergüenza debería darte de venir aquí. Vergüenza de ver los restos del hombre al que asesinaste. ¡Mira sus despojos, mira en qué lo convertiste!

Son visibles a la luz de la tarde los nuevos pliegues en la frente devastada por las arrugas, las nuevas canas que le han salido en las sienes en los cinco días desde que Belisario murió.

—Y tú, Segundo, hijo de Ravines, ¿te vas a quedar callado? ¿Cuándo se te sale el indio por fin y lo pones al miserable al que sirves en su sitio?

—¡Adela, por favor!

Tía Laura se ha volteado, en dirección a su cuñada, con aires aterrorizados.

—¡¿Por favor qué?! ¡¿Vas a dejar que este hijo de mala entraña mienta descaradamente?! ¡¿Que denigre la memoria de tu esposo?!

Tía Laura niega con la cabeza.

—Estás loca de remate, Adela.

—¡Loca será la madre que te parió, cucufata estúpida!

Van y vienen susurros, que suben como la espuma. En el semblante de Don Eleodoro aparece una sonrisa.

—¡Cállate, perturbada!

—¡Energúmena!

—¡Prostituta!

—¡Faltar así el respeto de su propio hermano! ¡En su funeral!

—¡Habráse visto!

—¡Fuera de aquí!

Dos feligreses se arremangan la camisa, se acercan a Tía Adela.

—¡Sácame a ver, grampucta jijuna grandísima!

Hay forcejeos, gritos, jaloneos.

—¡Deténganse!

El grito es del padre Arcelai.

—¡Deténganse todos! —continúa—. ¡Estamos en un lugar sagrado, so ajo! ¡¿No tienen decencia?! ¡¿Dónde creen que están, en su chacra!? ¡Más respeto con el recién fallecido y con los muertos que habitan este santo lugar! ¡Todos se calman! —mira soslayadamente a Tía Adela—. Todos somos hijos de Dios y nadie se va de aquí por la fuerza.

Se hace el silencio, mientras el padre Arcelai dice sus últimos latines, y los ánimos se van enfriando poco a poco.

Por un instante, Segundo y Eudocio cruzan miradas. Eudocio aparta la suya, sintiendo cómo un nudo ágil le trepa por la garganta y una gota de sudor le cae por la sien derecha: la de Segundo sigue posada sobre él. Al cabo de unos segundos, se vuelve discretamente de reojo. Suspira de alivio: no es a él a quien Segundo observa sino a Tía Adela.

La Tía arroja un laurel final sobre el féretro. Contempla cómo los sepultureros le avientan arena blanca con sus palas hasta que le cubren la superficie.

No puedes seguirte escondiendo —le dice al oído la cabeza decapitada.

Tío Belisario ya está bajo tierra.

El flujo de deudos se espacia. Eudocio está sentado, con el ánima vacía. Ya solo queda alguno que otro paisano que se ha decidido a presentar sus condolencias recién a último momento y solo está él para recibirlas.

El padre Arcelai se quedó hasta que los sepultureros terminaron en paz su trabajo, pero mamá Leonor, Tía Laura y las primitas partieron con premura abochornada apenas la ceremonia terminó.

—Nos vemos más tardecito en casa de tu Tío —le susurró mamá Leonor.

Tía Adela desapareció, entre insultos y maldiciones barruntados que no lograron tener eco, de la misma forma misteriosa en que hizo acto de presencia. Don Eleodoro se tomó el tiempo de agradecer los vítores y aplausos ralos de algunos feligreses, pero solo desde lejos: los quince guapos que lo rodeaban no dejaron que nadie se le acercara demasiado durante su partida, tan rauda como su llegada. Segundo partió con ellos, sin mirar hacia atrás.

Eudocio bosteza, se jala los tirantes, estira las piernas. Se levanta de un impulso de la silla. Saca una laminilla de papel, unas hebras de tabaco. Arma el pitillo con lenta torpeza de principiante. Saca una caja de cerillas, extrae una y la frota contra uno de sus lados hasta encenderla y encender el pitillo. Da una larga chupada y la empuja a los pulmones. Tose. Arroja el humo. Lo contempla hacerse hilachas, desvanecerse poco a poco. A través de los hilos remanentes de la leve humareda, una mujer vestida de blanco con una escueta mantilla en la cabeza camina despacio hacia él, haciendo crujir la grava del cementerio con sus zapatos negros de suela llana, que la hacen parecer más baja de lo que es. Cuando la mujer está a su lado, Eudocio advierte que lo que lleva en la cabeza no es una mantilla sino un tocado con los bordes almidonados en forma de ala.

—Mis más sentidas condolencias.

—Gracias.

—¿No interrumpo?

—No.

—Nos llamaron a algunas novicias para que ayudemos a las personas mayores en el sepelio. Me enteré de que era el sepelio de su tío y vine a saludarlo.

Eudocio reconoce la cara de ternera de bordes redondeados, recortados por el tocado. El hábito ceñido apenas por un cinturón que quiere dar al cuerpo que lo habita forma de tamal, sin conseguirlo del todo.

—Cuchita.

—Hermana Guillermina, por la gracia del Altísimo. Aunque recién haré mis votos de clausura en tres meses. Pero entro al claustro el próximo lunes.

Sonríe fugazmente. Un rubor fulminante atraviesa el semblante como un relámpago. Baja la mirada.

En algún momento la odió, pero ya olvidó por qué. En algún momento la deseó, pero ya olvidó cómo.

Arroja el pucho al suelo. Lo pisotea.

—Me alegro por usted, hermana Guillermina.

—Gracias —silencio largo, incómodo—. He venido... —la mirada vacuna se alza lentamente hasta cruzarse con la de Eudocio—. Antes de despedirme del mundo, tengo una deuda pendiente con usted.

—¿Una deuda? ¿Conmigo?

—Sí, he venido a disculparme.

Eudocio se cubre la boca con la manga de la camisa. Tose varias veces.

—¿Por qué?

—Por lo que le dije la última vez que hablamos.

Mi padre me ha prohibido que salga con el asesino de Llaucán.

—No sé a qué se refiere.

—Era algo muy feo. Tanto que da vergüenza repetirlo. Algo sobre su tío.

Eudocio achina los ojos, apretando su memoria. Niega con la cabeza: nada.

—Lo siento, hermana. Ha pasado tanto tiempo que me he olvidado. Si no me dice qué me dijo, no creo que me vaya a acordar.

La abultada pechera de la hermana Guillermina se infla y desinfla debajo del uniforme blanco. Parece a punto de reventar.

—Le dije que mi padre me había prohibido seguirlo viendo a usted porque su Tío era un asesino —dice con tono contrito—. Que por eso no podíamos continuar.

—Ah, eso. Ya pasó, Cuchi... digo, hermana Guillermina.

—Le mentí —traga saliva—. No sobre mi padre, que dijo lo que le dije. Y sí, me prohibió verlo. Pero no le conté a usted que a mí eso no me importaba. Que yo no hubiera tenido reparos en desobedecer. No fue por eso que decidí no verlo más.

Eudocio mira a su alrededor. Es a él a quien le sube ahora el rubor por las mejillas: cómo pudo haberse sentirse atraído alguna vez por esta monja fea y frígida, cómo pudieron haberlo visto alguna vez del brazo con ella.

—Nadie es nadie para juzgar al prójimo, y menos la justicia humana. Solo Dios, que todo lo ve, puede poner nuestra alma en la balanza con la justa medida.

Siente un ramalazo de furia contra ella.

—Dios ha muerto, hermana.

Eudocio la mira de frente, con los ojos encendidos. Imperturbable, la hermana Guillermina le sostiene la mirada.

—Yo tenía dudas sobre usted. Sobre nosotros. No me malentienda. Usted reúne las cualidades de un buen novio, de un buen esposo. Pero ya había alguien más en mi vida. Alguien que ya se había adueñado de mi corazón y no dejaba lugar para nadie más.

Se mira la pequeña cruz de madera que lleva en el pecho, que brilla lustrosa como si la hubieran frotado. Sonríe, con algo de desafío en el gesto. Eudocio empieza a perder la paciencia.

—Adiós, Shito.

—No me llame así.

—¿Dijo usted?

—Le dije que ya no me llame así. Mi nombre es Eudocio.

—Ah, discúlpeme. Como antes nosotros... Bueno, no era mi intención ofenderlo.

—No me ha ofendido, Cuchita.

Ella lo observa, con brasas tibias pero impávidas en los ojos negros.

—¿Desde cuándo fuma?

La pregunta lo descoloca.

—Desde que él murió.

—Lo quería mucho usted, ¿verdad?

Piensa:

—No.

Silencio.

—Mejor.

—¿Por qué mejor?

La hermana Guillermina se muerde los labios.

—Porque así es usted libre.

Algo en el pecho de Eudocio se contrae. Sus ojos se humedecen de pronto, pero logra contener las lágrimas.

—Le ruego me disculpe —dice con voz entrecortada.

La hermana Guillermina se le acerca y hace un amago de tomar a Eudocio de las manos. Eudocio la rechaza. Se forma un silencio agrio entre ellos.

—Adiós, Eudocio. No creo que nos volvamos a ver. ¿Cuándo parte de Cajamarca?

—Yo no me voy de Cajamarca. No me voy a ninguna parte.

—Ah ¿no?

—No. Soy el nuevo administrador de la casa y las haciendas del coronel. ¿No lo sabía? Me voy a quedar aquí.

—Ah.

—Es un puesto estable, de confianza. Voy a tener un excelente salario y un horario muy flexible. Y voy a ser el mejor partido de toda Cajamarca. Las féminas se van a pelear para estar conmigo.

Ríe con disfuerzo.

—Seguramente —silencio—. Mis parabienes. Qué raro. Yo pensaba... Olvídelo. Bueno, ya le debo de haber quitado demasiado de su valioso tiempo. Me voy despidiendo ahora sí. Adiós, Eudocio. Que su vida sea fructífera.

Empieza a caminar sobre sus pasos.

—Espere.

La hermana Guillermina voltea la cabeza.

—¿Qué pensaba usted, hermana?

La hermana Guillermina lo mira fijamente, achicando los ojos.

—Creía que usted se había quedado aquí por afecto por su Tío. Y que ahora que él ya no está con nosotros usted quedaba por fin libre de partir. Que eso era lo que usted quería, libertad para irse de esta ciudad y forjarse su propio camino. Yo... yo... —piensa—... no lo hago a usted en Cajamarca.

—¿Por qué no?

—Simplemente no lo hago aquí —se muerde el labio superior—. De repente por esas historias de lugares lejanos y maravillosos que usted contaba. Se notaba que no tenía nadie más a quien decírselas. Si no, ¿por qué habría perdido el tiempo compartiéndolas con alguien como yo?

Ríe con una tierna y lánguida tristeza.

—¿Qué está esperando?

—¿Disculpe?

—¿Por qué no se va, Eudocio? Del cementerio, quiero decir. ¿Está esperando a alguien?

—No.

—Ah —silencio—. Bueno, adiós.

La hermana Guillermina se da la vuelta. Se va, haciendo crepitar el cascajo bajo sus pies.

Eudocio se queda un rato, paseándose alrededor de las lápidas. Las inscripciones, muchas de ellas ilegibles, están tapadas por la maleza.

Ninguna de estas tumbas recibirá jamás mi cuerpo. Ninguna de estas lápidas acogerá jamás mi nombre.

La madrugada del 5 de marzo de 1917, Eudocio parte con un arriero y dos mulas alquiladas a la estación de ferrocarril.

Si eres quien dices que eres, es el tiempo de compartir tu palabra —dice la cabeza decapitada—. *¿O quieres ser solo un profeta de provincia seguido únicamente por otros provincianos?*

Sube al tren con sus dos maletas y se instala en un asiento. Se deja arrullar por el ritmo del traqueteo de las vías, que lo induce a un agradable estado de sopor, que lo hace dormitar.

Despierta cuando están llegando a la estación de Pacasmayo. Alquila otras mulas que transportan sus valijas al puerto. A medida que se acercan, el fortísimo olor a sal le va invadiendo las narinas. Tiene dos horas por matar antes del embarque y va hacia la orilla de la playa. Busca y encuentra cantos rodados, que lanza al mar una y otra vez tratando de hacerlas rebotar en la superficie, de acostumbrarse a la cantidad inconmensurable de líquido y a su rugido perpetuo, ensordecedor: el sonido de miles de años de olas ininterrumpidas puliendo sus aristas. Redondeándolas.

En la travesía del barco hacia el Callao vomita varias veces: es la primera vez que viaja por mar.

Así que esto era el océano.

En el puerto chalaco lo abruma el olor intenso a pescado. También el ruido chirriante, monótono y mecánico de maquinarias pesadas de poleas y palancas gigantescas, que nunca cesa. Se las arregla para hallar el rumbo al paradero del tranvía que lo dejará en el centro de Lima.

El tiempo ha llegado. A Jerusalén.

Con las dos maletas bien apretadas entre las rodillas, ve pasar hacia atrás la ciudad a través del ventanal. No le parece tan grande como le habían contado y no le impresiona. Poco a poco, el río sonoro del ambiente empieza a formar parte de su silencio íntimo. De vez en cuando abre el bolsillo de la camisa —sí, ahí están los dos boletos ajados de circo que le entregara su padre antes de partir a las selvas fronterizas del Perú. O el saquillo lateral de una de las maletas —sí, ahí sigue el diccionario gordo en que buscaba los significados de las palabras que merecían consignar su significado por escrito. O acaricia en el bolsillo del saco la carta de recomendación y la tarjeta lacrada de Albert Ködrich, dirigida al administrador de Hilbck, Kuntze y

Compañía, quien tiene la orden de asignarle a la brevedad un puesto de despachador en la tienda.

Apenas pisa los adoquines del centro, se da el gusto de detener a un canillita y comprar ahí mismo su primer periódico de la capital en la capital. Aspira por primera vez su olor a tinta fresca, como si fuera un perfume femenino.

El titular de la primera página señala en grandes letras de molde que en Rusia se ha iniciado una revolución.

Agradecimientos

Este libro, el primer volumen de una saga inspirada en la vida de Eudocio Ravines, hubiera sido inconcebible sin el apoyo incondicionado de un sinnúmero de personas. Pido disculpas de antemano si he olvidado a alguna(s) de ellas.

Les debo inconmensurable gratitud a:

Lewis Taylor, sin cuyo estudio sobre el bandidaje en Cajamarca hubiera sido imposible discernir su origen, naturaleza y efectos a inicios del siglo XX no solo en Hualgayoc sino en todo el departamento, y visualizar la figura del terrateniente bandolero Eleodoro Benel.

William Guillén Padilla, quien me sirvió de intermediario con miembros de la familia Ravines en Cajamarca, fotografió la morada de don Belisario Ravines y el Cementerio General de Cajamarca, me acompañó en mi periplo por Cajamarca, Bambamarca y Llaucán y me proporcionó documentación fotográfica y bibliográfica fundamental sobre Cajamarca a inicios del siglo XX.

Don Óscar Estrada, sabio de Llaucán, que me ayudó a visualizar la localización y las características físicas de la antigua hacienda de Llaucán, de la que no ha quedado absolutamente nada. Don Óscar posee las llaves de la iglesia del pueblo, en que se hallan las reliquias que recuerdan la masacre.

Alex Huamán Saavedra, que me escoltó y guio en el viaje de ida y vuelta entre Bambamarca y Llaucán.

El suboficial PNP Idrogo Escobar, que me recibió muy cordialmente en Llaucán e insistió en que no me fuera antes de conocer a don Óscar Estrada, sabio del pueblo, a quien me presentó.

Daniel Sáenz More, cajacho de pura cepa, quien compartió conmigo una enorme cantidad de documentos sobre la Cajamarca de inicios del siglo xx y Eudocio Ravines, estuvo siempre llano a responder a mis consultas lingüísticas e históricas y se tomó el trabajo de leer y comentar exhaustivamente una versión inicial y la versión final de este libro.

Asimismo estoy profundamente agradecido con:

Lisset Barcellos, animal dramático, quien se tomó el trabajo, el tiempo y el espacio para prestar oídos a cada capítulo de esta novela y puso el dedo en la llaga, de frente y sin pelos en la lengua, sin hacer concesiones.

Carlos Bernales, quien, además de compartir conmigo muchos documentos sobre Eudocio Ravines, leyó y comentó fructuosamente una versión inicial del manuscrito de esta novela.

Carlos Bracamonte, que me permitió acceder por su intermedio a innumerables documentos antiguos, artículos y libros de difícil acceso relacionados con Eudocio Ravines, y al conocimiento del gran periodista César Lévano.

Magdalena Chocano, por sus respuestas a mis preguntas sobre su iluminador ensayo sobre Eudocio Ravines.

Fidel Dolorier, hermano *hacker*, eterno cómplice y compañero de fechorías, quien, entre muchas otras, me acompañó en mi visita a los archivos de la Hoover Institution, en la Universidad de Stanford, y me ayudó a encontrar, organizar y fotocopiar todos los documentos que esta alberga relacionados con Eudocio Ravines.

Agnieszka Dumett, por la calidez del hogar en que esta novela pudo gestarse, tomar forma, crecer, y, finalmente, ver la luz.

Elizabeth Dumett, la lectora más rápida del oeste, que leyó el manuscrito en día y medio y me brindó muy valiosos comentarios.

Cipriano Iguarán, quien se tomó el trabajo de leer el capítulo que transcurre en México y tuvo la amabilidad de revisar el habla de sus personajes mexicanos, de cuyos posibles despistes o inexactitudes, sin embargo, no es culpable.

César Lévano, que accedió a ser entrevistado para esta saga.

César Martinelli, quien absolvió algunas de mis preguntas relacionadas con las ideas económicas de Eudocio Ravines en la segunda etapa de su vida, pero a quien no se debe atribuir la manera en que me he atrevido a articularlas.

Carlos Maza, hermano, compinche y compañero de batalla mexicano, quien celó la verosimilitud de cada aspecto del capítulo mexicano de este libro, pero no debería pagar los platos rotos por sus falencias.

Elena Mosston, quien tamizó la credibilidad de las secciones con parlamentos en italiano, aunque no es responsable de sus desaciertos.

Álvaro Mejía, quien fotocopió y escaneó una serie de documentos de la Biblioteca Nacional del Perú relacionados con los eventos de este libro.

Gonzalo Pajares, quien tuvo la gentileza de leer una versión inicial del manuscrito de esta novela, comentarla y orientarla hacia una más creíble cajamarquinidad.

Jerónimo Pimentel, quien creyó en esta saga desde el principio, dio sugerencias que le permitieron al primer volumen crecer y redondearse como texto y creó la base material que me permitió contar con la tranquilidad para terminarlo.

Federico Prieto, autor de la única biografía escrita sobre Eudocio Ravines, quien accedió generosamente a ser entrevistado sobre él.

Jorge Ravines, hijo mexicano de Eudocio Ravines, quien accedió muy gentilmente a responder un cuestionario enviado por mí.

Silvio Rendón, autor de una serie de iluminadores artículos acerca de Eudocio Ravines, que, generosamente, accedió a discutir conmigo muchos elementos de su biografía y de su evolución ideológica.

Joel Streicker, amigo incondicional que leyó cada uno de los capítulos de esta novela a medida que eran escritos y realizó anotaciones y comentarios que permitieron mejorarla.

Carmen Toledo, esposa mexicana de Eudocio Ravines, quien respondió amablemente a mis preguntas sobre Eudocio Ravines y los últimos años de su vida, pero no es en absoluto responsable de las licencias que yo haya podido tomarme en su recreación.

Mayra González, Adriana Velarde y Uriel Díaz, quienes me apoyaron logísticamente durante mi estancia en Ciudad de México, me ayudaron a identificar sitios, lugares y a acceder a los archivos de la Hemeroteca de la Universidad Autónoma de México, en que se guardan los ejemplares de *El Heraldo*.

Eugenia Alberdi, Sandra Bradman, Sergio Del Valle, Juan Pablo Di Cesare, Rubén Flores, David Menéndez y José Vargas, que asistieron y soportaron sin chistar las innumerables lecturas en voz alta de cada uno de los capítulos de esta novela, y se tomaron el trabajo de comentarlos amigablemente; es decir, sin merced alguna.

Índice